Somerset Maughams Traum

Die Deutsche Nationalbibliothek – CIP-Einheitsaufnahme.
Die Deutsche Nationalbibliothek verzeichnet dieses Buch
in der Deutschen Nationalbibliografie;
detaillierte bibliografische Daten sind im Internet über
http://dnb.d-nb.de abrufbar.

Erste Auflage 2017

www.groessenwahn-verlag.de

ISBN: 978-3-95771-180-9
eISBN: 978-3-95771-181-6

Heny Ruttkay

Somerset Maughams Traum

Roman

IMPRESSUM

Somerset Maughams Traum

Autorin
Heny Ruttkay

Seitengestaltung
Größenwahn Verlag Frankfurt am Main

Schrift
Constantia

Covergestaltung
Marti O´Sigma

Coverbild
Marti O´Sigma
Inspired from the Art deco style travel Poster, 1960

Lektorat
Thomas Pregel

Druck und Bindung
Print Group Sp. z. o. o. Szczecin (Stettin)

Größenwahn Verlag Frankfurt am Main
September 2017

ISBN: 978-3-95771-180-9
eISBN: 978-3-95771-181-6

Für meine Eltern
Livia und Alexander Ruttkay

»Somerset Maugham ist ein alter, einsamer Adler.«
Raymond Chandler

1.
Die lebende Legende

Heute am frühen Abend wünschte ich mir wieder für einige Sekunden den Tod. Es war in einem Augenblick vollkommenen Glücks. Ich blickte von meiner Terrasse aufs Meer wie unzählige Male zuvor, während die Sonnenkugel sanft die Linie zwischen Himmel und Wasser antippte.

Niemals könne man sich an einem Sonnenuntergang sattsehen, hatte Romaine Brooks behauptet, niemals sich an seine Schönheit gewöhnen, und ich hatte ihr damals mechanisch zugestimmt.

Trotzdem, es geschah oft, dass ich die flammenden Farben des Himmels, die gekräuselte Meeresoberfläche und die Schatten fliegender Vögel am Horizont nur im Vorübergehen mit einem Blick streifte, gleichgültig und in Gedanken ganz woanders.

Diesmal sah ich wirklich hin. Ich dachte dabei nicht, wie schön alles sei, und lobte weder Wetter noch Landschaft. Ich sah, und in meinem Kopf herrschte tiefes Schweigen.

In diesem Moment geschah es: Ich wurde von dem sinkenden Stern aufgesogen, glühte auf und fühlte, wie ich mit ihm eins wurde und allmählich im Meer versank. Im letzten Augenblick, bevor ich verging, durchfuhr mich die Eingebung, dass der Tag am Sterben war und ich mit ihm.

Plötzlich fand ich mich in meinem eigenen Körper wieder, fast als hätte ich mich selbst energisch an meinem spärlich gewordenen Haarschopf zurückgerissen.

Ich durfte noch nicht sterben. Ich habe keine Angst mehr vor dem Tod, aber meine Zeit ist noch nicht gekommen.

Es war diesmal keine faule Ausrede, kein ängstliches Zurückweichen vor dem Unvermeidlichen. Eine letzte Sache musste erledigt, eine letzte Angelegenheit bereinigt werden.

Immerhin hat mich dieses Erlebnis soweit aufgerüttelt, dass ich Alan bitte, sofort den Privatdetektiv anzurufen. Merkwürdigerweise fragt er nicht, was ich von diesem wolle, selbst die Bitte überrascht ihn nicht. Er nickt nur, als hätte ich nach dem Chauffeur gefragt.

»Seine V-visitenkarte ist dort neben dem Telefon.«

»Ich weiß«, näselt er.

Habe ich mit ihm von meinem Vorhaben gesprochen? Ich werde vergesslich und dazu auch noch zunehmend geschwätziger.

Früher hatte ich meine Worte, ja sogar meine Gedanken unter Kontrolle. Ursprünglich nur, weil mein unseliges Stottern mich schüchtern machte. Mit der Zeit entdeckte ich, dass meine Schweigsamkeit die anderen zum Reden brachte. Nur wenige Menschen ertragen die Stille und füllen sie hektisch mit Worten aus. Je mehr die anderen sprachen, desto aufmerksamer hörte ich ihnen zu. Ich wusste, dass sie sich warm reden, dass sie immer mehr von sich verraten würden. Ich schwieg, hörte und sah ihnen zu, und sie redeten und erzählten und belieferten mich mit dem Rohstoff, den ich zu Romanen, Bühnenstücken und Kurzgeschichten verarbeitete.

Als ich jünger war, ja noch bis vor kurzem, fanden viele meinen Blick verwirrend, manchmal sogar unheimlich. Es wundert mich nicht weiter: meine absolute Konzentration, das Fehlen jeglichen Urteils und jeglicher Gemütsregung meinerseits musste sich den Sensibleren unter ihnen mitgeteilt haben. Zu meinem Glück redeten die meisten von ihnen weiter, nur wenige konnten der Versuchung widerstehen, sich einem vorurteilslosen Zuhörer anzuvertrauen.

»Morgen Nachmittag um fünf Uhr, ja?« Alan wendet sich zu mir um, den Telefonhörer zwischen Schulter und Ohr geklemmt, mit dem Bleistift über dem Terminkalender fuchtelnd, und ich nicke. »Seien Sie bitte pünktlich.«

Er legt den Hörer wieder auf und sieht zufrieden aus, mit einem kleinen Lächeln im rechten Mundwinkel.

Was ich ihm wohl erzählt habe? Meine Ratlosigkeit erinnert mich wieder daran, dass die Nacht mich allmählich umfängt, dass mir nicht mehr viel Zeit bleibt. War höchste Zeit, den Detektiv anzurufen.

»Ist er wirklich der beste Detektiv an der Riviera?«, hatte ich meinen Nachbarn gefragt.

»Unbestritten. Deswegen kann er auch so unverschämte Preise verlangen.«

Mein Nachbar ist unermesslich reich, mein Vermögen wirkt im Vergleich zu seinem rührend bescheiden, etwa wie ein Pförtnerhäuschen neben einem Palast, aber wie alle wirklich Reichen weiß er um den Wert jedes Franken.

Er hat mich nicht gefragt, warum ich einen Privatdetektiv suche, hat nur die Visitenkarte für mich bringen lassen und dann das Gespräch elegant auf die diesjährige Saison an der Riviera gelenkt. Ich werde auch nie erfahren, warum er die Dienste eines Detektivs in Anspruch nehmen musste, und zu meinem leisen Erstaunen ist es mir sogar gleichgültig. Lässt nun auch meine früher unersättliche Neugierde nach? War sie nur berufsbedingt, und jetzt, wo ich nicht mehr schreibe, ist sie gleichzeitig mit meinem schriftstellerischen Drang erstorben?

Vor dem Abendessen nicke ich kurz ein. Ich träume nach langen Jahren wieder von Gerald. Er raucht auf dem Tennisplatz eine Zigarette und grinst mich mit zusammengekniffenen Augen an.

»Er fehlt mir auch, der arme Kerl«, sagt er.

»Aber du hast ihn doch gar nicht gekannt«, erwidere ich sanft. Ich spreche ganz leise und bedächtig, ich habe Angst, dass er sich erschreckt und verschwindet. Sogar im Traum weiß ich, dass er schon lange tot ist. Aber die Verstorbenen sind sehr empfindlich: ein unbedachtes Wort, und sie sind wieder weg.

»Nicht persönlich. Aber die Art, wie du es vermieden hast, über ihn zu sprechen ... Irgendwie war er im Hintergrund immer da und schien zu warten.« Er macht eine Kopfbewegung, als würde er jemanden hinter mir begrüßen. »Wie auch jetzt. Er scheint immer näher zu kommen.«

Ich fühle eine Berührung an meiner Schulter und fahre mit einem kleinen Schrei hoch.

»Entschuldige.« Alan scheint genauso erschrocken zu sein wie ich. »Ich wusste nicht, dass du schläfst. Das Abendessen ist fertig.«

Wir essen im Patio zu Abend, wie meistens, wenn es warm ist, umgeben von den weißen Hauswänden, den dunkelblauen Abendhimmel über uns. Gleich nach dem großzügigen Blick über die Küste von Cap Ferrat war es dieser Patio, der mich vor über dreißig Jahren zum Kauf der Villa Mauresque bewogen hatte, trotz des riesigen verwilderten Gartens und der überladenen arabischen Ornamente an den Außenwänden des Hauses.

Der Traum von Gerald erweckt alte, fast vergessene Bilder zum Leben, sie überfallen mich ohne Vorwarnung und entführen mich in die Vergangenheit.

Ich bin fünfunddreißig Jahre jünger, trage noch meinen Schnurrbart, der etwas weniger dicht ist als Geralds blonder Schnauzer. Er hat noch seine sportlich durchtrainierte Figur und ist sonnengebräunt und immer gut aufgelegt. Beide haben wir es eilig, endlich ein Haus an der Côte d'Azur zu erwerben. Ich ertrage Londons düsteres Wetter und bedrückendes, moralisierendes Klima nicht mehr, und Gerald darf als unerwünschter Ausländer – er ist Amerikaner und wurde eines Tages von der Polizei mit einem anderen Mann in einem Hotelzimmer erwischt – England nicht mehr betreten. Wir möchten nach einem

Jahrzehnt fröhlichen Vagabundenlebens endlich ein gemeinsames Heim.

Die Villa Mauresque, ein großes weißes Haus in Saint-Jean-Cap-Ferrat, einem kleinen Städtchen mit Hafen zwischen Nizza und Monte Carlo, hatte es uns als einziges Anwesen nach all den Monaten des Suchens angetan.

»Sieben Schlafzimmer, vier Bäder, großzügige Empfangsräume, ein Anbau auf dem Dach, ein separates Haus fürs Personal, zwölf Morgen Land und ein unverbaubarer Blick auf die schönste Bucht der Welt.« Nach der Hausführung zählte der Immobilienmakler noch einmal alle Vorzüge des Anwesens auf, während Gerald und ich in der Eingangshalle auf und ab gingen. Ohne Möbel wirkte sie riesig, sie roch nach Staub, und schwere, hohe Türen sperrten die Hitze aus, die draußen über dem urwaldähnlichen Garten wütete.

Bei der Besichtigung hatten wir uns Zeit gelassen. Wir hatten alle Fensterläden geöffnet, an den Türklinken von abgeschlossenen Abstellräumen gerüttelt, während der Makler verzweifelt nach dem richtigen Schlüssel suchte, die Kellergemäuer abgetastet, und Gerald war sogar in einen der Kamine gekrochen, um einen Blick in den Schornstein zu werfen.

»Das Haus könnte eine Großfamilie beherbergen, ohne dass diese sich eingeengt fühlen würde«, fügte der Makler hinzu.

»Nun, eine Großfamilie sind wir nicht, aber das Haus wird trotzdem immer voll sein.« Es war das erste Mal seit der Besichtigung, dass Gerald etwas sagte, und der Makler warf ihm einen raschen Blick zu. Ich hatte ihn als Mr. Gerald Haxton vorgestellt, und die Immobilienhändler an der Côte d'Azur erlauben es sich nie, indiskret zu sein, aber der gut angezogene, höfliche Franzose hatte bestimmt keinen Augenblick lang angenommen, dass Gerald und ich verwandt waren. »Wir haben jede Menge Freunde, und wir werden große Partys veranstalten.«

»Du wirst sie veranstalten«, sagte ich. Gerald und ich lächelten uns an, und der Makler lächelte beflissen mit.

Ohne Übergang begann ich, den Preis herunterzuhandeln.

»Die Renovierung wird mich ein Vermögen kosten«, erklärte ich dem Makler. »Diese scheußlichen Gipsverzierungen an der Fassade werden alle abgeschlagen werden müssen. Die Küche und die Badezimmer müssen von Grund auf modernisiert, das ganze Haus muss von innen und außen gestrichen werden. Das Grundstück ist ein Dschungel, und es wird Wochen dauern und Unsummen verschlingen, um einen richtigen Garten anzulegen. Um es kurz zu machen: Der Preis ist um dreißig Prozent zu hoch.«

»Ich fürchte, dass die Eigentümer ...«

»Das Haus steht seit Jahren leer«, unterbrach Gerald den Makler. Trotz seines leichten Akzents war sein Französisch fließend, und er lächelte auf seine gewinnende Art, als wollte er die Wirkung seines entschiedenen Tones mildern. »Geben Sie zu, Monsieur, dass Sie froh sind, wenn Sie dieses Objekt loswerden.«

»Nun ...«

Ich ließ den Makler ebenfalls nicht zu Wort kommen: »Sagen Sie doch den Eigentümern, dass Sie endlich einen Kunden für ihr Haus haben, aber dass ich kein Millionär, sondern nur ein einfacher Schriftsteller bin.«

»Aber Mr. Maugham, Sie sind berühmt! Auch in Frankreich ist der große Schriftsteller William Somerset Maugham allgemein bekannt und jeder weiß ...«

»Und jeder weiß, dass du deine Gemälde von Matisse und Gauguin an diese weißen Wände hängen wirst«, grinste Gerald.

»Annette hat sich heute Abend wieder übertroffen, findest du nicht?«

Alans Stimme erschreckt mich, sie ist so ganz anders als die von Gerald.

Ich senke den Blick auf meinen Teller und umklammere das Besteck etwas fester. »In letzter Zeit sagst du es fast täglich. Du hast einfach nur einen gesunden Appetit.«

Alan schließt genussvoll die Augen, als er an dem Wein nippt. »Kann sein. Aber sie ist und bleibt die beste Köchin an der Riviera.«

Niemand hatte geahnt, welche Künstlerin in dem kleinen Küchenmädchen steckte, außer mir, als ich meinen damaligen Koch entlassen musste. Mit den Jahren wurde Annette eine Virtuosin, ein Star, der nicht nur an der Riviera in aller Munde war.

Bis vor kurzem erfreute ich mich am Geschmack der Speisen auf die gleiche Art wie an den zahlreichen anderen Genüssen, die das Leben bietet: diskret und ausgiebig zugleich. Nun kaue ich pflichtbewusst das Gemüse, schneide das Fleisch in sehr kleine Stücke und stelle mir vor, dass ich mich selbst füttere. Seit Monaten habe ich kaum noch Hunger. Kein Interesse mehr an körperlicher Liebe, keinen Appetit mehr, keine Neugier mehr, kein Gedächtnis mehr. Es ist, als würde ich mich selbst aus meinem Körper zurückziehen. Wie wenn jemand vor dem Verlassen seines Hauses nach und nach in allen Räumen das Licht ausschaltet. Der Unterschied ist nur, dass ich nicht glaube, nicht glauben kann, dass ich irgendwo hingehe. Nachdem das letzte Licht ausgedreht worden ist, wird mich das Nichts umfassen, ich werde einfach aufhören zu sein.

»Willie?«

Ich zucke zusammen, seit Minuten muss ich geistesabwesend in die Kerzenflammen gestarrt haben.

»Du isst deinen Nachtisch nicht?« Alan sieht besorgt aus. »Annette wird beleidigt sein.«

Ich hebe die Schultern und falte meine Serviette zusammen. Das Weiß der Tischdecke schmerzt meine Augen, ich schließe sie kurz. Nur für einen Augenblick, ich möchte nicht wieder am Tisch einschlafen. Alan gerät außer sich, wenn ich nach dem

Essen einnicke, seitdem ihm jemand erzählt hat, dass Greise meines Alters vorzugsweise nach einem üppigen Mahl still aus dem Leben scheiden.

»Willie?«

»Ich schlafe nicht.« Ich schiebe den Stuhl zurück, stütze mich am Tisch auf und stehe wieder ganz aufrecht da. Unwillkürlich blicke ich zum Vollmond hoch. Er schwebt über dem Patio wie eine weiße Kugellampe. Gerald sagte oft scherzhaft, ich solle sie ausknipsen, ihr Licht sei zu indiskret.

Plötzlich habe ich Lust, allein zu sein, ich möchte den Abend nicht mit Alan verbringen. »Ich bin müde. Ausnahmsweise gehe ich gleich ins Bett und werde ein wenig lesen.«

Gestern sind per Post drei neue Romane eingetroffen, einer davon ein Krimi von James M. Cain. Er ist nicht ganz so exzellent wie Raymond Chandler, aber äußerst spannend. Wie viele lange Nächte habe ich früher mit dem Lesen von Detektivgeschichten verbracht. Neuerdings nicke ich sogar über diesen ein.

Beim Gedanken, dass ich selbst bald einen Detektiv anheuern werde, kichere ich leise.

Ich spüre Alans beunruhigten Blick im Rücken. Vielleicht befürchtet er, dass das Licht in meinem Kopf bald endgültig ausgeht. Und wenn er wüsste, warum ich den Detektiv kommen lasse, würde der Arme diesbezüglich überhaupt keinen Zweifel mehr hegen.

2.
Harry Maugham

Es gibt wenige Dinge, die mich mehr aufregen als Unpünktlichkeit. Fünf Minuten vor fünf setze ich mich in meinen Lehnstuhl auf der Terrasse, den Papierumschlag in sicherer Entfernung von meiner Teetasse auf dem Tisch, und ich blicke in Richtung des Hauses, wo der Detektiv jeden Augenblick auftauchen muss.

Er wird um Jahrzehnte jünger sein als ich und nicht die gleiche Erziehung gehabt haben. Ich weiß sehr wohl, dass ich mit meinen Prinzipien eines Gentlemans der Edward-Ära vielen wie ein prähistorisches Tier vorkommen muss: schwerfällig, unnötig kompliziert und leicht lächerlich. Dennoch finde ich, dass Pünktlichkeit für ein halbwegs harmonisches Miteinander unerlässlich ist ...

Mein innerer Monolog reißt unvermittelt ab, als ich den Butler erblicke, dem eine leicht rundliche, kleine Frau folgt. Die Hunde laufen ihr entgegen, und sie bückt sich kurz, um George, der wie immer der schnellste ist, über den Kopf zu streichen.

»Madame Dewaere, Monsieur.«

Philippe Dewaere ist der Name des Detektivs. Schickt er seine Frau voraus?

Ich erhebe mich und reiche der Frau die Hand. Sie ist kaum größer als ich, trotz der Absätze.

Sie nimmt ihre Sonnenbrille ab und lächelt mich breit an. Lachfältchen in den Augenwinkeln und Grübchen in den Wangen, höchstens fünfundvierzig Jahre alt. Sie hält meine Hand etwas länger fest als nötig.

»Es ist mir eine sehr große Freude, Sie kennen zu lernen, Monsieur Maugham.«

Wahrscheinlich eine treue Leserin. Oder sie kennt mich aus dem Fernsehen. Seitdem einige meiner Kurzgeschichten verfilmt worden sind und ich sie persönlich mit einer kleinen Einleitung dem Publikum vorgestellt habe, bin ich selbst bei Nichtlesern bekannt.

»Es freut mich auch, Madame. Bitte, nehmen Sie Platz.«

Sie setzt sich hin, ohne mich aus den Augen zu lassen. Sie dreht sich nicht einmal nach dem Panorama um, das sonst alle meine Gäste in seinen Bann zieht.

»Zunächst mal möchte ich Sie bitten, meinen Mann zu entschuldigen. Er hat gestern einen kleinen Unfall gehabt und muss für ein paar Tage das Bett hüten. Da Ihr Auftrag von großer Dringlichkeit ist, bin ich an seiner Stelle gekommen. Ich bin seine Sekretärin und Vertrauensperson und somit auf dem Laufenden über alle seine Angelegenheiten. Und wie er bin ich zu absoluter Diskretion verpflichtet.«

Sie hält inne, als erwartete sie einen Einwurf von mir. Ich nicke, und sie holt ein Notizbuch und einen silbernen Bleistift aus ihrer großen Tasche, schlägt die Beine übereinander und lächelt mich wieder an. Sie hat ein freundliches Lächeln. Ihr Gesicht ist ungeschminkt, vielleicht mit einem Hauch von Lippenstift, und wenn ich noch schreiben würde, würde es mir gefallen, ihre Ausstrahlung zu beschreiben: eine gelungene Mischung von Liebenswürdigkeit und Tüchtigkeit.

Die Hunde mögen sie, der sonst so misstrauische Ching setzt sich sogar auf ihren linken Fuß.

»Was kann ich für Sie tun, Monsieur?«

Plötzlich bin ich befangen. Mein Herz flattert, ich spüre ein schmerzhaftes Ziehen in der Brust und merke, dass meine Hände zittern.

»M-möchten Sie etwas trinken?«

Sie lässt sich nicht anmerken, dass sie mein Stottern registriert hat. »Vielen Dank, aber ich möchte nichts trinken.«

Ich führe die Teetasse an meine Lippen, stelle sie wieder hin und lehne mich zurück. »Mein Anliegen wird Ihnen h-höchstwahrscheinlich etwas seltsam erscheinen.«

Sie lächelt noch etwas breiter. »Bestimmt nicht, Monsieur.«

Zweifellos ist sie von ihren reichen Kunden einige Extravaganzen gewöhnt, aber ich könnte wetten, dass mein Auftrag sie aus der Fassung bringen wird. Ich atme tief durch, und es gelingt mir, nicht zu stottern.

»Ich möchte, dass Ihr Mann herausfindet, weshalb mein Bruder Henry sich umgebracht hat.«

Ihr Gesicht wird ernst. »Das tut mir sehr leid, Monsieur Maugham. Ich wusste nicht, dass Ihr Bruder ...«

Ich unterbreche sie. »Wir waren v-vier Brüder. Heute sind sie alle t-tot.«

Sie nickt zweimal mit dem Kopf, weise wie ein Psychiater.

»Henry starb als e-erster. Dann Charles, dann Frederic. Sie w-waren alle drei Anwälte von B-beruf, wie mein Vater. Wir sind alle in P-paris geboren, in der Britischen Botschaft in Paris, aber in England auf Schulen gegangen. M-mein Vater hat als Rechtsanwalt für die B-botschaft gearbeitet.«

Ich könnte der Genauigkeit halber hinzufügen, dass ich als einziger, da der jüngste und kränklichste der Kinderschar, bei meinen Eltern in Frankreich geblieben bin und erst nach ihrem Tod im Alter von zehn Jahren zu meinem spröden und geizigen Onkel nach England kam, aber ich fürchte, dass ich mich wieder in Einzelheiten verzettele. Es berührt mich immer noch schmerzlich, über meine Kindheit zu sprechen.

Sie schlägt ihr Notizbuch auf. »Können Sie mir etwas mehr über die näheren Umstände des Freitods Ihres Bruders erzählen?«

Ich merke, dass meine Hände wieder etwas zittern, während ich mir eine Zigarette anzünde. »Er hat eine F-flasche Säure ausgetrunken. Ein Freund hat ihn g-gefunden und mir und meinem Bruder F-frederic gekabelt, wir sollten schnell kommen, weil er im S-sterben läge. Wir haben ihn ins K-krankenhaus gebracht, aber man konnte nichts f-für ihn tun. Drei Tage später ist er g-gestorben.«

Sie macht sich Notizen und hält die Augen auf ihr Notizbuch gesenkt.

»Wann war das?«

»Neunzehnhundertvier.«

Ihre Lider zucken. Sie hebt langsam den Kopf.

»Neunzehnhundertvier«, wiederhole ich.

Sie schließt wieder den Mund, und ihre Stirn glättet sich, aber ich habe Zeit zu merken, dass sie bestürzt ist.

»Monsieur Maugham«, übergangslos spricht sie langsamer und artikuliert deutlicher, »Monsieur Maugham, wie alt war Ihr Bruder, als er sich umgebracht hat?«

»Sechsunddreißig. Er war s-sechs Jahre älter als ich.«

»Demnach wäre er heute dreiundneunzig Jahre alt. Hatte er Familie, Kinder?«

»Nein.«

Sie presst kurz die Lippen zusammen und klappt ihr Notizbuch zu. »Ihnen ist bestimmt klar, Monsieur, dass die meisten Menschen, die Ihren Bruder gekannt haben, heute tot sind, nicht wahr?«

»Ja.«

Nach meiner einsilbigen Antwort zögert sie, dann neigt sie ihren Oberkörper ein wenig nach vorn. »Monsieur Maugham, wir sind ein seriöses Unternehmen. Es ist meine Pflicht, Sie darauf hinzuweisen, dass es uns fast unmöglich sein wird, mehr herauszufinden, als Sie bereits wissen.« Sie macht wieder eine kleine Pause, aber ich schweige. Mit angespanntem Gesicht beugt sie sich noch weiter vor. »Schon im Prinzip ist es heikel, einen Auftrag anzunehmen, um die Gründe eines Selbstmords herauszufinden, und das auch in Fällen, wenn der Freitod nur kurze Zeit zurückliegt. Die Beweggründe sind äußerst mannigfaltig und verworren, und ich wage zu behaupten, dass sie selbst für den Betroffenen oft unklar und widersprüchlich sind. Befragungen von Patienten, deren Suizidversuch misslungen war, haben ergeben, dass ein beträchtlicher Prozentsatz der Freitode auf einen plötzlichen, irrationalen Impuls zurückzuführen ist ...«

»Ich weiß.«

Ich habe ganz leise gesprochen, aber sie hält sofort inne und betrachtet mich mit neuer Aufmerksamkeit.

»Ich weiß, dass dies kein leichter Auftrag ist. Ich bin noch nicht senil, wissen Sie. Ich vertraue einfach darauf, dass Sie Ihr Bestes tun werden.«

Wenn ich nicht stottere, sei meine Stimme sehr angenehm, fast einlullend, behauptete meine alte Freundin Romaine einmal. Auf sie wirkte sie überzeugend, selbst wenn ich in einer Fremdsprache redete, deren sie nicht mächtig war.

Madame Dewaere lehnt sich zurück. »Natürlich werden wir unser Bestes tun, Monsieur. Falls wir den Auftrag annehmen, meine ich. Ich wollte Sie nur darauf aufmerksam machen, dass dies in der Tat ein recht ungewöhnlicher Auftrag ist und die Erfolgschancen leider sehr ... sehr gering sind.«

»Ihre Aufrichtigkeit e-ehrt Sie. Aber Ihre Agentur ist b-bekannt dafür, dass sie die merkwürdigsten Aufträge erfolgreich g-gelöst hat.«

»In der Tat, Monsieur. Aber ich muss zugeben, dass Ihr Auftrag mit der ungewöhnlichste ist, der uns bisher untergekommen ist.« Sie klappt wieder ihr Notizbuch auf. Zwischen ihren Brauen hat sich eine kleine Falte gebildet, die ich vorhin nicht bemerkt habe. »Könnten Sie mir sagen, Monsieur Maugham ... Möchten Sie mir erzählen, warum Sie nach so langer Zeit ...« Sie zögert, ihr Blick verirrt sich nun doch zur Meeresbucht, wo eine Flotte von Segelbooten ausschwärmt. Ihre Verlegenheit lässt sie übergangslos sehr viel jünger wirken. »Ich meine, gibt es einen Grund, weshalb Sie plötzlich der Freitod Ihres Bruders so beschäftigt?«

Ich drücke meine Zigarette aus und nippe an meinem kalt gewordenen Tee. Mit einer Hand, die fast nicht mehr zittert, stelle ich die Tasse zurück, während sie wartet. Eine leichte Brise erhebt sich und schiebt eine dünne Haarsträhne quer über ihre Wange, aber sie rührt sich nicht, das Abbild vollkommener Konzentration.

»Du bist Fremden gegenüber immer so zugeknöpft«, seufzte Gerald regelmäßig, wenn wir auf Reisen waren. Im Laufe der Jahre merkte ich, dass meine Zurückhaltung und Verschlossenheit legendär geworden waren.

Es muss stimmen, dass Menschen in meinem Alter oft weich und sentimental werden. Ich habe diese Frau gerade erst kennen gelernt und verspüre schon einen fast unüberwindlichen Drang, mich ihr anzuvertrauen, ihr alles zu erzählen. Ich verschränke meine Arme über der Brust, wie jedes Mal, wenn ich mich vor meinem Gegenüber und mir selbst schützen möchte.

»Ich bin sehr alt und weiß, dass mir nicht mehr viel Zeit bleibt. Ich möchte noch einiges regeln, bevor es zu spät ist. Dazu gehört auch, dass ich die Gewissheit haben möchte, dass Henry sich wirklich das Leben genommen hat. Dass es in seiner Umgebung niemanden gab, der ihm Übles angetan hat.«

»Ach, jetzt verstehe ich.« Ihr Gesicht entspannt sich. »Glauben Sie, jemand könnte ihn in den Selbstmord getrieben haben? Oder ihn sogar gezwungen haben, die Säure zu trinken?«

Ich nicke. »Ich habe nie recht an einen Selbstmord glauben wollen.«

»Können Sie sich an Namen erinnern? Haben Sie Fotos?«

Ich greife nach dem Umschlag. »Das ist alles, was mir von meinem Bruder geblieben ist.«

Sie öffnet ihn. Drei verblichene Fotos mit gezackten Rändern, die Geburtsurkunde, vier Briefe, zwei zerfledderte Adressenbücher, ein dünnes Manuskript.

»Hatte Ihr Bruder ein Testament hinterlassen?«

»Ja. Er besaß nicht viel, aber er hat alles seinen Liebhabern hinterlassen.«

Sie sieht nicht auf, kein Muskel zuckt in ihrem Gesicht. Dank der Arbeit Ihres Mannes hält das Leben nicht viel Sensationelles für sie bereit. Merkwürdig, sie kommt mir nicht wie eine verheiratete Frau vor oder zumindest nicht wie eine ergebene Sekretärin. Sie ist nicht sorgfältig geschminkt, ihr Haar ist nachlässig hinter die Ohren gesteckt und ihre Kleidung scheint nicht richtig zu sitzen, als hätte sie diese von ihrer größeren Schwester geerbt. Nur die hohen Schuhe passen nicht ins Bild; die einzige Konzession, zu der sie bereit ist, vielleicht, weil diese sie größer und imposanter erscheinen lassen.

Sie blättert aufmerksam im Adressenbuch. »Hier haben wir zumindest einige Namen von Menschen, die ihm nahe standen.«

»Harry – wir haben Henry immer Harry genannt – war sehr b-beliebt. Er hatte einen unglaublichen Charme, m-mehr als alle seine Brüder ... i-ich meine, mehr als wir alle zusammen.«

Sie überfliegt die Briefe. An der Art, wie ihre Augen den Zeilen folgen, merke ich, dass sie wirklich liest. Von meinem Nachbarn weiß ich, dass ihr Mann perfekt Englisch spricht, denn die Aufträge, die er angenommen hat, haben ihn des Öfteren bis in die Vereinigten Staaten geführt. Anscheinend gilt das auch für seine Frau.

George setzt sich auf und kratzt sich heftig am Ohr. Ching gähnt und streckt sich. Li scheint eingeschlafen zu sein, er ist der älteste der drei.

»Hatte Ihr Bruder Feinde?«

»Kann ich mir nicht v-vorstellen. Er arbeitete eine Zeit lang mit meinem B-bruder Charles in der Rechtsanwaltskanzlei in P-paris, die mein Vater gegründet hatte, aber dann gab er den Anwaltsberuf auf, weil er sich seiner B-berufung als Schriftsteller widmen wollte. Er hatte k-keinen Erfolg, nur wenig Geld, und niemand konnte ihm etwas n-neiden, weder finanziell noch beruflich.«

Plötzlich sehe ich ihn wieder vor mir, jeden seiner Gesichtszüge so klar und deutlich, als würde er vor mir stehen, und das, obwohl ich seit Jahrzehnten der Meinung gewesen war, sein Aussehen vergessen zu haben.

Bei der Feier nach der Premiere meines Theaterstückes »A Man of Honour« in London trug er als einziger keinen Abendanzug. Er stand, mit einem Champagnerglas in der Hand, nachlässig an einen Pfeiler gelehnt, als ich an ihn herantrat.

»Na, mein kleiner Bruder hat endlich ein wenig Erfolg.«

Seine Stimme verriet, dass er leicht betrunken war. Er lächelte mich schief an. Ich wusste, dass er nicht viel von meiner Schriftstellerei hielt, sie war ihm zu publikumsfreundlich, zu banal, nicht künstlerisch genug. Es war schon erstaunlich, dass er zur Feier gekommen war.

»Man kann noch nicht vom Erfolg sprechen«, erwiderte ich steif.

»Bitte?«

Frau Dewaere sieht mich fragend an.

Ich hüstele. »Mein Bruder sah sich als K-künstler und wollte keine Konzessionen machen, d-diesbezüglich blieb er unbeugsam. Aber ansonsten war er ein sehr l-liebenswürdiger, sehr freundlicher Mann. Alle haben ihn g-gemocht.«

Die Segelboote sind nun winzige Punkte, die auf die Linie zwischen Himmel und Wasser zueilen.

»Auch liebenswürdige Menschen haben Feinde.«

»Ich weiß. Ich kann mir nur schwer v-vorstellen, wer Harry etwas B-böses antun wollte, aber wenn man sucht, kann man n-natürlich Gründe finden ...« Ich lasse den Satz in einem bedeutungsvollen Ton ausklingen, aber sie scheint ihn nicht zur

Kenntnis zu nehmen. Sie blättert rasch das Manuskript durch und liest den letzten Absatz.

Meines Bruders letztes Werk. Nur wenige haben es gelesen. Außer mir, ein paar gelangweilten Lektoren und meinem Literaturagenten eigentlich niemand.

»Soweit ich verstanden habe, hat Ihr Bruder keinen Abschiedsbrief hinterlassen.«

»Nein.«

»Haben Sie deswegen Verdacht geschöpft, dass sein Selbstmord in Wirklichkeit Mord sein könnte?«

Ich zögere. Es ist besser, wenn sie selbst nach und nach gewisse Dinge entdeckt. »Ich w-weiß es nicht mehr. Es ist mehr ein G-gefühl, das ich von Anfang an hatte. Aber k-keiner hat damals auf mich gehört. Es gab eine U-untersuchung, wie es nach einem Selbstmord üblich ist, aber sie war eine reine F-formalität, niemand hat wirklich nachgeforscht.«

Mein Herz schlägt wieder schneller. Ich habe Lust auf einen Martini, aber es ist zu früh für einen Aperitif.

»Wer hat Ihren Bruder entdeckt?«

»Einer seiner Freunde, Charles B-barlow. Er ist schon vor vielen Jahren v-verstorben.«

Sie nickt düster, als hätte ich eine ihrer Befürchtungen bestätigt. Die meisten Freunde Harrys sind seit Jahren tot. Sie schiebt die Papiere in den Umschlag zurück. »Darf ich diese Dokumente eine Zeit lang behalten, Monsieur?«

»Natürlich.« Ich atme tief durch. »Heißt es, dass Sie den Auftrag annehmen?«

Mein Nachbar hat mir gesagt, dass die Detektei sich den Luxus erlauben könne, nur Aufträge anzunehmen, die ihr liegen, ja, dass sie immer weniger arbeitete.

»Ich möchte mir eine Bedenkzeit erbitten, Monsieur. Wie schon gesagt, ist dies ein recht ungewöhnlicher Auftrag, und bevor wir zusagen, muss ich dies mit meinem Mann erst mal alles durchlesen und besprechen.«

Ich nicke, schwer schluckend.

»Ich bin mir fast sicher, dass mein Mann zusagen wird.«

Sie hat wirklich ein sehr freundliches Lächeln. Ich glaube nicht, dass es professionell eingeübt ist, es sei denn, sie ist eine außergewöhnlich begabte Schauspielerin. Ihr Lächeln ähnelt dem Harrys, es breitet sich jäh über das ganze Gesicht aus, leuchtet einem aus den Augen entgegen. Ich mag warmherzige Menschen, in ihrer Gegenwart stottere ich weniger als sonst.

Sie steht auf, und ich erhebe mich mühsam. Meinem Hirn scheint zu widerstreben, dass die Unterredung bereits vorbei ist.

»Ich werde nicht umhin kommen, Sie anzurufen, wenn ich alle Unterlagen gelesen habe, um Ihnen noch ein paar Fragen zu stellen.«

»Ich stehe Ihnen jederzeit zur Verfügung, Madame.«

Ich begleite sie, zusammen mit den Hunden, die vor uns hineilen, mit wedelnden Schwänzen und hüpfenden Ohren.

»Auf Wiedersehen.« Wieder dieser fast schmerzlich feste Händedruck, wie ich ihn sonst nur von Männern kenne.

Der Butler begleitet sie zu ihrem Wagen, und ich gehe langsam ins Haus zurück.

In der Halle steht Alan, als hätte er auf mich gewartet.

»Also, was hat sie gesagt?«

»Sie hat den Auftrag noch nicht angenommen.«

Er macht eine ungeduldige Handbewegung. »Das ist bestimmt nur die Strategie von diesem Detektiv. Er schickt seine Frau voraus, um alles spannender zu machen, tut so, als würde er zögern, und am Ende verlangen sie eine unverschämte Summe.«

»Vielleicht ...«

»Hat sie zu dem Auftrag selbst etwas gesagt? Meint sie, sie könnten etwas über Liza herausfinden, was die Klatschpresse interessieren könnte?«

Darum geht es also. Er denkt, ich möchte meine Tochter in

Schwierigkeiten bringen, um sie enterben zu können.

Sie haben einander nie gemocht, Liza und Alan. Unbeirrbar beharrt sie darauf, ihn wie einen bloßen Angestellten zu betrachten, obwohl sie weiß, dass sein Titel als Privatsekretär vor der Öffentlichkeit die Tatsache verbergen soll, dass er seit Geralds Tod mein Lebensgefährte ist. Er wiederum nährt einen alten, unausrottbaren Groll gegen meine Tochter, die seiner Meinung nach nur auf mein Geld aus ist und mir dem Gesetz nach doch näher steht als er.

Da ich zu müde bin, um mich über Alan oder meine Familie zu ärgern, erwidere ich nichts.

Vor dem Abendessen werde ich einige Patiencen legen und versuchen, nicht zu denken, und vor allem, nicht zu sehr zu hoffen, dass der Detektiv bald zusagt. Ich bin immer noch nicht alt genug, um mit Enttäuschungen fertig zu werden.

3.
Nächtliche Besucher

Wie so oft wache ich vor Morgengrauen auf, weil ich friere. Die Decke bildet ein Bündel zu meinen Füssen, und ich liege auf der Seite, zusammengekauert wie damals als kleines Kind, am Abend nach dem Tod meiner Mutter.

Ein beklemmendes Gefühl in meiner Brust hindert mich daran, nach der Decke zu greifen und sie über mich zu ziehen. Der Plafond ist höher gerückt, die Wände sind zurückgewichen, und ich fühle mich klein und schutzlos, der Finsternis und Kälte ausgeliefert. Ich bringe es fertig, mich noch enger zusammen zu rollen, soweit es meine steifen Knie zulassen, und ich falte die Arme vor der Brust zusammen, die Hände zu Fäusten geballt.

Als Kind hatte ich das Dunkel und die Einsamkeit der Nacht gefürchtet, als Erwachsener hieß ich sie willkommen, und nun beginne ich, sie wieder zu fürchten. Es ist, als schwebe man im Weltall, außerhalb von Raum und Zeit.

In der Stille blitzen die Erinnerungen und Gedanken, die ich tagsüber erfolgreich verdrängen kann, wie bunte bewegte Bilder auf. Längst Verstorbene treten aus der Finsternis ins Zimmer, und ich höre ihre Stimmen nahe an meinem Ohr. Manchmal dringen sogar ihre Gerüche zu mir herüber: Parfüm, Rasierwasser, Haarpomade, Schweiß und Rauch.

Harry dreht sich nach mir um, grinst spöttisch auf mich hinunter. »Lass das Schreiben sein, Willie.«

Ich antworte nicht, genau wie damals. Er ist nicht böswillig, war es nie. Da wir Brüder sind, spricht er aus, was er denkt.

»Du hast einen ehrenwerten Beruf, Willie, du bist Arzt. Warum übst du diesen nicht aus und überlässt das dilettantische Schreiben den anderen?«

Ich seufze. »Du hast auch einen anständigen Beruf, Harry, du bist Jurist. Warum nicht ihn ausüben, anstatt dieses Hungerdasein eines verkrachten Schriftstellers zu erleiden?«

»Ich mag nicht wie ein ehrenwerter Bürger leben. Ich brauche die Anerkennung anderer nicht. Du schon.«

Rasch drehe ich mich auf den Rücken und bin wieder allein, um mich herum lautloses Dunkel.

Ich konzentriere mich darauf, die Konturen der Zimmerdecke über mir zu erahnen. Wenn ich meinen Geist zur Genüge beschäftige, kann Harry nicht zurückkommen. Ich blinzele angestrengt und kann allmählich sogar den Schatten der Lampe erkennen. Die Minuten verstreichen, und Harry schweigt.

Ich schließe kurz die Augen, fühle meine Lider schmerzhaft über die trockenen Augäpfel gleiten, und augenblicklich ist mein ältester Bruder da, Charles.

»Weißt du, warum Harry es getan hat?« Er zupft an seinem Schnurrbart. Er ist noch ganz schwarz, er ist ja erst fünfundvierzig Jahre alt.

Ich sitze ihm gegenüber, sehe mich im Kaminspiegel hinter seinem Rücken, und für den Bruchteil einer Sekunde bin ich zufrieden mit meinem Aussehen. Woher kommt dieser eitle Gedanke, während ich Harrys Tod noch immer nicht fassen kann? Die menschliche Natur bleibt ein Rätsel, denke ich, und sofort fällt mir hierzu eine Kurzgeschichte ein.

Ich schüttele heftig den Kopf.

Charles sieht mich fragend an.

»Nein, Charley. Ich weiß natürlich nicht, was ihn dazu getrieben hat. Hätte ich eine Ahnung gehabt, dass er so verzweifelt war ...«

Zwei Wochen vor seinem Tod hatte ich Harry zum Essen eingeladen. Er trug wieder diesen schäbigen blauen Anzug, der sein bleiches Gesicht noch eingefallener wirken ließ. Er aß nicht viel, aber er trank durstig den guten Wein, leerte die Gläser, fast ohne sie abzusetzen.

Trotz seines kränklichen Aussehens wirkte er gelöst, er scherzte, zwinkerte dem steifen Kellner zu, lachte über meine Witze.

»Geht's dir wirklich gut, Harry?«

»Natürlich. Ich schreibe viel. Wenn ich schreibe, geht es mir immer gut.«

Seine Augen glänzten freundlich, sie waren weder glasig noch abwesend, er stand also nicht unter Drogen.

»Woran schreibst du zurzeit?«

Er zuckte mit den Schultern. »Wieder an einem Drama. Eigentlich wollte ich das nicht mehr, aber ich kann nicht anders.«

Plötzlich prustete er vor Lachen. »Kannst du dich noch erinnern, wie wir zusammen an diesem Theaterstück rumgefeilt haben? »The Fortunehunters«, was für ein Titel! Weißt du noch, wie wir uns gestritten haben über die letzte Szene?«

Sein Lachen war ansteckend, unwiderstehlich ... Plötzlich erstirbt es, vom Vogelzwitschern unterbrochen. Ein vorlauter kleiner Vogel singt vor meinem Fenster und vertreibt die Gespenster.

Seufzend setze ich mich im Bett auf. Durch die Ritzen der Fensterläden sickert die Dämmerung ins Zimmer. Allmorgendlich nähert sich der neue Tag diskret wie auf Zehenspitzen, bis die Sonne über dem Horizont aufgeht und lautlos explodiert.

Ich stopfe mir Kissen in den Rücken, damit ich bequem sitze, schiebe das Moskitonetz zur Seite und knipse die Nachttischlampe an. Der Roman von James M. Cain wird mich vielleicht wach halten, bis mein Frühstück gebracht wird.

Das erste Wort, das ich schwarz auf weißem Grund lese, ist Mord.

Es war Charles, mein ältester Bruder, der als erster diesen

Verdacht geäußert hatte, kurz nach Harrys Beerdigung im Juli neunzehnhundertvier, während wir in einem Hotelzimmer in Calais saßen. »Ich kann gar nicht glauben, dass er freiwillig eine Flasche Säure ausgetrunken hat. Weißt du noch, wie schmerzempfindlich und wehleidig er immer war?«

Ich lauschte seinem Satz nach. Erst als die Zigarettenasche ein Loch in meine Sommerhose brannte, wachte ich aus der Erstarrung auf.

»Natürlich.« Ich schnippte die Asche auf den Boden und zerdrückte meine Zigarette. »Du hast recht. Meinst du, jemand hat ihn gezwungen, die Säure zu trinken?«

Charles sah zum Fenster hinaus in Richtung England. Wenn er aufs Meer blickte, ging jedes Mal eine erstaunliche Verwandlung mit ihm vor. Sein Gesicht wurde schmaler, zerfiel in zahlreiche Falten und Furchen und seine Augen glänzten, als wären sie voller Tränen. Das Gesicht eines Seemannes, der Abschied nimmt. Und vielleicht war er im tiefsten Innern ein Seefahrer, ich kannte seine Träume nicht.

Ich überließ ihn seiner Nostalgie. Eine Weile später spürte er meinen Blick, erinnerte sich meiner Frage und lächelte entschuldigend. »Nein, ich kann mir nicht denken, dass ihn jemand gezwungen hat. Weshalb denn?«

»Es kann tausend Gründe geben. Weißt du etwas Näheres über das Leben, das er führte, seitdem er aus Paris weggezogen war? Ich habe mich regelmäßig mit ihm in London getroffen, aber er hat immer geheimnisvoll getan und mir so wenig über sich erzählt wie möglich. Nicht einmal ich kann behaupten, dass ich sein Leben wirklich kannte.«

Charles antwortete nicht, er blickte wieder zum Hafen von Calais. Am nächsten Tag mussten wir den Zug nach Meudon bei Paris nehmen, wo seine Familie in einem gemieteten Ferienhaus auf uns wartete. Im Grunde wusste ich fast nichts über ihn, genauso wenig wie über meine anderen Brüder. Ich hatte meine

Kindheit fern von ihnen verbracht und mit ihnen vor allem die Hemmung gemeinsam, mich anderen zu öffnen, meine Gefühle zu offenbaren.

»Du hast doch lange mit Harry zusammen gearbeitet, Charley. Kannst du dir vorstellen, dass er sich umbringen wollte?«

»Er war im Grunde ein sehr trauriger Mensch.«

»Wir Maughams sind es alle.«

Er lächelte wieder schwach und verlegen, widersprach mir aber nicht. An jenem Abend redeten wir nicht mehr über Harry, wir hatten uns bereits zu weit vorgewagt. Wir plauderten gezwungen, vermieden es, gewisse Worte auszusprechen.

Erst am nächsten Morgen im Zug sagte der in eine Zigarrenwolke gehüllte Charles ganz übergangslos: »Zwei Wochen vor seinem Tod habe ich Harry geschrieben, ob er nicht doch in unsere Kanzlei in Paris zurückkommen wolle. Ich wusste, dass er nicht wirklich für diesen Beruf geeignet war, aber es tat ihm nicht gut, in London zu leben, vor allem seiner Gesundheit nicht.« Wir fuhren in einen Tunnel, und die Stimme meines Bruders klang seltsam fremd in der Dunkelheit. »Er schrieb mir zurück, dass er mir danke, aber er sei nun seinem Schriftstellertraum näher denn je zuvor, er habe eine grandiose Idee und arbeite Tag und Nacht an seiner Verwirklichung.«

Ein plötzlicher Schmerz durchzuckte mich, als hätte mir Charles einen Schlag versetzt. »Das heißt, wir hatten mit unserem Verdacht doch recht. Er kann sich nicht umgebracht haben. Nicht, wenn er mitten im Schaffensrausch war.«

Der Zug ratterte wieder ans Tageslicht, und Charles zog heftig an seiner Zigarre. »Das war zwei Wochen vor seinem Tod. Vielleicht kam er plötzlich nicht mehr weiter, steckte gerade in einer Schreibkrise und war darüber so verzweifelt, dass ihm das Leben plötzlich nicht mehr lebenswert erschien. Du weißt ja, wie instabil er war.«

»Er war instabil, aber nicht, was sein Schreiben betrifft. Du weißt nicht, wie …« Ich verstummte. Charles konnte nicht wissen, wie es ist, wenn eine neue Idee plötzlich in einem keimt, nein, einen eher überfällt, Hirn und Körper in Flammen setzt wie eine Krankheit. Natürlich kühlt sich beim Weiterschreiben die Leidenschaft ab, verwandelt sich allmählich in nüchterne Kleinarbeit, in mühseliges Tageswerk mit endlosen Korrekturen. Aber ich weiß, dass Harry trotz seines unpraktischen Wesens ein fleißiger und disziplinierter Handwerker war.

»Harry nahm seine schriftstellerische Tätigkeit sehr ernst, Charley. Er hätte sich nicht umgebracht, bevor er sein Drama vollendet hat.«

Charles Schnurrbart wirkte unnatürlich schwarz in seinem erblassten Gesicht. »Aber wer kann es denn getan haben, Willie? Welcher Mensch ist fähig, einem anderen einen so schrecklichen Tod zuzufügen?«

»Jemand, der voller Hass ist.« Der Satz war heraus, bevor mein Verstand ihn voll erfasst hatte.

»Wer kann Harry denn gehasst haben? Er war ein so netter Kerl. Lieb und sanft und fast langweilig …«

»Es gibt Verbrechen aus Leidenschaft, Charley.«

Charles wusste, dass Harry meine Neigung zu Männern teilte, hierin sogar noch ausschließlicher, noch unbeugsamer war als ich. Der Zigarrenrauch wurde dichter, wir sprachen kein Wort, bis der Zug in Paris ankam.

Am Tag darauf tat Charles so, als hätte er nie daran gezweifelt, dass Harry Selbstmord begangen habe. Er wehrte meine Einwände als nichtig ab, meinte, als Anwalt wisse er nur zur Genüge, dass sich ein vager Verdacht in den allermeisten Fällen als unbegründet herausstelle. Außerdem habe die amtliche Untersuchung ergeben, dass kein Fremdverschulden vorliege.

Bald gab ich es auf, mit ihm zu diskutieren. Es kann nicht sein, was nicht sein darf, war Charles' Grundsatz. Jeder hat seine Art, mit Schicksalsschlägen fertig zu werden.

»Guten Morgen, Monsieur.« Der Butler stellt das Frühstückstablett ab und öffnet die Fensterläden. »Es wird heute heiß werden, Monsieur. Annette meint, gestern sei es fast so heiß gewesen wie letztes Jahr im August, dabei haben wir erst Anfang Mai.«

Ich kneife die Augen zusammen vor dem grellblauen Himmel, vor der Sonne, die sofort in die verstecktesten Winkel des Zimmers dringt und sich in den Fensterscheiben und im Kaminspiegel reflektiert. An manchen Tagen empfinde ich die Sonne Südfrankreichs als zu aufdringlich und zu schrill. Der wolkenreiche Himmel Londons würde zurzeit meinem Gemüt besser tun.

Ich rühre weder die auf dem Tablett gefaltete Tageszeitung noch meine Pfeife an und schlürfe melancholisch meinen Kaffee.

Warum hat Madame Dewaere noch nicht angerufen? Ist ihr Schweigen wirklich nur eine Strategie, um den Preis höher zu treiben? Hat sie in den Unterlagen nicht genug Hinweise gefunden, die meine Mordtheorie unterstützen?

»Hirngespinste!« Frederic wurde genauso blass wie Charles, als ich vor ihm die Möglichkeit erwähnte, dass unser Bruder die Flasche nicht aus freien Stücken getrunken habe. »Er hat überall versagt und sich deswegen umgebracht.«

»Er hat sich als Künstler gesehen, nicht als Versager, Frederic. Natürlich hat er nicht viel verdient ...«

»Er wusste sehr wohl, dass er ein Versager war. Zudem war er mit diesem Laster behaftet, das du auch hast ...« Seine dünnen, trockenen Lippen spuckten mir die Worte ins Gesicht und seine Hände umklammerten die Armstützen des Sessels, als müsste er sich mühsam daran hindern, mich zu schlagen. »Und nichts ist krankhafter als das. Außerdem hat er getrunken und den lieben langen Tag nichts anderes getan, außer an seinen langweiligen Büchern und Dramen herumzufeilen, die niemand veröffentlichen wollte.«

Wir sprachen miteinander nie wieder über Harry.

Frederic ist erst vor drei Jahren gestorben, er ist einundneunzig geworden. Er war Charles nicht nach Paris gefolgt, um mit ihm in der Kanzlei zu arbeiten, nachdem er das Jurastudium abgeschlossen hatte. Eigentlich nicht überraschend, er war durch und durch ein Engländer, obwohl er wie wir alle in Frankreich geboren war. So lebten wir lange Jahre beide in London, manchmal nur einige Straßenzüge voneinander entfernt, und sahen uns regelmäßig. Ich fühlte seinen starren, missbilligenden Blick auf mir ruhen, während ich mit seiner Frau und seinen Kindern scherzte.

»Du solltest dich zusammennehmen, Willie.«

»Bitte?«

Er hatte das undurchdringliche Gesicht eines Richters. Tatsächlich hatte er es weit gebracht in seiner Juristenkarriere, bis zum Lordkanzler. Dieses Gespräch fand viele Jahre nach Harrys Tod statt, nach dem ersten Weltkrieg und nach meiner unglückseligen Heirat mit Syrie.

»Du hast mich schon richtig verstanden. Wohlmeinende Bekannte haben mich gebeten, dir zu sagen, dass die Polizei genau weiß, was du treibst. Dass du ein bekannter Dramatiker und Autor bist, heißt noch nicht, dass du vor einer Verhaftung sicher bist. Du kannst dich bestimmt noch daran erinnern, wie es Oscar Wilde ergangen ist.«

Wie hätte ich Oscar Wildes Schicksal je vergessen können. Als ich damals vom Gerichtsurteil erfahren hatte, war ich auf Capri gewesen und hatte auf dieser unwirklich schönen, freundlichen Insel die schlechte Nachricht schnell verdrängt. Doch später, wieder zurück in London, passierte es mir mehrmals, dass ich überstürzt den Anatomiesaal des St. Thomas-Hospitals verlassen musste, um mich in der Toilette einzusperren und abzuwarten, bis meine Übelkeit sich gelegt hatte.

Das Urteil hing wie ein unsichtbares, bedrohlich schweres Gewicht über mir, das jederzeit auf mich fallen und mich erschlagen konnte: Zwei Jahre Gefängnis mit schwerer Zwangsarbeit für einen weltberühmten Dramatiker wegen Unzucht. Es gab keinen Grund anzunehmen, dass sie mit einem unbekannten Medizinstudenten weniger hart verfahren hätten.

»Danke für die Warnung, F-frederic.« Mein Mund war trocken.

»Dass du noch nicht verhaftet worden bist, verdankst du wahrscheinlich nur der Tatsache, dass du mein Bruder bist.«

Armer Trottel. Was bedeutete seine Stellung neben meinen Verbindungen zum Geheimdienst? Seit meiner Spionagetätigkeit im ersten Weltkrieg kannte ich persönlich einige graue Eminenzen, die an den Fäden zogen, an deren Enden die Politiker wie entseelte Puppen hingen. Falls mich jedoch die Polizei mit einem Mann in flagranti erwischt und die Presse davon Wind bekommen hätte, hätte mir niemand helfen können.

Aber ich sagte nichts, zog es vor, zu Frederics Frau im Nachbarzimmer zu gehen, um mich von ihr zu verabschieden. Und in dem Augenblick verfestigte sich in mir die Gewissheit, dass ich in nicht allzu ferner Zukunft meinen Wohnsitz nach Frankreich verlegen würde.

»Guten Morgen, Willie.« Alan schwebt auf einer Rasierwasserwolke ins Zimmer und verdrängt die Frühlingsdüfte des Gartens. »Du hast schon wieder deinen Porridge nicht gegessen. Was ist los, Willie? Fühlst du dich unwohl? Sollen wir den Arzt anrufen?«

»Es würde mir besser gehen, wenn du mich endlich in Ruhe ließest.«

»Wenn du weiterhin so wenig isst, werde ich den neuen Arzt in Nizza anrufen. Er kommt aus Paris.«

Hätte in dem Augenblick nicht der Butler das Zimmer betreten, hätte ich die Zeitung nach ihm geworfen. Im Nachhinein bereue ich meine Ausbrüche jedes Mal, denn Alan ist ein wirklich sanfter und lieber Mensch.

»Du solltest ihm endlich verzeihen, dass er nicht Geralds

Charme und Intelligenz hat.« Romaine Brooks tätschelte meinen Arm. Ungerührt hatte sie mir zugehört, als ich mich beklagte, dass mir Alan auf die Nerven ginge. »Dafür ist er dir aufrichtig ergeben, zuverlässig, freundlich zu jedermann und hält dir all die Ärgernisse des Alltags fern, sodass du dich ganz deiner Arbeit widmen kannst. Und er trinkt nicht. Hast du schon vergessen, wie schwierig es mit Gerald in den letzten Jahren war?«

An manchen Tagen, wenn es draußen windig und kalt wird, ich mich weder aufs Lesen noch auf die Karten konzentrieren kann und die Geister der Vergangenheit wieder zu murmeln und zu sticheln anfangen, bin ich Vernunftgründen unzugänglich.

Stumm sehe ich Alan zu, wie er im Haus hin und her eilt, mit Hamsterbacken, spitzer Nase und dickem Bauch, und nehme es ihm übel, dass er sich so hat gehen lassen. Dass er so aufgedunsen und pfennigfuchsig aussieht. Dass er keinen Humor hat und immer so ängstlich ist.

Nein, ich bin froh, dass Alan Gerald nicht ähnlich ist. Ich bin dankbar, dass er nicht so schillernd, so launisch, so unberechenbar mit jenen bestürzenden Anflügen von Bosheit ist. Ich weiß sogar zu schätzen, dass ich ihm niemals die gleichen Gefühle, die gleiche verzweifelte, bedingungslose, unerschütterliche Liebe entgegenbringen kann wie Gerald. Aber könnte er nicht weniger mittelmäßig sein?

»Telefon für Sie, Monsieur«, sagt der Butler.

Ich entrolle die Zeitung und lege sie wieder aufs Frühstückstablett.

Alan dreht sich mit gerunzelter Stirn nach ihm um. »So früh am Morgen? Wer ist es?«

»Madame Dewaere, Monsieur.«

4.
Der Auftrag

»Ich hoffe, ich habe Sie nicht aufgeweckt, Monsieur. Ich dachte, Sie würden morgens um acht frühstücken, daher schien mir viertel vor neun eine angemessene Zeit.«

Woher hat sie diese Information? Aus der Presse, von meinem Hauspersonal oder gar von Alan?

»Ich bin seit Stunden w-wach, Madame.«

»Ich verstehe.« Sie hat eine tiefe, ausdrucksvolle Stimme »Frühmorgens oder spätnachts ist der Geist klarer.«

»In der Tat.«

»Monsieur Maugham, beim Durchlesen der Dokumente, die Ihr Bruder hinterlassen hat, sind wir auf Briefe gestoßen, in denen er einen gewissen Robert Wright erwähnt. Sagt Ihnen der Name etwas?«

»Robert W-wright ... doch, ja. Ich kann mich vage an den Namen erinnern.«

»Wissen Sie etwas Näheres über ihn?«

Ich schweige, die Augen fest geschlossen. Meine Konzentration muss sich ihr über die Leitung mitgeteilt haben, denn sie lässt fast eine Minute verstreichen, bis sie sich wieder meldet.

»Monsieur?«

»Ich weiß nur, dass mein Bruder und er sich nahe standen.«

»Wie nahe?«

Ich stocke. »Ich kenne keine Einzelheiten, aber ich glaube, sie h-hatten eine Affäre, als sie zusammen in Cambridge studiert haben, doch nur kurz, später waren sie gute F-freunde. Robert

Wright hat nach dem Studium geheiratet und hatte, soweit ich weiß, m-mehrere Kinder.«

»Das hat nichts zu sagen, Monsieur.«

Ihre Direktheit verschlägt mir die Sprache. Im nächsten Augenblick jedoch weiß ich, dass sie hiermit nicht auf mich anspielt, Seitenhiebe sind nicht ihr Stil.

»Monsieur Maugham, mein Mann würde den Auftrag gern annehmen, falls Sie immer noch einverstanden sind.«

»Natürlich.« Sicher hat sie an meiner Stimme bemerkt, dass ich lächele. »Wann bringen Sie mir den Vertrag vorbei?«

»Mit Ihrer Erlaubnis würde ich es gern noch heute tun. Ich möchte Ihnen auch einige Fragen über Ihren Bruder stellen.«

Ich schlage ihr nachmittags um vier Uhr vor, wir tauschen noch ein paar Höflichkeiten und ich lasse den Hörer schwungvoll auf die Gabel fallen.

Einen Schritt vor mit dem linken Bein, einen Schritt vor mit dem rechten, links zur Seite, der rechte Fuß folgt nach, und nun einen Schritt zurück ...

»Was tust du da?« Alan ist rot angelaufen und sieht sich rasch um. Vielleicht hat er Angst, dass mich jemand vom Personal beobachtet hat.

»Sieht man das nicht? Ich tanze.«

Nach erfolgreichen Theaterpremieren habe ich so manche Nacht mit Schauspielerinnen durchtanzt, einige von ihnen nannten mich einen begnadeten Tänzer. Foxtrott, Walzer und sogar Tango.

»Willie, dein Morgenmantel ...«

Ich ziehe den Gürtel wieder fester zu und verbeuge mich vor ihm. »Gestatten, Monsieur? Die Kapelle spielt gerade einen Foxtrott.«

»Bitte lass das, Willie. Was ist denn heute Morgen in dich gefahren?«

Manchmal frage ich mich, ob meine Albträume und mein qualvolles Wachen vor Morgengrauen nicht daherkommen, dass ich seit anderthalb Jahrzehnten mit Alan zusammen lebe. Sein Gesichtsausdruck ist ständig angespannt, sein Blick flieht gehetzt hin und her, als befürchte er jederzeit einen tätlichen Angriff. Er hat regelmäßig Hautausschlag, ist kränklich, und es ist Monate her, seit ich ihn das letzte Mal habe lachen hören. Wie kann ich gelassen und heiter bleiben, wenn sogar sein Schweigen klagend und nörglerisch auf den Räumen lastet?

Ich drehe mich weiter im Kreis, vom Foxtrott zum Walzer übergehend.

»Willie, dein Badewasser wird kalt. Du wirst dich wieder erkälten, wie letztes Mal im Februar.«

Ich höre auf zu tanzen. Seine Stimme klingt müde und traurig, und ich erinnere mich daran, dass er nur noch mich auf der Welt hat.

»Gut, ich gehe schon. Sage Annette, dass wir heute Mittag auswärts essen. Es gibt etwas zu feiern.«

Nach dem Mittagessen im Restaurant La Réserve schlafe ich auf der Heimfahrt im Auto ein. Ich habe viel und gut gegessen und zum ersten Mal seit Monaten den Geschmack der Speisen genossen, ganz wie früher. Noch bevor ich mich zum Nachmittagsschlaf aufs Sofa lege, bitte ich Alan, den Wecker zu stellen, damit ich die Verabredung mit Madame Dewaere nicht verpasse.

Sie ist wieder auf die Minute pünktlich, schreitet energisch dahin auf ihren sehr hohen Absätzen. Ich stehe auf und gehe ihr einige Schritte entgegen. Frisch fühle ich mich, fast euphorisch, für einige kostbare Augenblicke zwanzig Jahr jünger.

»Freut mich, Sie wieder zu sehen, Mr. Maugham.«

Ich versuche, ihren kräftigen Händedruck angemessen zu erwidern.

Die Hunde begrüßen sie wie eine alte Bekannte. George hüpft um sie herum, die Greise Ching und Li, behindert durch ihre rheumatischen Gelenke, wedeln nur eifrig mit den Schwänzen.

Sie streichelt sie alle, Li krault sie sogar unter dem Kinn.

»Haben Sie auch Hunde?«, frage ich.

»Ja, vier, allerdings sind sie um einiges größer.«

»Schäferhunde?«

»Mischlinge, die unter ihren Vorfahren unübersehbar auch Schäferhunde hatten. Ich lese gern Straßenhunde auf, sie sind außerordentlich charaktervoll.«

Ich sehe sie barfuß an der Meeresküste entlang spazieren, ihre hochhackigen Sandalen hält sie an den Knöchelriemchen in einer Hand, die Hunde laufen vor ihr her, stürzen sich in die Wellen. Sie ruft sie zurück, pfeift sogar wenig damenhaft nach ihnen ... Ihren Mann sehe ich nicht, etwas an ihrer kleinen Person wirkt einzelgängerisch, sogar einsam.

Sie breitet die Dokumente auf dem Tisch aus.

»Hier ist der Vertrag, Mr. Maugham. Ich lasse ihn natürlich hier, damit Sie ihn in Ruhe lesen können.«

Ich habe an der Riviera den Ruf, jeden Vertrag gründlich zu lesen und mindestens dreimal abändern zu lassen, bevor ich ihn unterschreibe.

»Das ist nicht nötig.« Ich überfliege die Zahlen und das Kleingedruckte, schraube den Füller auf und unterschreibe das Dokument im Stehen.

»Danke für Ihr Vertrauen, Monsieur.« Sie entfernt das Kohlepapier, fügt die Blätter meiner Vertragskopie zusammen und schiebt sie zu mir herüber.

»Bitte, nehmen Sie Platz.« Ich setze mich mit dem Rücken zur Balustrade. »Geht es Ihrem Herrn Gemahl besser?«

»Danke, es geht ihm wesentlich besser.« Sie fischt eine Mappe mit Dokumenten aus ihrer Tasche und schlägt anmutig die Beine übereinander. »Wie schon gesagt, hätten wir noch einige Fragen zu den Unterlagen, die Sie uns zum Lesen überlassen haben.«

Ich muss über ihre Energie lächeln. »Ich stehe Ihnen zur Verfügung.«

Sie schlägt ihr Notizbuch auf. Es ist in Leder gebunden, und die Seiten sind, soweit ich es sehen kann, mit schwarzer Tinte vollgekritzelt. »Dieser Robert Wright hat anscheinend im Leben Ihres Bruders eine große Rolle gespielt. Dafür spricht, dass sich Robert Wrights Adressenbuch in seinem Nachlass befand, aus welchen Grunde auch immer, und auch, dass er in drei von den vier Briefen, die Sie mir gegeben haben und die er alle an Ihren Bruder Charles gerichtet hat, ausführlich von ihm spricht. Es hat uns ein wenig gewundert, dass sie nichts Näheres über diesen Herrn wissen.«

Ich spiele verlegen mit dem Füller, mit dem ich den Vertrag unterschrieben habe. »Es ist schon alles so l-lange her, Madame Dewaere. Ehrlich gesagt habe ich die B-briefe schon seit Jahrzehnten nicht g-gelesen. Ich habe sie im Jahre n-neunzehnhundertfünfunddreißig nach Charles T-tod von seiner Witwe bekommen. Ich hatte nicht gewusst, dass Charley Harrys B-briefe aufbewahrt hatte. Sogar ihr Anblick war sch-schwer zu ertragen gewesen, und ich hatte sie g-ganz zuunterst in einem Schrank verstaut.«

»Das ist sehr verständlich, Monsieur.« Sie blättert in ihrem Notizbuch. »Was uns nun beim Lesen aufgefallen ist, dass Ihr Bruder in den Briefen, die er über einen Zeitraum von insgesamt sechs Monaten geschrieben hat, zunehmend ungehaltener über das Verhalten Robert Wrights wird. Zunächst erwähnt er nur flüchtig, dass er von ihm enttäuscht und dass die Beziehung mit ihm wohl zu Ende sei. Er zitiert Aristoteles, der gemeint habe, dass Freundschaft, aber das gelte auch für die Liebe, eine Seele in zwei Körpern sei und dass er sich nun wie entseelt und unvollständig fühle.« Sie blättert wieder um. »Einige Wochen später wird Ihr Bruder in einem Brief noch deutlicher. Robert Wright sei ein unheimlicher Mensch, schreibt er. Er habe geglaubt, ihn zu kennen, und nun wisse er, dass er nur eine Seite von ihm gekannt habe. Er sei eine Art Dr. Jekyll und Mr. Hyde, er offenbare seine dunkle Seite erst mit der Zeit, aber diese werde immer mächtiger, und bald würde sie sicherlich seine Persönlichkeit völlig in Besitz nehmen.«

Sie macht eine Pause, und ihr wacher Blick tastet mein Gesicht ab. Es muss ihr mumienhaft und undurchdringlich vorkommen, wie so vielen Unbekannten vor ihr. Journalisten und Kollegen nannten es eidechsengleich, und ein Bekannter meinte sogar, ich würde wie ein alter Hexenmeister aussehen.

»Dies klingt in der T-tat unheimlich. Leider kann ich mich an diesen Robert Wright k-kaum erinnern. Ich weiß nicht einmal mehr, wie er aussah. M-mich hatte er wahrscheinlich nicht besonders beeindruckt.«

Sie lächelt, und ich fühle, wie sich meine Wangenmuskeln entspannen.

»War Ihr Bruder jemand, der sich leicht beeindrucken ließ? War er ein ängstlicher Mensch?«

»Ja, das war er.« Ich biete ihr eine Zigarette an, die sie ablehnt, wie schon das letzte Mal. Ich zünde sie mir an und inhaliere genüsslich den Rauch. »Außerdem hatte der arme Harry zahlreiche Phobien und Neurosen, die mit der Zeit immer schlimmer wurden. In den letzten Monaten seines Lebens weigerte er sich, den Zug zu nehmen, und dementsprechend verließ er kaum noch London, obwohl er früher viel gereist war. Er hatte Höhenangst; es wurde ihm schwindelig, sobald er sich einem Etagenfenster näherte. Und ... nun ja, Frauen machten ihn nervös. Ich meine, nicht alle Frauen. Er hatte zum Beispiel seine Schwägerin Beldy, die Frau von Charles, sehr gern, aber er fühlte sich ungemütlich in Gegenwart von jungen, heiratsfähigen Damen, die ihm bei Gesellschaften vorgestellt wurden.«

Sie notiert alles, was ich sage, ihr Gesicht noch undurchdringlicher als meines. Dann blättert sie einige Seiten zurück.

»In seinem vorletzten Brief schreibt Ihr Bruder, er werde nicht umhin kommen, Robert Wright zur Rede zu stellen. Er meint, er fürchte sich vor dieser Konfrontation, aber er habe keine Wahl. Danach schreibt er etwas zusammenhanglos, dass er viel Arbeit habe und dass er mit seinem Theaterstück gut vorankomme.«

Eine Wolke schiebt sich vor die Sonne und ihr Gesicht kommt mir übergangslos düster vor.

»In seinem letzten Brief, nur eine Woche später geschrieben, genau einen Monat vor seinem Tod, erwähnt Ihr Bruder Robert Wright nicht namentlich. Er schreibt nur, dass er viel zu erledigen habe, besonders was die Konfrontation mit einem Ex-Freund betreffe, und dass er sich hierauf seelisch und körperlich vorbereiten müsse. Im nächsten Absatz erzählt er, er habe den Eindruck, dass sein Zimmer durchsucht worden sei. Charles würde ihm bestimmt wieder nicht glauben, aber mehrere Dinge habe er nicht an ihrem üblichen Platz gefunden. Es sei nichts verschwunden, aber er könne sich denken, wer es gewesen sei und was er gesucht habe.« Madame Dewaere hebt den Kopf. »Hier endet der Brief ziemlich abrupt. Ihr Bruder drückt noch seine Hoffnung aus, Charley würde es gut gehen, zumindest besser als ihm, denn er schlafe sehr schlecht und habe ständig Kopfweh. Die Unterschrift ist kaum leserlich.«

Ich drücke sorgfältig meine Zigarette aus. Unweit von uns klickt mit hartnäckiger Monotonie die Schere des Gärtners, der weiter hinten, unsichtbar für uns, eine Hecke zurechtstutzt.

»Was uns aufgefallen ist, Monsieur, ist die Handschrift Ihres Bruders in diesem Brief. Sie ist viel zerfahrener und unregelmäßiger als in den anderen Dokumenten. Ganz so, als habe er unter starkem seelischen Druck gestanden.«

Ich räuspere mich. »Ja, es sieht so aus, als sei ihm diese Geschichte mit seinem Freund Robert Wright sehr nahe gegangen.«

»Hat Ihr Bruder Charles sich damals keine Sorgen um Harry gemacht? Hat er vor Ihnen diese Briefe nie erwähnt? Immerhin sind sie die einzigen, die er aufbewahrt hat.«

»Ich bin mir sicher, dass er sie nie erwähnt hat. Sorgen hat er sich bestimmt um ihn gemacht, das haben wir alle getan.«

»Harry schreibt: ›Du wirst mir wieder nicht glauben, aber jemand hat mein Zimmer durchsucht.‹ Das heißt, es war nicht das erste Mal, dass er den Verdacht äußerte, jemand sei in seiner Abwesenheit in sein Zimmer gedrungen. Hat vielleicht Charles ihn für paranoid gehalten oder ihn einfach nicht ernst genommen?«

Ich mag es, wie sie Harrys und Charles Vornamen ausspricht. Vertraulich wie eine gute Bekannte oder ein Familienmitglied. Die Vergangenheit wird plötzlich lebendig, rückt näher. Einen ganz kurzen, verrückten Moment lang habe ich den Eindruck, meine Brüder seien da, warteten im Haus auf uns, um den Tee einzunehmen.

Ich unterdrücke das aufsteigende Lächeln, zwinge meine Mundwinkel in die übliche Lage, wie von der Schwerkraft nach unten gezogen. Ich weiß, dass ich oft wie ein Sinnbild der Missbilligung wirke.

»Nein, ich glaube nicht, dass Charley ihn ernst nahm. Wie gesagt, Harry war ein sehr komplizierter Mensch voller Ängste und Neurosen. Dass er sich grundlos verfolgt fühlte, passt recht gut ins Bild.«

»Und was meinen Sie? Hatte Charles recht?«

Ich fühle, wie der Wind durch mein Haar fährt, es wie mit warmen Fingern zerzaust, und ich glätte es mit flacher Hand.

»Heute glaube ich, dass wir Unrecht hatten, ihn nicht ernst zu nehmen. Wie ich Ihnen schon gesagt hatte, hatte ich bereits damals, gleich nach seinem Tod, den vagen Verdacht, dass sein Selbstmord in Wirklichkeit ein Mord war, aber meine anderen Brüder wollten nichts davon hören.«

»Das kann ich nachvollziehen.« Sie klappt ihr Notizbuch zu. »Nachforschen und Grübeln hätten ihre Trauerarbeit erschwert.

Es war eine schlimme Zeit für Ihre Familie, und sie wollten alles so bald wie möglich vergessen.«

Ihr begütigender, fast resignierter Ton lässt mich vermuten, dass sie aus Erfahrung spricht.

Ich merke, wie meine Finger zucken, wie die eines Klavierspielers, der nach langer Zeit wieder sein geliebtes Instrument erblickt. Mein ganzer Körper lauscht angespannt. Ich bin neugierig, zum ersten Mal seit Jahren bin ich wieder neugierig. Ich möchte wissen, welche Geschichte sich hinter ihren Worten und dem nachdenklich gewordenen Blick verbirgt.

Doch ihr Gesicht verändert sich wieder, sie blinzelt und streckt den Rücken gerade durch, wie eine Schülerin, die zur Ordnung gemahnt wurde. Sie sammelt die Dokumente auf dem Tisch ein und verstaut sie mit entschiedenen Bewegungen in die Tasche.

»Wie schon gesagt, Monsieur Maugham, befürchte ich, dass unsere Arbeit schwierig und langwierig sein wird. Wir werden morgen nach London fahren, um mit den Nachforschungen zu beginnen. Leider mache ich mir nicht allzu viel Hoffnung, dass wir eine endgültige Antwort auf Ihre Frage finden werden.«

»Sie haben mein vollstes Vertrauen.«

Schweigend gehen wir nebeneinander zum Haus, wie zwei alte Bekannte. Ich werde wieder von einer plötzlichen Müdigkeit überwältigt, wie so oft nach einem längeren Gespräch. Ich beiße die Zähne zusammen und zwinge mich, einen Fuß vor den anderen zu setzen, ich lasse mir meine Schwäche vor Fremden nie anmerken. Es kommt mir vor, als ginge Madame Dewaere etwas langsamer, als es ihre Art ist, und sie bleibt sogar kurz stehen, um einen Jasminstrauch zu bewundern.

»Darf ich fragen, wie viele Gärtner Sie beschäftigen, Mr. Maugham?«

»Vier. Vor dem Krieg waren es sieben.«

Meine Stimme ist fest, von Müdigkeit keine Spur. Aber

diesmal gehen wir nicht um das Haus herum, ich lenke unsere Schritte so, dass wir die Halle durchqueren.

Madame Dewaere scheint sich nicht für Kunst zu interessieren; sie wirft nicht einmal einen Blick auf die Gemälde, was mich ein wenig enttäuscht.

Als der Bürgermeister von Saint-Jean das erste Mal bei mir zu Besuch gewesen war, hatte er vor allem den Picasso bewundert, der vor dem ersten Treppenabsatz hängt.

Bei seinem nächsten Besuch zwei Jahre später machte er jedoch einen beunruhigten Eindruck. Verlegen hüstelnd meinte er, jeder an der Riviera wisse, dass ich wertvolle Gemälde hätte, und es wäre besser, wenn ich eine Alarmanlage installieren lassen und die wertvollsten Bilder in einem Safe deponieren würde.

»Aber das ist doch lächerlich, Monsieur le maire, ich habe die Bilder nicht gekauft, um sie in einem Panzerschrank einzusperren.«

»Monsieur Maugham, mir ist leider überhaupt nicht zum Lachen.« Sein Gesicht rötete sich. »In den letzten Jahren sind die Einbrüche an der Côte d'Azur sprunghaft angestiegen. Ihr offenes Haus ist eine Einladung für bewaffnete Gangster, die sich nicht darum scheren, dass Sie samt Dienstboten zu Hause sind. Diese Leute sind imstande, Sie am helllichten Tag zu überfallen, Sie zu knebeln, und die Räume von allen Kunstwerken zu leeren. Glauben Sie mir, Monsieur, Ihr Haus steht bereits auf der Liste von einer dieser Banden, die sich auf Villeneinbrüche spezialisiert haben.«

Ich wusste nicht, woher der Bürgermeister seine Informationen bezog, ob einer seiner Schwager oder Cousins bei der Polizei arbeitete, aber sie waren bestimmt nicht falsch. Die Südfranzosen hier an der Küste sind alle untereinander verwandt, und ihr Netzwerk funktioniert zuverlässiger als das Telefon. Jedenfalls hatte mich dieses letzte Gespräch davon überzeugt, dass ich meine Gemälde nicht länger behalten kann. Ich kann sie nicht mehr betrachten, ohne daran zu denken, dass draußen bewaffnete Banden einen Einbruch bei mir planen.

Ich habe meiner Tochter, auf deren Namen ich einige der kostbarsten Gemälde überschrieben hatte, bereits vor einigen Monaten gesagt, dass ich vorhabe, alle Bilder bei Sotheby's versteigern zu lassen. So würde ich eine ständige Sorge loswerden, erklärte ich ihr, und sie bekäme einen Vorschuss auf ihr Erbe.

Meine Tochter war natürlich entzückt: Sie ist Mutter von vier Kindern, und obwohl ihr Mann, der in der Politik tätige Lord, nicht schlecht verdient und von Hause auch nicht arm ist, brauchen sie bei ihrem aufwändigen Lebensstil ständig Geld.

Als Madame Dewaere in ihr Auto steigt, einen dunkelblauen, verstaubten Citroen, betrachte ich noch einmal eingehend ihr Profil. Es hat nichts Bemerkenswertes an sich außer der Tatsache, dass es niemandem ähnlich sieht. Ihr Mann soll in Nizza geboren sein, aber sie stammt entschieden nicht aus dieser Gegend.

Der Wagen macht in einem großen Bogen kehrt, Madame Dewaere winkt mir zu und fährt um die Kurve. Ich höre den Kies unter den Rädern knirschen, weiß, dass sie nun aus dem Tor hinausfährt und an dem schwarzen Emblem auf der weißen Mauer vorbei, das die Menschen so rätselhaft finden.

Im Geiste bitte ich das Symbol, sie zu beschützen, es ist nämlich das maurische Zeichen gegen den bösen Blick, das ich in Erinnerung an meinen Vater neben dem Eingang meines Anwesens und auf den Rücken aller meiner Bücher habe anbringen lassen.

Ich höre, wie das Tor hinter ihr geschlossen wird. Nun fängt das große Warten an.

5.
Das Doppelleben eines Gentlemans

Der erste Bericht der Detektei Dewaere kommt endlose zwei Wochen und drei Tage später per Einschreiben. Ich erhalte immer noch an die fünfzig Briefe täglich, aber selten Einschreiben, und ich bestehe darauf, diese selbst zu öffnen.

Alan überreicht mir stirnrunzelnd den Umschlag. »Es war höchste Zeit, dass die Detektei sich meldet.« Er verschränkt die Arme hinter dem Rücken, stellt sich auf die Zehenspitzen, und lässt sich gleich darauf auf die Fersen zurückfallen. »Also, willst du den Brief nicht öffnen?«

»Später.« Klopfenden Herzens schiebe ich den Umschlag unter das Manuskript eines jungen Schriftstellers, der sich von mir eine Empfehlung erhofft. Ich stelle fest, dass meine Stimme wie sonst klingt und weder meine Erleichterung noch meine ungeduldige Vorfreude verrät. »Es ist erst elf Uhr. Lass mich jetzt bitte noch etwas arbeiten.«

Er öffnet den Mund, um zu antworten, aber mein Blick bringt ihn zum Schweigen. Seit Jahrzehnten verbringe ich allmorgendlich einige Stunden, von neun bis halb eins, in meinem Büro. Auch wenn ich nicht mehr schreibe, bin ich ausreichend damit beschäftigt, Manuskripte Unbekannter zu lesen, Briefe zu beantworten oder auch meine Memoiren zu korrigieren. Memoiren, die ich wahrscheinlich nie veröffentlichen werde.

Es fällt mir zunehmend schwer, den Füller zu halten, ich lege ihn alle zehn Minuten nieder und massiere die schmerzende Stelle zwischen Daumen und Zeigefinger, aber ich lege Wert darauf, gewisse Briefe persönlich zu beantworten. Den Großteil der Korrespondenz, Antworten auf Bittbriefe und Geburtstagswünsche, erledigt Alan.

Seitdem ich hier in der Villa Mauresque lebe, hat man es nur dreimal gewagt, mich vormittags in meinem Büro zu stören. Der sonst immer so rücksichtsvolle Alan muss sehr unter Druck stehen, wenn er es auf sich nimmt, dieses Tabu zu brechen.

Törichterweise hofft er immer noch darauf, dass der Detektiv im Privatleben meiner Tochter herumschnüffeln und fündig werden wird. Wäre ich des Streits und der andauernden Spannung nicht müde, würde ich ihm erklären, dass es hinausgeworfenes Geld wäre, Liza einen Fehltritt oder einen vertuschten Skandal nachweisen zu wollen.

Sie hat zwar eine Scheidung hinter sich, aber nun wohnt sie seit vielen Jahren mit ihrem zweiten Mann in London, wo sie auch geboren und aufgewachsen ist, und führt ein sehr ruhiges und konventionelles Leben, genauso, wie sie es sich von ihren Eltern vergeblich erhofft hatte.

Nachdem Alan betont leise die Tür hinter sich geschlossen hat, horche ich eine Weile auf die Geräusche im Raum. In meinem Arbeitszimmer ist es immer sehr still, es befindet sich in einem Anbau auf dem Dach, in sicherer Entfernung von den übrigen Räumen und den Ablenkungen des Alltags.

Früher empfing ich ganzjährig viele Gäste, die mehrere Nächte, ja Wochen bei mir übernachteten, hatte ein Personal von dreizehn Angestellten und im Haus war es nie ruhig. Sobald ich nach der Arbeit die Treppe hinunter stieg, umfing mich eine Geräuschkulisse von Stimmen, Musik, Gelächter und klapperndem Geschirr. Ich roch die Düfte von Essen, Blumen und Parfüm, Zigarettenrauch und Pfeife. Damals genoss ich es sehr, dieses pulsierende Leben, diese ständige Bewegung, die mir nach der Abgeschiedenheit meines Büros die Illusion vermittelte, mich mitten im Leben zu befinden.

Nun ist es ruhiger geworden, die Stille meines Arbeitszimmers hat sich der übrigen Räume des Hauses bemächtigt. Alan und das Personal bewegen sich schweigend und gedämpften Schrittes, und Besuche empfange ich nur noch selten, denn sie ermüden mich.

Ich lausche dem Ticken der Uhr und dem plötzlich aufkommenden Wind, der sich gegen das Fenster stemmt, und fühle mich wie der Kapitän in seiner Steuerkabine, einsam, aber Meister über sein Schiff und sein Geschick. Ein angenehmes Gefühl.

Ich ziehe den Umschlag hervor und drehe ihn hin und her. Wenn ich ihn aufmache, wird es mit meiner freudigen Stimmung vorbei sein, das weiß ich.

Du hast es so gewollt, mahne ich mich streng.

Der Brieföffner wiegt schwer in meiner Hand, und ich lege ihn gleich nieder. Meine Handgelenke sind lächerlich dünn geworden, kraftlos und zerbrechlich wie die Äste eines abgestorbenen Baums. So manches dicke, schön gebundene Buch aus meinem Regal kann ich nicht mehr in die Hand nehmen, ohne dass stechender Schmerz sie durchfährt.

Ich seufze und reiße rasch den Umschlag auf, bevor mein Geist sich wieder verirrt.

Den kurzen Begleitbrief, der mir mitteilt, dass der erste Bericht beiliegt und dass die Detektei Dewaere mit den Nachforschungen fortfährt, überfliege ich nur. Ich rücke meine Brille zurecht, um die folgenden Seiten zu lesen. Der Bericht ist schreibmaschinengetippt, mit ungewöhnlich großen Buchstaben, aber geringem Zeilenabstand, als hätte die Detektei es nötig, mit Papier zu sparen:

Zunächst haben wir uns das Ergebnis der amtlichen Untersuchung des Todes Ihres Bruders besorgt. Sie ist sehr knapp gehalten und besagt, dass Ihr Bruder sich in einem Augenblick geistiger Verwirrtheit das Leben genommen habe. Die Begründung ist, dass Harry Maugham nach

Aussage seiner Angehörigen depressiv und zum Zeitpunkt der Tat allein gewesen sei. So wie die Schlussfolgerungen der Untersuchung formuliert sind, scheint Fremdverschulden von Anfang an nicht ernsthaft in Betracht gezogen worden zu sein.
Unsere weiteren Ermittlungen konzentrierten sich auf die engsten Freunde Ihres Bruders, deren Namen wir in seinen Unterlagen gefunden haben. Mit Ausnahme von Jack Calder, der sich zurzeit in Italien aufhält und erst in einem Monat nach London zurückkehren wird, sind alle tot und haben keine Nachkommen.
Wir haben erfahren, dass auch Robert Wright, der eine so große und rätselhafte Rolle im Leben Ihres Bruders gespielt hat, bereits verstorben ist, aber wir haben die Londoner Adresse seiner jüngsten Tochter herausgefunden, Mrs. Caroline White. Sie ist achtundsechzig, verwitwet und lebt im Stadtteil South Kensington.
Wir haben uns als französische Genealogie-Forscher ausgegeben, deren Vorfahren aus England stammten. Sie hat uns sehr freundlich, fast begeistert empfangen, da sie gehofft hat, in uns verschollene Verwandte aus Frankreich zu entdecken. Die Dame hat viel Familiensinn, ist mehrfache Mutter und Großmutter, wie die zahlreichen eingerahmten Fotografien in ihrer Wohnung bezeugen.
Mrs. White hat uns bereitwillig Auskunft über ihren Vater gegeben. Er ist im Alter von achtundsiebzig Jahren kurz nach dem Krieg an Hirnschlag gestorben.
Sie erklärte, er sei ein guter Vater gewesen, aber im Laufe des Gesprächs gab sie zu, dass er ein verschlossener Mann war, der ihr bis zu seinem Tode rätselhaft geblieben sei. Er sei immer freundlich und höflich gewesen, ein echter Gentleman, der seine Kinder seit ihrem zartesten Alter als Erwachsene behandelt hatte, aber so richtig na-

he gekommen sei ihm keines von ihnen. Er arbeitete als Börsenmakler und war sehr erfolgreich.
Die Familie besaß ein großes Haus in London mit mehreren Dienstboten, ein Auto mit Chauffeur und ein Landhaus, wo die Familie, meist ohne den Vater, das Wochenende verbrachte.
Sie gaben hin und wieder Gesellschaften, aber sie hatte den Eindruck, dass es sich hauptsächlich um Freunde ihrer Mutter handelte, ihr Vater war ein wortkarger Mensch, der gern im Hintergrund blieb. Er verbrachte die Tage an der Börse und die Abende in seinem Klub und überließ alle Entscheidungen, die den Haushalt und die Familie betrafen, seiner Frau.
Von Harry Maugham hatte sie nie etwas gehört, allerdings konnte sie sich an keinen einzigen Freund ihres Vaters erinnern; sie zweifelte sogar daran, ob er je welche gehabt habe.
Nach dem Tod seiner Frau in den Dreißigerjahren war Robert Wright in Rente gegangen, hatte sein Haus aufgegeben, den Kindern den gesamten Hausrat und eine beträchtliche Geldsumme geschenkt und eine möblierte Wohnung gemietet, um ungebunden wie ein Junggeselle zu leben.
Mrs. White hatte den Eindruck, dass der frühe Tod seines jüngsten Sohnes bei der Bombardierung Londons im Jahre 1940 ihn sehr getroffen hatte, denn danach wurde er schwer krank und verließ bis zu seinem Tode kaum noch die Wohnung.
In seinem Nachlass hatte sie keinen einzigen Brief oder Fotografie gefunden, nichts, was ihr mehr Auskunft über ihren eigenen Vater gegeben hätte.

Sie ist die einzige Überlebende ihrer Familie, denn ihr älterer Bruder und ihre Schwester sind beide letztes Jahr gestorben.

Wir folgten dem Rat der liebenswürdigen Mrs. White und hörten uns im Watrick-Klub um, in dem ihrer Meinung nach Robert Wright seine gesamte Freizeit verbracht hatte. Wir konnten bald die Spur einiger Mitglieder ausfindig machen, deren Namen in seinem Adressenbuch verzeichnet waren.

Wir wandten uns zunächst an Mr. Meyers, einen dreiundachtzigjährigen pensionierten Rechtsanwalt, weil er im gleichen Jahr wie Robert Wright in den Klub aufgenommen worden war.

Ebenso wie Mrs. White gab er bereitwillig Auskunft. Er konnte den Namen Robert Wright zunächst nicht einordnen, auch wenn er ihm nicht unbekannt war. Wir zeigten ihm die Fotografie, die uns Mrs. White geliehen hatte, wo ihr Vater im Alter von etwa vierzig Jahren vor einem Haus posiert. Er trägt einen Schnurrbart, hat dunkles, gescheiteltes Haar und sieht etwas untersetzt und plump aus.

Obwohl das Bild aus einer gewissen Entfernung aufgenommen worden war, erkannte Mr. Meyers Robert Wright sofort.

Allerdings sagte er, dass dieser sehr selten im Klub anzutreffen gewesen sei. Er konnte sich nur zweier gemeinsamer Abendessen entsinnen und war sich sicher, dass sie einige Mal zusammen Bridge gespielt hatten. Befreundet waren sie nicht. Auf die Frage, ob Robert Wright jemandem vom Klub näher stand, konnte er nicht antworten.

Er konnte sich aber noch erinnern, dass Wright den Ruf eines langweiligen Einzelgängers gehabt habe. Außer einem gelegentlichen Golfspiel interessierte er sich nicht für Sport, er jagte nicht, debattierte nicht über Politik und war auch nie bei Theaterpremieren zu sehen.

Alle fanden ihn freundlich und höflich, aber äußerst farblos, seine einzige herausragende Eigenschaft war, dass er als einer der erfolgreichsten Börsenmaklers Londons galt. Er hatte für Mr. Meyers und einige andere Klubmitglieder Geld investiert und sie wohlhabender gemacht. Dies scheint der einzige Grund gewesen zu sein, warum man im Klub seine Existenz überhaupt zur Kenntnis nahm.

Die Behauptung Mr. Meyers, Robert Wright habe sich nicht häufig im Klub sehen lassen, stand im krassen Widerspruch zur Aussage Mrs. Whites. Da wir nicht ausschließen konnten, dass Mr. Meyers nach so langer Zeit einen farblosen Börsenmakler mit einem anderen, genauso bedeutungslosen Klubmitglied verwechselt hat, schenkten wir eher seiner Tochter Glauben.

Bereits am nächsten Tag machten wir jedoch die Bekanntschaft eines anderen Klubmitglieds, Mr. Hastings, der Mr. Meyers Angabe bestätigte. Mr. Hastings ist fünfundachtzig, pensionierter Börsenmakler, der zeitweilig mit Robert Wright eng zusammen gearbeitet hat.

Robert Wright sei ein großer Langweiler gewesen, erklärte Mr. Hastings jovial. Kein schlechter Kerl, kompetent und tüchtig in seinem Beruf, aber furchtbar langweilig. Er konnte sich an kein einziges gemeinsames Gespräch erinnern, das von etwas anderem gehandelt hätte als von beruflichen Dingen, dem Wetter und dem Wohlbefinden der Familie.

Im Klub sei er sehr selten gesehen worden.

Die Frage, ob er einen Freund von Robert Wright gekannt habe, verneinte er zunächst, aber dann schlug er sich auf die Stirn und meinte, er könne sich erinnern, dass sein Kollege mehrmals beim Verlassen seiner Arbeit von

einem Mann erwartet worden sei, der ihn gut zu kennen schien.
Wir zeigten Mr. Hastings die Fotografie von Harry Maugham, und sein Gesicht sagte ihm nichts, doch als wir seinen Namen nannten, horchte der alte Herr auf.
Das einzige Mal, dass er Robert Wright aus der Rolle fallen sah, geschah, als er eines Abends zusammen mit ihm die Börse verließ und dieser plötzlich los lief, ohne auf ihn zu achten, und laut rief: »Harry! Harry, bleib' stehen! Um Himmels Willen, bleib' sofort stehen!« Jeder auf der Straße habe sich umgedreht, und der gute alte Wright sei gelaufen, als ginge es um sein Leben, und sei hinter einer Straßenecke verschwunden.
Er habe nicht sehen können, wem sein Kollege nachlief, und als er ihn am nächsten Tag gefragt habe, ob er diesen Harry eingeholt habe, murmelte Wright zustimmend und wechselte gleich das Thema.
Auf die Frage, ob er sich vorstellen könne, dass Wright ein Doppelleben, welcher Art auch immer, geführt haben könnte, lachte Mr. Hastings schallend auf.
»Unmöglich! Wright hat manchmal in seinem Beruf eine gewisse Kühnheit bewiesen, aber er war bestimmt kein Betrüger, Frauenheld, Gauner oder gar Gangster, dazu hat ihm einfach jegliche Fantasie gefehlt!«
Als wir andeuteten, dass er vielleicht Männern zugetan gewesen sein konnte, stutzte Mr. Hastings und wurde rot.
Unmöglich, erklärte er, er habe die körperliche Nähe anderer Männer nie besonders gemocht, habe nicht einmal einen herzhaften Schlag auf die Schulter vertragen. Außerdem habe er selten einen Mann getroffen, der mehr seiner Frau zugetan gewesen sei als Wright. Wenn er von

ihr sprach, geschah es mit prahlerischem Stolz, und er erwähnte regelmäßig ihre Vorzüge als Ehefrau und Mutter.
»Nein, Ihr Verdacht entbehrt jeder Grundlage. Wie gesagt, der gute alte Wright war ein Prachtexemplar der Normalität.«
Wir erklärten unserem Gesprächspartner, dass Robert Wright abends selten zu Hause gewesen sei unter dem Vorwand, er sei im Klub, und fragten, ob er sich vorstellen könne, wo sein Kollege seine Abende verbracht haben könnte.
Mr. Hastings wurde für einige Zeit still und erklärte dann missmutig, dass er keine Ahnung habe, es sei alles höchst merkwürdig. Er fragte, was diese Fragerei überhaupt mit der Genealogieforschung zu tun hätte. Der arme alte Wright sei seit langem tot, und man solle ihn in Frieden ruhen lassen.
Das dritte Mitglied des Watrick-Klubs, Mr. Morgan, entpuppte sich als ein siebenundneunzigjähriger Herr, der bei seiner Tochter in einem kleinen Zimmer taubstumm vor sich hin dämmert. Seine Tochter meinte, dass er sie an den meisten Tagen nicht wiedererkenne, aber dass wir versuchen könnten, ihm ein paar Fragen zu stellen. Sie ließ uns sogar allein mit ihm, was uns überraschte, nachdem wir tagelang am Telefon mit ihr verhandeln mussten, bevor sie uns zu ihrem Vater vorließ.
Mr. Morgan, der bewegungslos in einem Sessel am Fenster saß, reagierte weder auf den Namen Robert Wright, noch horchte er auf, als wir den Watrick-Klub erwähnten.
Als draußen ein Auto zu hupen anfing, wachte er aus seiner Starre auf und bat mit dünner Stimme um ein Glas Wasser, aber ohne uns direkt anzusehen.
Der Wasserkrug und ein Glas standen auf einem Tischchen neben seinem Sessel, doch er schien nicht imstande,

sich selbst zu bedienen. Die Art, wie er mit beiden Händen das Glas umklammerte, als wir es ihm reichten, bestätigte unsere Vermutung.
Wir machten einen letzten Versuch und fragten ihn, ob ihm der Name Harry oder Henry Maugham etwas sage.
Der alte Herr zuckte zusammen, begann zu zittern und verschüttete Wasser auf seine Hose.
»Ein übler Mensch!«, rief er mit seiner dünnen Stimme.
Wir hakten rasch nach und wollten wissen, ob Mr. Morgan sich an Harry Maugham gut erinnern könne.
»Er hat alle hinters Licht geführt, dieser Gauner! Mich nicht!« Seine Stimme wurde höher, und er ließ das Wasserglas fallen.
Der alte Herr zitterte nun am ganzen Körper und rief mehrmals, dass er diesen Maugham durchschaut und dass er seinen Nachbarn alles über dessen kriminelles Treiben erzählt hatte.
Die Tochter kam ins Zimmer, und als sie den Zustand ihres Vaters sah, bat sie uns, sofort zu gehen.
Unser gegenwärtiger Ermittlungsstand lässt die Vermutung zu, dass Robert Wright tatsächlich ein Doppelleben geführt und Harry Maugham sehr nahe gestanden hat. Da er ein sehr verschwiegener, verschlossener Mensch gewesen war, konnten wir bisher nicht mehr über seine Persönlichkeit herausfinden. Die Möglichkeiten um den Watrick-Klub herum scheinen fast erschöpft zu sein. Wir werden noch versuchen, das damals dort beschäftigte Personal ausfindig zu machen und zu befragen.
Unsere nächsten Ermittlungen werden sich jedoch zunächst auf die Mieter des Wohnhauses in der Cadogan Street konzentrieren, der letzten Bleibe Harry Maughams.

Als ich die dicht getippten Blätter wieder zusammenfalte, geht es mir nicht gut, genauso, wie ich es vorausgesehen hatte. Ich bin nicht mehr der kühne Kapitän auf seinem Frachter, fühle mich nicht mehr so souverän.

Die Detektei hat fleißig gearbeitet, hat keine Spur ausgelassen. Die Dewaeres haben einiges herausgefunden, was ich noch nicht gewusst, sondern nur vermutet hatte, zwei oder drei Dinge waren mir sogar völlig unbekannt gewesen. Warum bin ich dann so enttäuscht, warum bleibt das prickelnde Gefühl aus, das ich mir von diesem extravaganten Auftrag erhofft hatte?

Eine große Mattigkeit überkommt mich, eine Traurigkeit, gegen die ich nicht ankämpfen kann.

Ich nehme meine Brille ab, lege die Hände vors Gesicht und beginne zu weinen.

6.
Eine gute Adresse

Der nächste Bericht erreicht mich erst im Juni, als ich aus Venedig zurückkomme. Nachdem die Universität Heidelberg mich zum Ehrensenator ernannt hatte, wollte ich mich in Italien von den Feierlichkeiten erholen, aber die Straßen waren von Touristen überlaufen, das Hotelessen erwies sich als ungenießbar und Alan zog sich gleich am ersten Tag eine mysteriöse Magen-Darmerkrankung zu.

Als ich mich zu Hause in meinem stillen, aufgeräumten Arbeitszimmer an den Schreibtisch setze, frage ich mich, weshalb ich noch reise. Es wird von Jahr zu Jahr beschwerlicher und umständlicher. Der Kitzel des Neuen, des Abenteuers, der absoluten Freiheit, all das, was ich noch bis vor kurzem beim Reisen verspürte, ist fast verschwunden. Hin und wieder kommt noch etwas hoch, aber es ist eher eine schwache Erinnerung an ein Gefühl von früher. Ich bin ja nicht mehr frei, wenn ich reise; ich werde schnell müde, und Alan ist immer um mich herum wie eine besorgte Glucke.

Alan hat einige geöffnete Privatbriefe und Postkarten auf den Schreibtisch gelegt, und ich schiebe den Stapel weit weg von mir. Die Schrift des zuoberst liegenden Briefes kenne ich, es ist die meiner Tochter, die mich bestimmt wieder beschwört, von der Veröffentlichung meiner Memoiren abzusehen. Sie fürchtet, ich hätte ihre Mutter schlecht gemacht und könnte ihrem posthumen Ruf schaden.

Ich merke, dass ich den Kopf schüttele. Meine Tochter versteht nichts von Literatur und vom Literaturbetrieb. Ich habe versucht, in meinen Memoiren so ehrlich wie möglich zu sein. Natürlich konnte ich nicht so weit gehen und allzu viel über meine Beziehung mit Gerald schreiben, aber warum sollte ich verheimlichen, dass meine Ex-Frau Syrie mich psychisch zerstört und finanziell bis zuletzt ausgebeutet hat? Sie war eine absolut gewissenlose und habgierige Frau und ...

Die erboste Stimme in meinem Kopf verstummt, als ich das Einschreiben mit Madame Dewaeres Schrift auf dem Umschlag erblicke. Eilig reiße ich ihn auf.

Ein höflicher, knapper Begleitbrief und wieder mehrere dicht getippte Seiten. Ich überfliege sie flüchtig, bis mein Blick auf der dritten Seite an dem Namen Mrs. Foster hängen bleibt.

... Ereignis vor Harry Maughams Tod erinnern könne, erklärte Mrs. Foster, dass Harry zwei oder drei Tage zuvor einen Besucher empfangen hatte, der sehr wütend zu sein schien und sich gewalttätig benahm.

Mein Herzschlag setzt kurz aus; dann beginne ich wieder ruhiger zu atmen. Ich nehme das Blatt in beide Hände, damit es nicht zittert, und lese einige Zeilen weiter oben:

Mrs. Foster war zu dem Zeitpunkt, als Harry Maugham in der Wohnung über ihnen gewohnt hatte, dreizehn Jahre alt. Ihre Mutter war seine Vermieterin gewesen, und sie hatten beide ein gutes Verhältnis zu ihm.
Er sei – bis auf seinen tragischen Tod – ein unauffälliger und ruhiger Mieter gewesen, meinte Mrs. Foster. Sie habe ihn in Erinnerung als einen höflichen, freundlichen, aber distanzierten Mann, mit dem ihre Mutter, obwohl sie einmal wöchentlich sein Zimmer putzte, nie ein längeres Gespräch geführt hatte.

Wir befragten Mrs. Foster nach Harry Maughams Lebenswandel. Soweit sie wisse, habe er selten Besucher empfangen, meinte Mrs. Foster, und es seien fast ausschließlich Herren gewesen. Es sei eine gute Adresse gewesen, ein anständiges Haus, und ihre Mutter hätte Damenbesuche niemals erlaubt, erklärte Mrs. Foster.
Meist habe Harry Maugham still in seinem Zimmer gearbeitet. Er soll Schriftsteller gewesen sein, auch wenn sie von ihm nie ein Buch in einer Buchhandlung gesehen hatte. Wenn sie ihrer Mutter beim Putzen half, hatten sie die Anweisung, den mit Papierstapeln und Büchern beladenen Schreibtisch nicht anzurühren.
Der Name Robert Wright sagte ihr nichts, aber als wir ihr sein Foto zeigten, betrachtete sie es lange und meinte, sie sei sich fast sicher, diesen Mann bereits gesehen zu haben. Ob er einer der Besucher Harry Maughams gewesen sei, könne sie nicht mit Sicherheit sagen, es sei bereits alles zu lange her und ihre Mutter habe viele Mieter gehabt.
Mrs. Foster erzählte, dass sie an dem Tag, als Harry sterbend in seinem Bett entdeckt worden war, nicht da gewesen sei, da sie am selben Morgen den Zug nach Manchester genommen habe, um ihre Tante zu besuchen. Von Harrys Selbstmord habe sie erst nach ihrer Rückkehr erfahren.
Auf die Frage, ob sie sich an irgendein besonderes Ereignis vor Harry Maughams Tod erinnern könne, erklärte Mrs. Foster, dass Harry zwei oder drei Tage zuvor einen Besucher empfangen hatte, der sehr wütend gewesen zu sein schien und sich gewalttätig benommen hätte.
Sie habe in der Küche gesessen, die sich direkt unter Harry Maughams Zimmer befand, und eine fremde Männerstimme gehört, die laut brüllte, und dann etwas leiser

Harrys Antworten, die auch zornig klangen. Dann hörte sie Glas klirren und einige dumpfe Schläge. Ihr erster Gedanke war, dass der Besucher aus Wut anfing, die Einrichtung zu zertrümmern. Harry Maugham als echter Gentleman hätte nie so etwas getan, da sei sie sich sicher gewesen. Gleich darauf fiel etwas Schweres zu Boden und es wurde still.

Wir fragten Mrs. Foster, ob jemand hoch gegangen sei um nachzusehen, was los sei.

Nein, erwiderte sie. Sie sei allein zu Hause gewesen und das Gespräch sei recht kurz gewesen. Bevor sie sich darum sorgen konnte, was dort oben geschah, war es auch schon vorbei.

Sie könne sich noch erinnern, dass sie mit dem Kartoffelschälen aufgehört und eine Weile gehorcht hatte, aber es sei still geblieben. Zu still, wenn sie jetzt daran zurück denke. Selbst wenn das Gespräch anschließend ruhiger verlaufen oder gar beendet gewesen wäre, hätte sie zumindest Schritte hören sollen und eine Tür, die geschlossen wurde, als der Besucher das Zimmer verließ.

Hat jemand den unbekannten Besucher beim Verlassen des Hauses gesehen?

Hierauf wusste Mrs. Foster nicht zu antworten. Sie jedenfalls habe niemanden gesehen. Kurz darauf seien ihre Mutter und ihr jüngerer Bruder heimgekommen und hatten ihr von ihrem Besuch bei einer früheren Nachbarin zu erzählen, die geheiratet hatte und in eine andere Gegend gezogen war. Sie hatten ihr Orangen mitgebracht, ein Geschenk der Nachbarin. Aufgeregt über diesen Luxus und den Bericht ihrer Mutter, hatte sie das Vorkommnis bei Harry Maugham ganz vergessen.

Hat sie Harry Maugham nach diesem Abend wieder gesehen?

Mrs. Foster schwieg eine Weile und sagte dann, dass sie ihn nie wieder gesehen habe.
Und ihre Mutter?
Mrs. Foster dachte lange nach und antwortete, dass ihre Mutter Harry auch nicht mehr lebend gesehen habe. In den zwei Tagen, die auf diesen Besuch folgten, sei sie mit den Reisevorbereitungen für ihre Tochter beschäftigt gewesen. Es war das erste Mal, dass sie London verließ, und sie waren beide sehr aufgeregt gewesen.
Haben Harry Maugham oder der unbekannte Besucher das Haus verlassen können, ohne gesehen zu werden?
Vielleicht spät nachts.
Hat sie jemandem von dem Vorfall mit dem unbekannten Besuchererzählt?
Nein.
Weiß sie, ob in Harrys Wohnung nach diesem Besuch Möbelstücke, Glas und andere Gegenstände beschädigt oder zerbrochen aufgefunden wurden?
Nicht, soweit sie sich erinnern könne, nein.
Wurde sie bei der amtlichen Untersuchung des Todes Harry Maughams befragt?
Nein. Sie habe nicht einmal gewusst, dass es eine Untersuchung gegeben habe. Sie sei drei Wochen lang bei ihrer Tante in Manchester geblieben und habe nach ihrer Rückkehr erfahren, dass Harry sich mit Säure umgebracht habe. Das war alles, das man ihr damals gesagt habe.
Plötzlich wirkte Mrs. Foster sehr beunruhigt und fragte uns, ob wir etwa glaubten, der Besucher könne Harry Maugham in den Selbstmord getrieben haben.
Hatte sie verstanden, worum es bei dem Streit zwischen Harry und dem unbekannten Besucher ging?

Nun, es sei schon alles sehr lange her, aber sie glaubte sich zu erinnern, dass der unbekannte Besucher in etwa geschrien habe: »Harry, das kannst du mir nicht antun!« Und dann noch: »Ich sage es dir zum letzten Mal, hör' auf damit!«

An Harrys Antworten konnte sie sich nicht mehr erinnern.

Habe jemand im Haus daran gezweifelt, dass Harry Selbstmord begangen habe?

Mrs. Foster schien über unsere Frage sehr erstaunt zu sein. Soweit sie wusste, hatte niemand Zweifel angemeldet. Wie sollte ihn auch jemand mit einer Flasche Säure umgebracht haben? Sie sei eine eifrige Leserin von Kriminalromanen und sie habe noch nie von einer solchen Tötungsart gehört.

Nach kurzem Überlegen fügte sie hinzu, dass noch die Möglichkeit bestehe, dass der Besucher ihn niedergeschlagen und ihm anschließend im halbbewussten Zustand die Säure eingeflößt habe. Oder aber, was wahrscheinlicher ist, kann er Harry mit vorgehaltener Waffe gezwungen haben, die Säure zu trinken.

Diese Theorie, die Mrs. Foster nachdenklich vor uns entwickelt hatte, fast, als würde sie mit sich selbst sprechen, schien sie plötzlich sehr aufzuregen. Sie griff nach einer Pillendose, der sie eine Tablette entnahm, und spülte sie mit einem Glas Wasser hinunter.

Auf unsere Frage, ob es ihr gut gehe, antwortete sie, dass ihr Arzt ihr jegliche Aufregung verboten habe und ob wir sie nun allein lassen könnten, da sie sich hinlegen müsse. Die Vorstellung, dass sie als Kind vielleicht die Hörzeugin eines Mordes gewesen ist, müsse sie erst einmal verdauen.

Falls Mrs. Fosters Erinnerungen zutreffend sind, liegt die Vermutung nahe, dass Harry Maugham zwei Tage vor

seinem Tod eine heftige Auseinandersetzung mit einem Besucher hatte und vielleicht bedroht oder gar körperlich angegriffen worden war.
Inwiefern aber dieser aggressive Besucher direkt oder indirekt für den Tod Ihres Bruders verantwortlich ist, lässt sich zum gegenwärtigen Zeitpunkt nicht feststellen.
Die übrigen Hausbewohner der Cadogan Street aus dem Jahre 1904 haben wir bisher nicht befragen können. Mrs. Fosters Mutter und ihr jüngerer Bruder sind verstorben, der ältere ist nach Australien ausgewandert.
Die Spuren, die zu zwei früheren Mietern und somit Nachbarn von Harry Maugham geführt haben, sind bisher im Sand verlaufen.
Genauso ergebnislos war die Befragung eines pensionierten Pförtners des Watrick-Klubs, der sich an einen Robert Wright nicht erinnern kann. Er hat uns allerdings die Adresse eines ebenfalls pensionierten Kellners namens Mr. Pinter gegeben, der lange im Club gearbeitet hat. Dieser Mr. Pinter kommt jedoch erst in zwei Wochen von einer Schottlandreise zurück.
Übermorgen haben wir eine Verabredung mit Jack Calder, dem einzigen überlebenden Freund Ihres Bruders, der inzwischen aus Italien zurückgekehrt ist.

Ich verstecke den Bericht zwischen den Manuskriptseiten eines jungen Schriftstellerkollegen. Es ist ein Familiendrama von fünfhundert Seiten, das zur Zeit der italienischen Renaissance spielt, und Alan wird schnell die Geduld verlieren, wenn er in ihm nach dem Bericht suchen sollte.

Einiges in dem Bericht beunruhigt mich. Ich habe den Eindruck, dass Madame Dewaere die Spur Robert Wrights als Täter nicht ernst genug nimmt.

An dem Absender sehe ich, dass sie in einem Hotel in Chelsea abgestiegen ist, und ich verspüre plötzlich die Versuchung, meine alljährliche Herbstreise nach London auf Juni vorzuziehen. Wäre ich zehn Jahre jünger, würde ich nun aufstehen, Alan und dem Personal die nötigen Anweisungen geben und bereits morgen nach England aufbrechen.

Ich bleibe sitzen und betrachte Madame Dewaeres Schrift auf dem Umschlag. Seltsam ist es schon, dass ihre Handschrift so großzügig, fast überdimensional wirkt und die von ihr getippten Seiten so wenig Zeilenabstand haben und die Ränder gerade noch Platz für einen schmalen Daumen lassen.

Sie schreibt »wir« in ihrem Bericht, aber wenn ich mir die Gespräche mit den Zeugen vorstelle, sehe ich immer nur sie. Madame Dewaere, die herzlich und zugleich höflich mit Mrs. White beim Tee plaudert, Madame Dewaere, die alte Herren wie Mr. Calder und Mr. Meyers mit ihrem diskreten Charme zum Reden und Schmunzeln bringt.

Ich glätte den Umschlag mit beiden Händen, und die Gewissheit durchzuckt meinen Körper wie ein Frösteln: Es gibt keinen Monsieur Dewaere, der Chef der gleichnamigen Detektei ist. Der Ermittler ist Madame Dewaere.

Es ist gut möglich, dass es einen Mann gibt, der diesen Namen trägt, und es ist auch vorstellbar, dass er mit Madame Dewaere verheiratet ist, aber das Hirn der Detektei ist sie. Sie handelt die Vertragsbedingungen aus und sie führt die Nachforschungen durch. Sie ist es, die alle Entscheidungen trifft.

Ist dieser Monsieur Dewaere nur ihr Leibwächter oder teilt sie mit ihm manchmal ihre Gedanken und Sorgen, was die Detektei betrifft? Führen die beiden eine Scheinehe oder waren sie, irgendwann vor vielen Jahren, einander zärtlich zugetan?

Die Aura der Einsamkeit, die sie umgibt, kann nicht trügen. Sie lebt und schläft allein, auch wenn sie auf dem Papier mit einem Monsieur Dewaere verheiratet ist.

Mein Nachbar ist auf Reisen, sonst würde ich ihn anrufen und fragen, mit wem von der Detektei er es zu tun hatte. Ich werde mich bis zu seiner Rückkehr im August gedulden müssen.

Es ist viertel vor eins, Zeit, essen zu gehen. Ich erhebe mich vom Schreibtisch und merke, dass ich lächele.

7.
Erinnerungen eines Spions

Es ist schon lange her, seitdem mich meine Vergangenheit beim Geheimdienst eingeholt hat. Das letzte Mal geschah es in den Zwanzigerjahren, als ich gut die Hälfte meiner Spionagekurzgeschichten mit dem Geheimagenten Ashenden von der Veröffentlichung zurückziehen und vernichten musste. Der Ansicht meiner früheren Vorgesetzten nach waren sie der geschichtlichen Wahrheit so nahe gekommen, dass sie ein Staatsgeheimnis verletzen und die Staatssicherheit bedrohen konnten.

Als gegen neun Uhr abends das Telefon läutet, grüble ich ausnahmsweise nicht über meine Vergangenheit nach, schon gar nicht über meine frühere Spionagetätigkeit. Ich bin gerade dabei, eine Patience zu legen und gleichzeitig nachzurechnen, dass es schon Monate her sein muss, dass ich eine Partie Bridge gespielt habe. Dieses Kartenspiel war eine meiner großen Leidenschaften, und bald werde ich zu trottelig sein, um es spielen zu können. Es fehlen mir die Partner hierzu, von guten Partnern ganz zu schweigen.

In meine bitteren Gedanken vertieft, achte ich nicht auf das Telefongespräch, das Alan gleich nebenan führt.

»Willie, ein gewisser Mr. Jones aus London ist am Apparat. Er besteht darauf, dich persönlich zu sprechen.«

Seitdem mein Gehör nachlässt, rede ich ungern am Telefon. »Was möchte er? Sag' ihm doch, dass ich eingeschlafen bin.«

»Er sagt, er habe eine Nachricht von irgendeinem Mr. Peters.«

Ein kleines Zucken durchfährt meinen Körper, das Aufbäumen des alten Zirkuspferdes beim Anblick seines Dresseurs. Ich stehe so überstürzt vom Stuhl auf, dass er umkippt.

Peters war der Codename meines letzten Vorgesetzten beim Geheimdienst. Er ist schon seit langem tot, aber es würde mich nicht überraschen, wenn er mich noch vom Jenseits aus zu kontrollieren versuchte.

»Willie, was ist los? Pass auf, du fällst noch hin!«

Ich umklammere den Telefonhörer und stehe aufrecht da, stramm wie ein Soldat. »Ja?«

»Guten Abend, Mr. Maugham. Hier ist Jones. Ich weiß nicht, ob Sie sich an mich erinnern, wir haben beide mit Peters zusammen gearbeitet.«

Die Stimme klingt jung, folglich war er einer jener mageren, unfertig aussehenden Sekretäre, die sich immer im Hintergrund hielten und Briefe tippten. Peters ist vor zwanzig Jahren verstorben, demnach kann Mr. Jones höchstens fünfzig sein, in meinen Augen ein recht junger Mann.

»Guten Abend, Mr. Jones.«

Die Leitung nach England ist hervorragend, das Summen, Tuten und die ganze sonstige Geräuschkulisse, an die ich bei Ferngesprächen gewöhnt bin, fehlt völlig.

»Es tut mir leid, dass ich Sie zu so später Stunde störe, Mr. Maugham, aber es gibt da eine Sache, die keinen Aufschub duldet. Soweit wir wissen, hatten Sie vor einigen Monaten Kontakt mit Mrs. Norris.«

Mein Kopf wird leer, wie immer, wenn ich vollkommen wach und konzentriert bin, und meine Hand, die den Telefonhörer hält, entkrampft sich. »Ja, richtig. Wir haben vor kurzem miteinander korrespondiert und einmal sogar telefoniert.«

»Darf ich fragen, worum es in dieser Korrespondenz und bei dem Telefongespräch ging?«

Ich setze mich hin, denn das Gespräch wird sich voraussichtlich in die Länge ziehen. »Ich habe Mrs. Norris gebeten, eine

Dame ausfindig zu machen, die meiner Familie früher nahe stand. Es hat sich dann leider herausgestellt, dass die Dame verstorben ist. Ich habe mich bei Mrs. Norris für Ihre Mühe bedankt, und damit war auch unsere Korrespondenz beendet.«

»Sie kennen Mrs. Norris seit Ihrer Tätigkeit für uns, nicht wahr?«

»Ja, sie war damals eine junge Frau und sehr intelligent. Mein damaliger Vorgesetzter ist als erster auf sie aufmerksam geworden, zwei Jahre vor dem Ende des Ersten Weltkrieges.«

»Haben Sie seitdem nicht weitere Personen mit einer Detektivarbeit beauftragt?«

Der Ton ist sehr höflich, aber mir ist klar, dass es sich hier um ein Verhör handelt.

»Doch, die Detektei Dewaere. Ich habe sie gebeten, einige Hintergründe des Todes meines Bruders Henry zu erforschen.«

Eine Weile höre ich nur das ferne Summen im Hörer und ich stelle mir vor, wie er mit einer blassen, sorgfältig manikürten Hand in meiner Personalakte blättert.

»Sie meinen Ihren Bruder Henry Neville Maugham, der im Jahre neunzehnhundertvier Selbstmord begangen hat?«

»Ja.«

Wieder ein kurzes Schweigen.

Ich nutze seine Verblüffung, um ihm eine Frage zu stellen. »Warum interessiert Sie meine Korrespondenz mit Mrs. Norris? Und warum fragen Sie die Dame nicht selbst? Soweit ich weiß, gehörte sie bis vor kurzem immer noch zum Haus.«

»Wir haben Mrs. Norris bereits befragt, Mr. Maugham. Wir haben nur noch ihre Bestätigung gebraucht. Vielen Dank für Ihr Entgegenkommen. Wir werden Sie vielleicht noch einmal anrufen. Ich wünsche Ihnen eine gute Nacht.«

Leise erwidere ich seinen Gruß und sitze noch lange mit dem Telefonhörer am Ohr da, nachdem Mr. Jones aufgelegt hat. Alan wartet in der Nähe, um mir Fragen zu stellen, und ich muss nachdenken.

Seitdem der Kalte Krieg zwischen den Vereinigten Staaten und der Sowjetunion herrscht und Großbritannien in diesem Gerangel um die Weltmacht auf die Stufe eines Vasallen herabgesunken ist, blicke ich in der Politik viel weniger durch als früher. Ist es möglich, dass Mrs. Norris unter dem Verdacht steht, für den Ostblock zu arbeiten? Warum sonst dieser dringliche Telefonanruf und dieses rätselhafte Verhör?

Da meine Verbindungsleute vom Geheimdienst und meine Politikerfreunde alle in Rente gegangen oder gestorben sind, weiß ich nicht, an wenn ich mich wenden könnte, um mehr zu erfahren. Wahrscheinlich werde ich mich an meinen alten Freund Winston Churchill wenden müssen. Als früherer Premierminister hat er immer noch viele Kontakte beim Geheimdienst.

Langsam lege ich den Hörer auf die Gabel zurück.

Ich kann mich an Mrs. Norris als leidenschaftliche Patriotin erinnern und mir nicht vorstellen, dass sie für ein anderes Land arbeitet, und genauso wenig, dass sie als Mittsechzigerin plötzlich Sympathien für den Kommunismus entwickelt hat.

»Wer war das?«

»Geheimdienst. Eine alte Geschichte.«

Alan nickt stumm und kehrt zu seiner Zeitungslektüre zurück.

Offiziell, erklärtermaßen für meine Freunde und Verwandte, hatte meine Spionagetätigkeit mit dem Ende des Ersten Weltkriegs aufgehört. Irgendwann musste ich im Laufe unseres Zusammenlebens Alan gestehen, dass ich diese während des Zweiten Weltkriegs wieder aufgenommen und noch einige Jahre danach, wenn auch nur gelegentlich, ausgeübt hatte. Ich bat ihn, mir keine weiteren Fragen zu stellen, die Arbeit sei im Grunde uninteressant und nicht so wichtig, und es sei auch in seinem Interesse, wenn er nicht zu viel wisse.

Alan ist auch nicht wirklich neugierig, selbst nach meinen offiziellen Missionen im Ersten Weltkrieg hat er nie gefragt. Neunzehnhundertvierzehn war er gerade neun Jahre alt, und er erinnert sich nur ungern an seine Kindheit. Ich war vierzig und lebte das Abenteuer meines Lebens. Als Krankenwagenfahrer transportierte ich Verletzte, verband Wunden an der Front, arbeitete als englischer Spion in der Schweiz und im revolutionären Russland, und vor allem begegnete ich Gerald ...

Ich lege mich früher schlafen als sonst, damit ich ungestört nachdenken kann.

Mit auf der Brust verschränkten Händen starre ich auf die Decke. Ich hatte gedacht, alles sorgfältig organisiert zu haben, aber diese Geschichte mit Mrs. Norris kann Madame Dewaere bei ihren Nachforschungen in die Quere kommen. Nicht auszudenken, was passiert, wenn die Detektei mit jemandem vom Geheimdienst zusammentrifft. Umsichtig und auf den Ruf ihrer Agentur bedacht, würde Madame Dewaere bestimmt sofort einen Rückzieher machen und ihre Arbeit abbrechen. Ich muss im Vertrag noch einmal die Stornierungsklauseln durchlesen.

Und wenn der Geheimdienst erst einmal die Detektei mit Mrs. Norris konfrontiert ...

Meine Gedanken drehen sich hoffnungslos im Kreis, und ich schließe die Augen. Wenige Augenblicke später schwebe ich am Rande des Schlafs. Mein Bewusstsein ist noch nicht ganz ausgeschaltet, es hat registriert, dass ich im Bett liege, und nimmt wahr, wie mein Körper schwer wird und sich entspannt, von einem Gefühl tiefen Friedens erfüllt, das ich im wachen Zustand nie kennen gelernt habe.

»Warum hast du mir Peters auf den Hals gehetzt?«, fragt Harry.

Er trägt einen schwarzen modernen Anzug und ist magerer, als er es in Wirklichkeit je gewesen ist.

»Ich habe ihn dir nicht auf den Hals gehetzt«, flüstere ich bestürzt. Ich verstehe nicht, wie mein Bruder in eine so gefährlich Lage geraten konnte. Er eignet sich nicht für das Leben eines Spions.

»Doch, das hast du.« Er wirkt trotzig wie damals als kleines Kind, als Charles uns beide in den Zirkus mitgenommen hatte und ihm keine zweite Zuckerwatte kaufen wollte. »Ich hatte meine Ruhe, bis diese Frau angefangen hat, in meinem Leben herumzuschnüffeln.«

»Welche Frau meinst du? Mrs. Norris oder Mrs. Dewaere?«

»Was spielt das für eine Rolle? Jemand schnüffelt in meinem Leben herum und lässt mich nicht schlafen. Es macht mir wirklich zu schaffen. Schau nur, wie ich abgenommen habe.« Er streckt mir seine Hände hin, und ich sehe, dass es die Hände eines Skeletts sind.

Entsetzt zucke ich zurück und wache auf.

Habe ich geschrien? Ich lasse die Minuten verstreichen, wage es nicht, mich unter der Bettdecke zu rühren, obwohl ich schwitze. Alan hat ein feines Gehör, und sein Schlafzimmer ist von meinem nur durch unser gemeinsames Bad getrennt.

Dann schiebe ich das Moskitonetz zur Seite, stelle beide Füße behutsam auf den Boden, nehme meine Pantoffeln in die linke Hand und öffne leise die Zimmertür.

Ich muss länger geschlafen haben, als gedacht, denn unten in der Halle ist es still und dunkel. Barfuß gehe über die Galerie bis zur Holztreppe, die zu meinem Büro führt. Selbst in einem so weitläufigen Haus wie die Villa Mauresque ist dies keine übertriebene Vorsichtsmaßnahme, denn Alan schläft schlecht und wandert oft nachts ziellos im Haus umher, von merkwürdigen Ideen und Sorgen geplagt.

Auf der letzten Treppenstufe ziehe ich meine Pantoffeln an. Das ausdauernde Zirpen der Zikaden begleitet mich, während ich über das Flachdach bis zu meinem Büro gehe und die Tür hinter mir zuziehe.

Durch die Fenstertüren fällt das Mondlicht auf den Teppich und die Bücherwand. Ohne das Licht anzuknipsen, trete ich ans Bücherregal und greife nach der Erstausgabe von »Der Menschen Hörigkeit«.

Ich kauere mich vor dem Regal auf den Boden und will den Roman aufschlagen, als ein stechender Schmerz durch mein rechtes Handgelenk schießt. Das schwere Buch gleitet mir aus der Hand und schlägt dumpf auf dem Boden auf.

Ich beiße mir auf die Lippe und horche. Würde jetzt jemand durch die Terrassentür hereinschauen, würde er mich bestimmt lächerlich finden: ein alter Mann, der im Pyjama auf dem Boden sitzt, mit von sich gestreckten Beinen wie ein Kind, und ängstlich zum Eingang blickt.

Da ich neuerdings schlechter höre, fürchte ich, dass mir manche Geräusche entgehen, und ziehe es vor, übervorsichtig zu sein. Das Buch ist aus geringer Höhe auf den dicken Teppich gefallen, und es ist mehr als wahrscheinlich, dass ein Stockwerk tiefer nichts zu hören war, aber ich horche noch eine Weile angespannt, bevor ich das Buch wieder aufhebe.

Meine Beine schmerzen, ich ziehe sie leicht an und lehne mich an das Regal. Ich massiere kurz meine rechte Hand, die Schriftstellerhand, wie mein Arzt sie nennt, die nach Jahrzehnten unermüdlichen Schreibens fast unbrauchbar geworden ist. Dann schlage ich »Der Menschen Hörigkeit« im letzten Drittel auf. Zwischen den Seiten finde ich die Korrespondenz, die ich mit Mrs. Norris geführt hatte, alle vier Briefe.

Mrs. Norris hat bestimmt alle meine Briefe vernichtet, nun ist es an mir, das Gleiche zu tun.

Ich zerreiße jedes einzelne Blatt in dünne Streifen, die ich dann noch einmal mehrmals quer durchreiße. Diese Methode habe ich mir angewöhnt, nachdem ich entdeckt hatte, dass Alan mehrere Briefe aus meiner Privatkorrespondenz, die ich vernichten wollte, heimlich aus dem Kaminfeuer gerettet hatte. Sie waren an den Rändern versengt, aber immer noch gut lesbar.

Er versteht nicht, warum ich meine Privatsphäre so ängstlich schütze. Rührenderweise glaubt er, dass ein weltberühmter und reicher Schriftsteller sich alles erlauben, dass an mir nicht der gleiche Maßstab wie an die übrigen Sterblichen angelegt werden kann. Alan gehört einer anderen Generation an, er ist im zwanzigsten Jahrhundert geboren und kann sich nicht vorstellen, unter welchen Zwängen ich als Kind und als junger Mann gelebt habe.

Mit beiden Händen fege ich die Papierschnipsel zu einem kleinen Haufen zusammen. Die zarten weißen Fetzen erinnern an Vogelfedern. Ich starre sie an, bis sie allmählich vor meinen Augen verschwimmen.

Im Rückblick kommt mir mein Leben wie ein Hürdenlauf vor. Nicht diese Art von Hürden, über die es nur hoch genug zu springen gilt, um sie überwinden zu können, sondern jene unsichtbaren Mauern, an die ich schmerzlich und unerwartet stieß. Ein Leben voller Verstellung, Winkelzügen und Lügen. Zunächst wegen meiner Homosexualität, dann wegen meiner Arbeit für den Geheimdienst, und nun muss ich wieder zu ungewöhnlichen Mitteln greifen, damit meinem Bruder endlich Gerechtigkeit widerfährt.

»Tust du es wirklich nur wegen mir?« fragt Harry. Er steht mit dem Rücken zur Terrassentür.

»Ich glaube schon, Harry.«

Er dreht sich halb um, blickt hinaus. Nun sehe ich sein Profil: so erschreckend jung. Ich warte, dass er weiterspricht. Durch dieses Fenster gibt es nicht viel zu sehen, den Panoramablick an der anderen Wand habe ich nach dem Einzug zumauern lassen, damit mich nichts von der Arbeit ablenken kann.

»Warum nach all den Jahrzehnten?«, fragt er. »Du hattest mich fast schon vergessen. Warum jetzt alles wieder aufwühlen?«

»So sind alte Leute nun mal.«

Ich denke an meine Eltern und meine Brüder viel öfter als an meine Tochter und Enkelkinder. Es liegt nicht daran, dass ich meinem Nachwuchs nicht besonders nahe stehe, denn mit meinen Brüdern verkehrte ich auch nicht viel, sogar Harry sah ich erst in den letzten Jahren vor seinem Tod öfter.

»Mit dem Alter wird die Vergangenheit immer wichtiger. Zumindest viel wichtiger als die Gegenwart«, erkläre ich. »Von der Zukunft ganz zu schweigen.«

Harry sieht mich zweifelnd an. Natürlich kann er mich nicht verstehen, er ist zu jung gestorben.

Innerlich werde ich ungeduldig, wie so oft mit jungen Menschen. Heutzutage wird die Jugend angebetet, vor allem von älteren Menschen mit schlechtem Gedächtnis. Haben sie wirklich vergessen, wie beschränkt und unausgeglichen sie als junge Menschen waren, sklavisch abhängig von der Meinung und dem Urteil ihrer Umgebung? Wissen sie nicht mehr, wie wenig subtil und erbarmungslos sie mit ihresgleichen verfuhren? Harry war auch so ein Prachtexemplar, intolerant und radikal in seinen Ansichten, mit lächerlich hohen Ansprüchen an sich selbst und fast hysterisch empfindlich, wenn man ihn kritisierte.

Ich spreche all dies nicht aus, aber Harry kann meine Gedanken lesen, ist beleidigt und verschwindet.

Benommen reibe ich mir die Augen. Ich bin in einer höchst unbequemen Stellung eingenickt, auf dem Boden sitzend und an hartes Holz gelehnt. Ich schlafe sehr wenig an einem Stück, aber mein müdes Hirn stiehlt sich hier und da einige Minuten. Nur sind diese kurzen Abwesenheiten nicht wirklich erholsam, denn ich träume ununterbrochen und sehr lebhaft.

Ich ziehe mich am Regal hoch und stelle »Der Menschen Hörigkeit« auf seinen Platz zurück. Einen Augenblick lasse ich die Hand auf dem Buchrücken ruhen. Es ist eines meiner persönlichsten Bücher, und manchmal kann ich es nicht fassen, dass ich es gewagt habe, so viel von meinem Innersten einer gesichtslosen, erbarmungslosen Masse auszuliefern. Meine Kindheit und meine ganze Jugend stecken in diesen Hunderten von Seiten, gestrafft und komprimiert, aber wenn ich sie wieder lese, steckt jede Zeile voller Schmerz.

Gewiss, der Romanheld von »Der Menschen Hörigkeit« stottert nicht, sondern hat einen Klumpfuß, ist ein Einzelkind und ganz und gar den Frauen zugetan, aber der Verlust seiner Mutter, die Hänseleien in der Schule, die er wegen seines Anders-Seins erfährt, sind peinlich genaue Erlebnisberichte; ich habe nichts hinzugefügt, höchstens einiges weggelassen, da mein Roman auszuufern begann.

Damals als unsportlicher, stotternder kleiner Junge habe ich nicht gewusst, dass die Schule eine gute Vorbereitung auf das spätere Leben war, dass meine Mitschüler sich nur insofern von den Erwachsenen unterschieden, als dass sie ehrlicher waren. Später erfuhr ich, dass unsere Mitmenschen – bewusst oder unbewusst – immer darauf lauern, bis sie den kleinen Fehler, die Achillesferse, die weiche Stelle, die stetig offene Wunde beim anderen finden und dann, wenn er es am wenigsten erwartet, über ihn herfallen. Mein Stottern war diese Stelle, die mich dem Spott und der erbarmungslosen Bosheit der Umwelt aussetzte und mich für immer misstrauisch machte.

Wenn mir später Kritiker und manchmal sogar Freunde Zynismus und Kälte vorwarfen, schwieg ich. Wie konnten sie erwarten, dass ich mich als Erwachsener ausliefere, nachdem ich als argloses Kind so lieblos und kalt behandelt worden war?

Plötzlich werde ich mir der Stille im Raum bewusst und fühle zugleich eine Anwesenheit, als habe jemand lautlos das Arbeitszimmer betreten. Eine Weile bewege ich mich nicht, mich an das Bücherregal klammernd, denn ich spüre einen festen

Blick auf mir ruhen, von der gleichen Stelle kommend, wo Harry in meinem Traum gestanden hatte.

Sehr langsam, langsamer als ein Schauspieler, der die Spannung auf der Bühne hinauszögern will, drehe ich mich um. Natürlich steht niemand vor der Terrassentür.

Es tut mir nicht gut, nachts wach zu sein. Ich war immer sehr stolz auf meinen nüchternen Verstand und meine unerschütterliche Logik, und nun werde ich von Eindrücken und Ängsten geplagt, gegen die meine Vernunft nicht ankommt.

Ich sammle die Papierfetzen auf, werfe sie in den Papierkorb neben dem Schreibtisch und rücke das Tintenfass zurecht.

Noch ist der schlimmste Fall nicht eingetreten, noch geht Madame Dewaere gewissenhaft ihrer Arbeit nach und wird vielleicht schon in Kürze ihren Abschlussbericht abliefern. Dieser wird zweifellos den Namen meines Bruders, des angeblich verkrachten Schriftstellers und Selbstmörders, reinwaschen. Dann brauche ich nur einige Journalisten anzurufen, damit Harry endlich offiziell Gerechtigkeit widerfährt.

Ich verbanne den Geheimdienst und Mrs. Norris in die unterste Schublade meines Bewusstseins und beschließe, vorerst nichts zu unternehmen und den nächsten Bericht der Detektei abzuwarten.

8.
Familiengeschichten

Ich habe ich mich schon wieder während eines Interviews fotografieren lassen müssen. Dank des Fernsehens und der steigenden Auflagenzahlen der Zeitungen bin ich inzwischen in der ganzen Welt als der kleine Gnom mit zerknitterter Haut bekannt. Die Nachwelt wird sich nicht daran erinnern, wie gut ich früher ausgesehen habe, dunkelhaarig mit dunklem, gepflegtem Schnurrbart, sportlich durchtrainiert und elegant in meinen flotten Anzügen. Nur meine leidvolle Altersmiene wird dem Publikum im Gedächtnis bleiben.

Nachdem der Fotograf und der Journalist gegangen sind, betrachte ich mich im Spiegel. Der alte Mann mir gegenüber erwidert meinen forschenden Blick, öffnet den Mund und sagt: »Zum Teufel mit dem Publikum.«

»Bitte?« Alan blickt mir über die Schulter. »Hast du etwas gesagt?«

»Nein.« Ich lächele und erschrecke mich sofort, denn es sieht aus, als wollte ich weinen. Der Mund wird überbreit, die Furchen und Falten meines Gesichts vervielfachen sich und meine Augen verengen sich zu blicklosen Schlitzen.

»Was schneidest du da für Grimassen, Willie?«

»Lass' mich in Ruhe, Alan.«

Bevor er antworten kann und wir wieder zu streiten anfangen, eile ich in den Garten hinaus. Erst vorgestern habe ich ihn zum Weinen gebracht und dann den ganzen Abend versucht, Abbitte zu leisten und ihn zu trösten.

Am folgenden Tag, als ich mit meiner alten Freundin Romaine Brooks in unserem Lieblingsrestaurant zu Mittag aß und ihr von dem Streit erzählte, wusste ich nicht einmal mehr, warum wir uns gestritten hatten.

»Jetzt, wo ich älter werde und immer mehr auf ihn angewiesen bin, fühlt er sich in der Villa Mauresque eingesperrt und eingeengt, und das macht ihn nervös«, erzählte ich Romaine. »Das Problem ist, dass ich das Gleiche empfinde. Ich bin an einen Menschen gekettet, den ich immer weniger ertrage. An manchen Tagen werde ich bereits bei seinem Anblick gereizt. Und so kommt es, dass wir aus dem nichtigsten Anlass zu streiten anfangen.«

Romaine lächelte wehmütig. »Ach, alte Liebespaare haben alle ihre eigene Tragik.«

Ich wusste, dass sie auf ihre Gefährtin Nathalie Barney anspielte, die ihr nie die Treue gehalten und sie ständig mit anderen Frauen betrogen hatte. Ich hätte ihr erwidern können, dass sie mit Nathalie von Anfang gewusst hatte, worauf sie sich einließ. Diese hatte ihr mit der ihr eigenen, entwaffnenden Aufrichtigkeit erklärt, nicht für die Monogamie geschaffen, ja zur Treue unfähig zu sein, solange es Frauen auf der Welt gäbe. Ich dagegen fühle mich hintergangen, fast als hätte Alan ein Versprechen gebrochen, denn er hat sich vom ätherischen, dunkel gelockten Engel in einen nörgelnden und sehr gewöhnlich aussehenden Mann verwandelt.

Romaines dunkle Augen glänzten, während sie über meine Schulter in die Ferne blickte, und ich schwieg. Ihre Verschlossenheit, die von Fremden als Schroffheit missverstanden wird, verbirgt ein romantisches, empfindsames Gemüt, und ich weiß, dass sie daran leidet, was früher in Romanen als »gebrochenes Herz« beschrieben wurde.

Romaine malt nicht mehr, hat ihren Künstlerberuf seit Jahrzehnten aufgegeben und zieht sich immer mehr aus der Gesellschaft zurück; wenn sie sich unversehens in einer Menschenmenge wiederfindet, blinzelt sie erschrocken wie ein lichtscheues Wesen. Ich bin einer ihrer letzten Freunde und wenn sie – sehr selten und widerstrebend – ihr italienisches Exil verlässt, bin ich der Einzige, den sie besuchen kommt.

Wir beide verstehen uns ohne Worte, denn wir sind einander ähnlich wie Zwillinge. So souverän und unkonventionell Romaine auch wirken mag, bin ich mir sicher, dass sie sich in ihrer Außenseiterrolle genauso wenig wohl fühlt wie ich. Diese unbekümmerte Selbstverständlichkeit, dieser Genuss und die Freude, mit der Nathalie Barney ihr Leben lebt, fehlen Romaine und mir völlig.

»Für Nathalie ist die Welt eine Zuckerbäckerei und die Frauen Leckerbissen, die ihr grenzenlos zur Verfügung stehen«, sagte Gerald einmal. Ich nickte zustimmend, mich neidvoll daran erinnernd, dass Nathalies behütete Jugend, umgeben vom märchenhaften Reichtum ihrer Familie, sie dauerhaft vor Selbstzweifeln und Furcht geschützt hatte.

Es war nicht nur meine Einsamkeit als Vollwaise, fern von meinen Brüdern, und die verschrobene Kälte meines Onkels, die mich zutiefst verunsichert hatten. Auch die harten Lehrjahre als Schriftsteller verbittern heute noch meine Gedanken. Die Verleger zahlten kümmerlich, die Kritiker nörgelten überheblich und die Kauflust des Publikums blieb bescheiden. Als ein allmählich bekannt werdender Autor wurde ich regelmäßig in reiche Häuser eingeladen, und es war mir zu Beginn nicht nur deswegen eine Qual, weil ich stotterte; ängstlich musste ich meinen einzigen guten Anzug schonen und die ganze Woche für das Trinkgeld sparen, das ich den Butlern in reichen Häusern als echter Gentleman zwangsläufig schuldig war.

Diese demütigenden Erfahrungen und die Angst, ins Nichts zurückgestoßen und aus der Welt der Schönen und Reichen verbannt zu werden, wie es Oscar Wilde passiert war, trieben mich auf seltsame Irrwege: In meinem tiefsten Innern wusste ich, dass ich für ein konventionelles Familienleben ungeeignet war, und heiratete dann doch. Freute mich insgeheim darüber, dass Wilde und ich die Theaterszene Londons dominierten, und schrieb dennoch abwertend über die Schaffenskraft homosexueller Künstler.

Atemlos und angespannt, innerlich zutiefst zerrissen und ewig unzufrieden, bin ich durchs Leben gerannt, im Gegensatz zu Nathalie, die durchs Leben getanzt ist und immer noch tanzt, sich wollüstig um ihre eigene Achse dreht, immer noch das kleine, wählerische Mädchen aus reichem Hause.

Ich bin so in Gedanken versunken, dass ich erstaunt um mich blicke, als ich mich am Rande des Schwimmbeckens wiederfinde. Das Wasser plätschert leise, winzige Wellen eilen von der Stelle fort, wo der Strahl aus dem Schlund der Neptunmaske ins Becken fällt, und zerbrechen an den Marmorwänden.

Die Sonne versengt meinen Rücken durch die dunkle Jacke, und ich spüre den Schweiß, der sich unter meinem gestärkten Hemdkragen bildet.

Eilig ziehe ich die Jacke aus, werfe meine Krawatte auf die Fliesen, knöpfe mein Hemd auf und reiße an meinen Manschettenknöpfen. In der Hast lasse ich beinahe meine Hose ins Wasser fallen. Zuletzt werfe ich die Unterhose und die Socken im weiten Bogen fort und hüpfe ins Wasser.

Kälte umfängt mich, die Wellen schlagen über meinem Kopf zusammen, und ich beginne sofort zu schwimmen. Mein Herz rast, als wollte es meine Brustmuskeln zerreißen, aber ich weiß, dass es kräftig und verlässlich ist. Es ist viel zu solide, leider, wir Maughams sterben nicht an Herzinfarkt. Am Rande des Schwimmbeckens tauche ich wieder auf, hole Atem und schwimme etwas langsamer zur Treppe.

Ching steht mit herausgestreckter Zunge und lässig wedelndem Schwanz da und beobachtet mich. Ich rufe ihn, aber er rührt sich nicht, seine krummen Beine fest in den Boden gestemmt. Im Gegensatz zu seinen Artgenossen hat er sogar als junger Hund das nasse Element gescheut.

Ich stelle mich hin, das Wasser reicht mir bis zur Brust, und streiche mir das nasse Haar aus der Stirn.

Chings unerwarteter Anblick ruft eine unwillkommene Erinnerung wach: Er hatte sich auf Madame Dewaeres Fuß gesetzt, trotz seines distanzierten, misstrauischen Charakters, und sie hatte ihn angelächelt.

Seit heute Morgen ist es mir gelungen, nicht an sie zu denken. Ansonsten grüble ich ununterbrochen darüber nach, warum sie sich nicht meldet. Jack Calder ist längst aus Italien zurückgekehrt und ein neuer Bericht überfällig.

Die plötzlich aufsteigende Wut gibt mir Energie, und ich beginne wieder zu schwimmen.

Sehr geehrte Frau Dewaere, es ist mein Geld, das Sie in London vergeuden. Ich stelle mir vor, wie mein Füller das Papier mit schwarzer Tinte bekritzelt. Leider habe ich den Fehler gemacht, Ihnen blind zu vertrauen. Ihre vage Ähnlichkeit mit meiner Mutter hat mich dazu verleitet, mit Ihnen zu nachsichtig zu sein ...

Jäh unterbreche ich meinen Gedankenfluss, drehe mich auf den Rücken, lasse mich bewegungslos vom Wasser treiben und schließe die Augen vor der Sonne.

Sie sieht ihr nicht wirklich ähnlich, vielleicht die Stirn und die Augenbrauen und ihre Art zu lächeln. Meine Mutter war eine schöne, sehr elegante Frau, Madame Dewaere ist ... nun, eine Frau wie viele andere auch.

Sobald eine Frau ein warmes, freundliches Lächeln hat, sehe ich meine Mutter in ihr. Der mütterlichsten und zärtlichsten aller Frauen, der ich begegnet war, hatte ich sogar einen Heiratsantrag gemacht, den einzigen meines Lebens. Sie hatte ihn abgelehnt, und ich heiratete dann Syrie, die alles andere als liebevoll war.

Viele meiner Freunde finden es bemerkenswert, dass die Fotografie meiner Mutter sich seit Jahrzehnten nicht vom Kaminsims in meinem Schlafzimmer gerührt hat, dort, wo ich sie vom Bett aus sehen kann, sobald ich die Augen aufschlage.

Mich wiederum befremdet ihr Erstaunen. Es ist nur natürlich, dass sie mir auch heute noch fehlt, neunundsiebzig Jahre nach ihrem Tod. Ist Mutterliebe nicht die einzig wahre Liebe, die man im Leben erfahren kann? Sie stellt keine Bedingungen, umgibt das Kind schützend mit Wärme, Sicherheit und Zärtlichkeit, ohne Gegenleistung zu fordern. Es ist das erste und letzte Geschenk des Lebens, denn später muss man für jedes Stückchen Glück teuer bezahlen.

Nicht alle Mütter lieben ihre Kinder, antworten meine Freunde, und ich weiß, dass ich in den ersten Jahren meines Lebens Glück hatte.

Ich stoße mit dem Kopf schmerzhaft an die Schwimmbeckenwand und stelle mich wieder auf die Füße.

Meine Brüder, allen voran Harry, wussten genauso wie ich, dass wir im Paradies aufgewachsen waren, dem wir alle grob entrissen wurden. Von der Brutalität und Feindseligkeit der Welt hatten sie einen Vorgeschmack erhalten, als sie an englischen Schulen ins Internat gehen mussten, wo sie wegen ihres französischen Akzents als »Froggies« verspottet und gemieden wurden.

Ich begriff erst nach dem Tod unserer Eltern, dass ich nie wieder richtig glücklich sein würde. Letztendlich, davon bin ich fest überzeugt, wurden wir alle vier für den Rest unserer Leben trübsinnig, weil wir als Kleinkinder übermäßig geschützt und verwöhnt wurden und als Waisen auf die Kälte dieser Welt nicht vorbereitet waren.

Ich stütze mich mit beiden Ellenbogen auf dem Beckenrand auf und taste die Stelle meines Schädels ab, wo ich mich angestoßen habe.

Meine Geste erinnert mich an Harry, an seine Art, die flache Hand kurz an verschiedene Stellen seines Kopfes zu legen, als wollte er so seine ewigen Migränen heilen. Es waren keine theatralischen, affektierten Gesten; er führte sie mechanisch aus, beim Gehen, beim Lesen, beim Essen, wie es chronisch Kranke tun, die mit ihren Schmerzen zu leben gelernt haben.

»Ich schreibe über Papa«, erklärte er eines Tages, als wir zusammen zur Party bei einem gemeinsamen Freund gingen.

Er sagte Papa, auf Französisch, er sagte nicht »father« oder »daddy«.

Ich stieß mit einem Passanten zusammen, einem dicken Mann, der im Zylinder und Frack anscheinend auch zu einer geselligen Zusammenkunft eilte. Wir entschuldigten uns gegenseitig, unsere Hüte lüpfend, und Harry sah mich grinsend an.

»Was ist, Willie, hast du keine Augen im Kopf? Du hast den armen alten Gentleman beinah umgerannt.«

»Du hast mich erschreckt. Was schreibst du über Papa? Seine Lebensgeschichte?«

»Ja.«

Schweigend gingen wir eine Weile nebeneinander her, ich klopfte mit meinem Spazierstock lauter aufs Pflaster als nötig. Ich musste aufpassen, wie ich meine widersprüchlichen Gefühle ausdrückte, Harry war so empfindlich.

»Warum tust du das? Ich meine, was hat dich dazu bewogen, die Lebensgeschichte unseres Vaters zu schreiben?«

Harry schien die Frage erwartet zu haben. Er wendete sein Gesicht zu mir; seine Augen waren im Schatten der Hutkrempe unsichtbar, aber ich merkte, dass er blass und sehr ernst war.

»Er ist einfach so gestorben, verstehst du, eines Tages war er plötzlich nicht mehr da. Und keiner erinnert sich heute noch daran, was für ein wunderbarer Mensch er war.«

»Alle sterben einfach so und sind dann nicht mehr da. Auch unsere Mutter. Zudem war sie noch sehr jung, als sie gestorben ist und ...«

»Maman war krank.« Er blickte wieder geradeaus. »Seitdem ich mich erinnern kann, seitdem sich sogar Charles erinnern kann, war sie krank. Sie war die beste und zärtlichste Mutter der Welt, aber ich konnte nie ganz vergessen, dass sie krank war, und irgendwie, ohne es mir einzugestehen, habe ich gewusst, dass sie jung sterben würde. Ich glaube, wir wussten es alle, abgesehen von dir; du warst noch zu klein. Aber Papa war ganz anders.« Harrys Stimme klang, als würde er lächeln. »Er war so energisch und immer gut gelaunt und stand voll im Leben. Hätte er länger gelebt, wäre alles ganz anders gekommen. Er wäre immer für uns da gewesen. Das hat auch Charley gesagt, und er hat ihn am besten gekannt. Als er in Cambridge aufgenommen wurde, war Papa sehr glücklich und hat gesagt, einer seiner größten Wünsche hätte sich erfüllt, nämlich dass seine Söhne in seine Fußstapfen treten.«

Ich umklammerte meinen Spazierstock, hob ihn, als wollte ich die Fußgänger, die vor uns dahin schlenderten, mit ihm unflätig zur Seite schieben, und ließ ihn gleich wieder sinken. »Demnach wäre er mit uns beiden nicht sehr glücklich geworden.«

Wir überholten das Pärchen.

»Du kanntest Papa nicht, Willie. Charley war sein Kronprinz, und Frederic hatte schon als Kind gesagt, dass er Anwalt werden möchte. Uns Jüngsten hätte er mehr Freiheit gelassen.«

»Ich kann mich an Papa kaum erinnern. Ich meine, er war nie zu Hause.«

Eine Dame, die uns mit einem kleinen Hund an der Leine entgegenkam, sah mir neugierig ins Gesicht. Es wurde mir bewusst, dass meine Stimme laut und klagend klang, als wäre ich wieder zehn Jahre alt.

Ich räusperte mich und rückte meinen Zylinder zurecht. »Er ging früh morgens fort und kam spät abends nach Hause, meist war ich noch oder schon wieder im Bett. Und an Sonntagen kümmerte er sich um den Bau seines Sommerhauses in Suresnes. Natürlich nahm er mich jedes Mal mit, und er war sehr lieb zu mir, aber er kam mir immer so abwesend vor.«

Harry lächelte. »Er konnte mit kleinen Kindern nicht sehr gut umgehen. Aber je älter wir wurden, desto näher kam er uns. Da brauchst du nur Charley zu fragen, mit ihm führte er lange Gespräche und interessierte sich für alles, was er tat.«

Als wir stehenblieben, um einen Autobus vorbeifahren zu lassen, zupfte ich missmutig an meinen weißen Handschuhen. Es war nicht zu leugnen, ich war eifersüchtig.

»Na, so viel kann ihm an uns nicht gelegen haben, er hat uns nicht viel hinterlassen.«

Ich schämte mich sogleich für meine Bemerkung, denn eigentlich fand ich, dass meine Eltern recht hatten, üppig und verschwenderisch zu leben. Sie waren beide früh gestorben, meine Mutter mit vierzig, mein Vater mit sechzig, und ich bin froh, dass sie diese kurze Zeitspanne ausgiebig genossen hatten. Und so umsichtig unser Vater sonst auch war, ist es mehr als wahrscheinlich, dass er sich unsterblich gewähnt hatte, selbst als der Magenkrebs ihn zu schwächen begann. Dass er bis kurz vor seinem Tod nicht die Möglichkeit in Betracht gezogen hatte, dass er nicht unter Überarbeitung und schlechter Verdauung litt, sondern unter einer Krankheit, die ihn umbringen würde.

Harry antwortete nicht auf meine Bemerkung, rieb sich nur nervös die Stirn.

Unvermittelt stieg eine Erinnerung in mir hoch, überwältigte mich so sehr, dass ich fast über meine Füße stolperte: Mein Vater hält mich an der Hand; ich spüre heute noch, dass sie groß und kühl ist, und ich sehe, dass die Handrücken mit dunklem Flaum bedeckt sind.

Wir sind beide vor dem Haus stehen geblieben, dessen Fenster bereits eingesetzt worden sind. Der Garten ist noch nicht angelegt, und unsere Füße stecken im Schlamm, aber das Haus, unser Sommerhaus, wie Vater sagt, sieht fast fertig aus.

»Siehst du die Zeichnung im Glas?«, fragt er.

Ich nicke stumm, etwas erstaunt, denn die Zeichnung, die einem Kreuz unter einer gewölbten Kuppel ähnlich sieht, ist in alle Scheiben der Sprossenfenster eingraviert worden.

Mein Vater lächelt auf mich hinunter. Sein Gesicht ist abgemagert und gelblich, mit dunklen Schatten unter den Augen, aber es sieht freundlich aus.

»Das ist das Zeichen gegen den bösen Blick.«

Ich zuckte ein wenig zusammen, als Harry mich am Ellenbogen fasste.

»Pass auf, Willie, der Kutscher kann seine Pferde nicht halten.«

Wir ließen die Droschke mit den unbändigen Pferden vorbeifahren, und während wir die Fahrbahn überquerten, fragte ich bewusst beiläufig: »Kann ich mal lesen, was du über Papa geschrieben hast?«

Harry lächelte wieder und nickte. Er mochte es, wenn ich mich für sein Schreiben interessierte. Seiner Ansicht nach war ich ein lausiger Schriftsteller, aber ein ausgezeichneter Kritiker. Er meinte, ich würde ihm nichts durchgehen lassen, würde aber dabei sachlich bleiben, ohne die Gehässigkeit und Herablassung der bekannten Literaturkoryphäen.

Georges Bellen lässt mich zusammenzucken. Er versucht, Ching zum Spielen zu bewegen, er läuft um ihn herum, bleibt geduckt vor ihm stehen, wirft dann herausfordernd den Kopf zurück und jagt wieder davon. Aber der Pekinese bleibt bequem im Schatten der Pinie liegen, wo er das Schwimmbecken im Auge behalten kann.

Ich rufe nach George, und er kommt mit dem eigentümlich energischen, wackelnden Gang der Dackel angelaufen. Armer George, er ist von Greisen umgeben, und manchmal wird ihm langweilig. Ich kraule ihn hinter seinen glatten, langen Ohren, und er fährt mit der Zunge verstohlen über meine nasse Wange.

Harrys Prosastück über unseren Vater hatte mich enttäuscht, es war eher eine Synthese, ein roher Entwurf für eine Biographie als ein abgerundetes Prosastück. Harry sagte, er müsse noch daran arbeiten, es fehlten ihm einige Angaben, die er von Charles erbitten wollte.

Heute erinnere ich mich nur an den letzten Satz, so schlicht und schrecklich zugleich: »Und dann starb er.«

In seinem Nachlass hatte ich das Manuskript nicht gefunden. Hatte er es vernichtet, hatte er es jemandem zum Lesen geliehen oder ist es verloren gegangen, als die Hauswirtin nach seinem Tod seine Habseligkeiten für uns verpackt hatte? Es war Charles, der Harrys Papiere und Dokumente sortiert hatte.

»Möchtest du seine Manuskripte haben?« Charles sah müde aus. Er war überstürzt aus Paris herbei gereist, um Harry noch einmal zu sehen. Und es war, als hätte Harry auf Charles gewartet, um zu sterben, denn eine Stunde nach seiner Ankunft fand sein Leiden ein Ende.

Ich nickte stumm. Nach drei langen Tagen Wachens an Harrys Krankenhausbett war ich in einem so erschöpften Zustand, dass mir das Reden schwerfiel.

Charles half mir, die Papierstapel in einer Tasche zu verstauen. Eines der dicht beschriebenen Blätter segelte zu Boden, und er bückte sich nach ihm.

»So viel Arbeit und Hoffnung für nichts«, brummte er.

»Nicht unbedingt.« Ich rieb mir die brennenden Augen. »Ich werde sein letztes Manuskript meinem Literaturagenten geben.«

»Das wäre aber schön, wenn es dir gelingen würde, es veröffentlichen zu lassen«, murmelte Charles und sah mir zu, wie ich die Tasche schloss. »Er hat so wenig Erfolg gehabt, der Arme. Ist dein Agent tüchtig?«

»Ja, das ist er. Er hat bereits versucht, Harrys Bücher unterzubringen, und hat damals keinen Erfolg gehabt, aber da Harry jetzt tot ist ...« Ich beendete meinen Satz nicht, und Charles lächelte traurig. Ein cleverer Verleger hätte Harrys frühen Tod wirkungsvoll vermarkten können.

Wenige Monate später musste ich Charles in einem Brief gestehen, dass es meinem Agenten nicht gelungen war, das Manuskript unterzubringen. Ich hatte nicht sofort aufgegeben, hatte selbst Verleger angesprochen, die ich persönlich kannte, aber alle lehnten Harrys Buch ab.

»Nicht schlecht geschrieben, Mr. Maugham, ganz und gar nicht schlecht. Aber es ist auch nicht besonders originell, verstehen Sie? Natürlich traurig, dass Ihr Bruder so jung gestorben ist. Vielleicht wäre er, hätte er länger gelebt, einer der ganz Großen geworden, aber Tatsache bleibt, dass er ein wenig – nehmen Sie es mir bitte nicht übel – ein wenig langweilig ist.«

Niemand zeigte sich auch nur im Mindesten von Harrys Schicksal bewegt.

Er war nicht »einfach so« gestorben, nicht wie unser Vater. Einen langen und qualvollen Tod hat er gehabt, aber sein Verschwinden war genauso vollständig wie das von Papa. Niemand würde sich seiner erinnern, niemand seinen Verlust betrauern außer seine Brüder.

Mit langsamen Bewegungen teile ich das Wasser, meinen Kopf dicht über der Oberfläche haltend.

Ich habe versagt, nicht einmal posthum habe ich meinem Bruder zum Erfolg verhelfen können. Wenn Madame Dewaere nur endlich mit ihren Nachforschungen vorankommen würde ...

Die Wut durchfährt mich wieder mit dieser plötzlichen Heftigkeit, wie elektrischer Strom, ich fühle, dass ich am ganzen Körper zittere. Ich kraule zur Treppe, nehme das Badetuch von der nächstbesten Sonnenliege und binde es mir um die Lenden.

Barfuß laufe ich über die Treppe zum Haus hinunter. Einige meiner Gäste haben bereits taktlos ihre Verwunderung darüber geäußert, dass ein so alter Mann wie ich in einem Haus wohnen bleibt, dessen Grundstück in Terrassen angelegt ist. Es sei doch zu ermüdend in meinem Alter. Keiner von ihnen hat mich beobachtet, wie ich mehrmals täglich die vielen Treppen bis zum Schwimmbad hochklettere und dann wieder hinunter laufe. Ich war früher sehr sportlich, und die Mechanik meines alten Körpers ist besser in Schuss als die meiner Altersgenossen. Ich habe nicht mehr viel Ausdauer, aber ich werde wahrscheinlich aufrecht sterben.

Manchmal durchzuckt mich der Gedanke, dass ich mir eines Tages beim Treppenlaufen das Genick brechen werde, das wäre ein schneller, wenn auch kein schöner Tod.

»Willie?«

Ohne mich nach Alan umzudrehen, weiß ich, dass er wieder seine erschreckte Miene aufgesetzt hat.

»Wen rufst du an, Willie?«

Ich klemme den Telefonhörer zwischen mein Ohr und meine Schulter und ziehe das Badetuch fester um meine Hüfte. »Madame Dewaere. Ich möchte w-wissen, was sie seit über zwei Wochen in London treibt.«

Der Portier des Hotels hat einen Akzent, der mich vage an den Dialekt der Grafschaft Kent erinnert. Augenblicklich fühle ich mich in meine Jugend nach Whitstable versetzt und ich frage fast fröhlich nach Madame Dewaere.

»Es tut mir leid, Madame Dewaere ist nicht mehr bei uns.«

»D-d-d-das kann nicht sein. P-P-prüfen Sie bitte nach, ob wir über die gleiche Dame sprechen.«

»Tut mir leid, Sir. Madame Deware hat ihre Rechnung bezahlt und das Hotel verlassen.«

9.
Das Treffen in Bath

Am nächsten Morgen erfahre ich, dass Mrs. Norris verhaftet und wegen Landesverrat angeklagt worden ist. Die Presse ist noch nicht auf dem Laufenden, sie wird erst nächste Woche informiert werden, aber ein alter Bekannter und früherer Mitarbeiter Winston Churchills hat ihm den Gefallen getan und sich umgehört.

Churchill, der mir gegenüber immer sein Wort hielt, hat sofort zum Telefon gegriffen, um mir die Nachricht mitzuteilen.

»Tut mir wirklich leid, alter Knabe«, sagt er. »Ich weiß, dass Sie dieser Dame früher recht nahe gestanden haben.«

»Nicht weiter s-schlimm«, stottere ich. »Danke für Ihre Mühe.«

Wir erinnern einander gegenseitig an unser Treffen, das für einen Dienstag in zwei Monaten vorgesehen ist, und ich lasse den Hörer auf die Gabel fallen. Meine schlimmsten Befürchtungen haben sich bewahrheitet.

Ich laufe in meinem Arbeitszimmer auf und ab. Falls Mrs. Norris seit Monaten beschattet wurde, was ich stark vermute, hat sie bei ihrer Suche wahrscheinlich die gleichen Adressen abgeklappert wie jetzt Madame Dewaere. Adressen, die nun vom misstrauischen Geheimdienst überwacht werden, auch wenn es sich ausschließlich um Wohnsitze argloser Rentner handelt.

Es war ein großer Fehler gewesen, Mrs. Norris um Hilfe zu bitten. Damals schien es mir das Beste, eine geborene Londonerin mit ihrem Netz von Informanten und Beziehungen einzuschalten. Ich hatte vergessen, dass bereits Peters sie als die

»Frau mit tausend Gesichtern« bezeichnet hatte. Im Grunde hat diese Dame nie jemand wirklich gekannt.

Ich bin über jeden Verdacht erhaben, und meine Erklärung, die Detektei würde den Tod meines Bruders untersuchen, ist trotz ihrer Exzentrizität – oder vielleicht gerade deswegen – von Jones akzeptiert worden. Aber warum nur hat Madame Dewaere ihr Hotel verlassen, ohne mich davon zu benachrichtigen? Hat einer von Jones Untergebenen aus Übereifer Madame Dewaere einem offiziellen Verhör unterzogen und sie aus London vertrieben? Sie ist nicht nach Frankreich zurückgekehrt, denn eine Angestellte der Detektei hat Alan vorgestern am Telefon bestätigt, dass Madame und Monsieur Dewaere immer noch in England weilen.

Als ich mich beim Hin- und Herlaufen an der Schreibtischkante schmerzhaft anstoße, bleibe ich stehen und blicke auf die Uhr.

Seit einer halben Stunde drehe ich mich hier im Kreis und mache mich verrückt. Es ist sinnlos, ich kann nichts anderes tun als abwarten. Alan hatte die Sekretärin der Detektei Dewaere ersucht, ihre Vorgesetzten um dringenden Rückruf zu bitten, sobald sie mit ihr Kontakt aufnehmen würden.

Mit zusammengebissenen Zähnen setze ich mich an den Schreibtisch und nehme mir meine Memoiren vor. Dem Teil über Syries Steuerhinterziehung werde ich nun doch einige Zeilen widmen. Und ich entschließe mich, in aller Ausführlichkeit zu beschreiben, wie unehrlich sie in geschäftlichen Angelegenheiten war. Und warum nicht erzählen, dass sie mich erpresst hatte, damit ich sie heiratete.

Die Tragik meines Lebens ist, dass eine bedeutungslose Affäre – die vor allem mein Ego stärken sollte, da Syrie eine beliebte Gastgeberin und eine der elegantesten Frauen Londons war – mich für Jahre in die Eheketten legen sollte, über die ich früher gespottet und die ich zu Recht gefürchtet hatte.

Hatte ich bereits während ihrer Schwangerschaft Mühe, mit ihr geduldig zu sein, wuchs meine Abneigung gegen sie ins Unerträgliche, nachdem ich Gerald an der Front kennen gelernt hatte.

Ich saß am Lager eines verletzten Soldaten, der seinen Schmerz und seine Verzweiflung an mir ausließ und meine Hilfe schroff ablehnte, als Gerald herantrat, ihn mit einer Zigarette und ein paar Witzen zum Lachen brachte, ihn in wenigen Augenblicken völlig umkrempelte, wie er es mit allen Menschen tat, die über seinen Weg liefen.

Ich sah ihm wie gebannt zu und fühlte, wie sich in meiner Brust etwas lockerte, sich auflöste und ich übergangslos ein anderer Mensch wurde, befreit von diesem Gefühl tiefer Einsamkeit und misstrauischer Furcht, das mich immer begleitet hatte.

Von jenem ersten Abend an war unser Zusammengehörigkeitsgefühl absolut und unzerstörbar, daran änderten weder meine Heirat mit Syrie noch die regelmäßig erzwungene geografische Trennung etwas, wenn ich zum Beispiel immer wieder nach England zurück musste, das Land, das er als unerwünschter Ausländer nicht betreten durfte.

Gerald war den meisten Menschen sehr sympathisch, viele fanden ihn anziehend, trotz seiner Unberechenbarkeit und seines hemmungslosen Alkoholkonsums, aber fast niemand verstand, warum ich so in ihn vernarrt war, weshalb ich nie anders konnte, als ihm alles zu verzeihen. All meine Liebe, Toleranz und Nachsicht haben ihm seine Neigung zur Flasche nicht austreiben können. Fünfundzwanzig Jahre haben wir zusammen verbracht, und es geschah, was ich nie erwartet hatte: Obwohl er zwanzig Jahre jünger war als ich, musste ich ihn begraben.

Es geschah während des Zweiten Weltkriegs, als wir beide in den Vereinigten Staaten Zuflucht gefunden hatten. Offiziell waren wir bereits getrennt, er wohnte in Washington und arbeitete in der Kriegsabwehr, ich lebte in selbst gewählter Einsamkeit in South Carolina, aber sobald er krank wurde, rief er mich an. Er starb an Tuberkulose, dieser schrecklichen Krankheit, die schon meine Mutter dahingerafft hatte.

Ich schreibe und schreibe, während die Erinnerungen wie eine sentimentale Hintergrundmusik mir Tränen in die Augen treiben und meine Konzentration beeinträchtigen.

Energisch schüttele ich den Kopf und kehre zu meinen Memoiren zurück. Soll ich verschweigen, dass Syrie mich mit ihren sexuellen Avancen unentwegt belästigt hatte? Ich zögere; der intelligente Leser wird zwischen den Zeilen lesen können, aber ich möchte diesmal expliziter und kühner sein als in »Summing up«, meiner letzten autobiografischen Schrift.

Syries schmallippiges, stark geschminktes Gesicht taucht heute noch in meinen Albträumen auf, es verfolgt mich, während ich vor ihrer keifenden, schrillen Stimme durch die Räume unseres großen Hauses fliehe.

»Hör' endlich auf, mir Szenen zu machen. Lass mich in Ruhe.« Manchmal konnte ich vor Erschöpfung nur noch flüstern.

»Ich erinnere dich daran, dass wir verheiratet sind! Du kannst mich nicht ignorieren, als sei ich ein Möbelstück!«

Ich blieb stehen, drehte mich um. Ganz nahe, viel zu nahe stand sie vor mir, und ich roch ihr aufdringliches Parfüm.

»Reden wir davon, von Möbeln! Du hast schon wieder mein Arbeitszimmer auf den Kopf gestellt! Meinen Schreibtisch verkauft! Du hast nicht den geringsten Respekt vor meiner Intimsphäre!«

»Ich bin Innenarchitektin und unser Haus ist meine Vitrine.« Sie lächelte beinah. Endlich hatte sie mich dazu gebracht, dass ich sie beachtete. »Dein Arbeitszimmer sah gewöhnlich und bieder aus.«

»Ich habe dir schon mehrmals gesagt, dass niemand meinen Schreibtisch anrühren darf. Meine Papiere sind alle so geordnet, dass ich bei Bedarf sofort finde, was ich suche. Wenn ich schreibe, darf ich keine Zeit mit Suchen verlieren, sonst komme ich aus dem Rhythmus.«

Ihr Blick wurde leer, wie immer, wenn sie mir nicht mehr zuhörte. Ich wusste, dass ich mich wiederholte, dass ich sie langweilte mit meinem Ordnungssinn und meinem Beharren auf festen Regeln.

Während ich aus der Nähe ihr verkniffenes Gesicht betrachtete, hatte ich Mühe, mich daran zu erinnern, dass ich sie einmal geistreich und charmant gefunden, dass mich ihre Eleganz und ihr Witz bezaubert hatten.

Als sie antwortete, nun etwas sanfter, leiser, hörte ich meinerseits nicht mehr zu.

Bereits einige Monate nach unserer Heirat wusste ich, dass ich sie verabscheute, dass ich den größten Fehler meines Lebens begangen hatte.

Mein Füller eilt übers Papier, aber ich kann Syrie nicht entkommen. Ihr Gesicht hat sich in meine Netzhaut eingebrannt, ihre Stimme hallt in meinen Gehörgang wider. Die Erinnerung wühlt in meinem Innern, und ich spüre stechende Schmerzen in der Brustgegend, als bohrte Syrie ihre langen Fingernägel in mein Herz.

Die meisten meiner Freunde verstehen meine heftige Abneigung nicht. Sicher hätte ich sie nicht heiraten dürfen, aber sie sei doch charmant und amüsant gewesen. Sicher sei sie keine ehrliche Geschäftsfrau und manchmal reichlich verantwortungslos, aber sie sei eine mitfühlende, warmherzige Person gewesen, eine gute Mutter und immer für ihre Freunde da, wenn diese sie brauchten.

Ihre Einwände bringen mich noch mehr in Rage. Wer kann behaupten, sie besser gekannt zu haben als ich. Noch nach ihrem Tod hat sie die Macht, mir das Leben bitter zu machen.

Als es an der Tür klopft, schreie ich wütend, dass ich nicht gestört werden möchte.

»Es ist ein Uhr.« Alan bleibt im Türrahmen stehen. »Sonst bist du um diese Zeit schon immer unten.«

Sogar meine Memoiren haben die Macht, die Zeit außer Kraft zu setzen, wenn ich schreibe. Seitdem ich meine Schriftstellerkarriere als beendet angesehen habe, denke ich, dass ich nun nie mehr diesen wunderbaren Geschmack der Ewigkeit auskosten würde. Stunden, die sich in Minuten verwandelten, und dann wieder Augenblicke, die sich hinauszögerten, wie Tropfen, die am Wasserhahn zittern, bevor sie endgültig hinunterfallen.

Ich hatte das Niederschreiben meiner Erinnerungen nicht als Arbeit ernst genommen, hatte nicht einmal ihre Veröffentlichung in Betracht gezogen, und nun korrigiere ich sie mit der gleichen Ernsthaftigkeit wie früher meine Erzählungen und Essays.

Der Unterschied zu früher ist, dass selbst wenn ich mich völlig in meiner Arbeit vergessen hatte, sich mein Magen gegen halb eins meldete und mich zwang, schnell die letzten paar Zeilen nieder zu schreiben und mein Tageswerk abzuschließen. Nun funktioniert mein innerer Wecker nicht mehr, er ist aus dem Takt wie mein ganzer Organismus.

Ich lege meinen Füller nieder. »Du hast recht gehabt, mich ans Mittagessen zu erinnern. Ich habe Hunger.«

Alan mustert mich düster, und ich werde unsicher.

»Nun, gehen wir, Alan. Heute gibt es Austern.«

Über den Schreibtisch hinweg reicht er mir einen dicken, verschlossenen Briefumschlag. »Das Einschreiben ist gerade gekommen. Sieht aus wie ein neuer Bericht der Detektei Dewaere.«

Mein Herzschlag beschleunigt sich, das Blut schießt mir in den Kopf und pocht in meinen Ohren, aber ich nehme mit ruhiger Hand den Umschlag entgegen. »War höchste Zeit. Ich werde ihn nach dem Essen lesen.«

Die Austern sind fett, wie ich sie mag, und es gelingt mir für eine Weile, nicht an den Bericht zu denken. Nach dem Hauptgang zünde ich mir eine Zigarette an.

»Warum möchtest du eigentlich nicht, dass ich lese, was die Detektei über deine Tochter herausgefunden hat?«, fragt Alan.

Der Nachtisch wird serviert, und ich betrachte das Avocadoeis in der gekühlten Glasschale. Jahre lang hatte ich als einziger an der Riviera Avocadobäume in meinem Garten. Ich hatte mich lange gedulden müssen, bis sie Früchte trugen, aber meine Ausdauer hatte sich ausgezahlt, wie immer.

»Es ist besser, wenn du mit all diesen Dingen nichts zu tun hast, Alan.«

Ich drücke meine Zigarette aus und beginne hastig, mein Eis zu löffeln.

Alan lächelt fast, sein Gesicht wird weicher. Er mag es, wenn ich ihn beschütze und mich um ihn sorge.

Mein Nachmittagsschlaf muss warten, ich nehme den Umschlag und gehe in den Garten. Die Hunde folgen mir hechelnd, machen dabei kleine Umwege, um im Schatten der Bäume zu bleiben. Sie kommen trotzdem vor mir am Sonnenschirm an, und Li und Ching legen sich sofort unter den Tisch, nur George trottet unter der sengenden Sonne hin und her, die Nase dicht am Boden, als würde er einer interessanten Spur folgen.

Ich setze mich mit dem Rücken zum Meer und reiße den Umschlag auf. Der Begleitbrief ist noch kürzer als sonst, informiert mich nur davon, dass der Bericht beiliege und die Detektei Dewaere ihre besten Wünsche für meine Gesundheit ausdrücke.

Unerwartet hat es sich als sehr langwierig erwiesen, Jack Calder zu befragen. Zunächst hat er am Telefon bereitwillig einem Treffen zwei Tage später zugestimmt. Drei

Stunden vor dem Termin ließ er es jedoch telefonisch von seiner Haushälterin absagen. Nachdem wir ihn in den folgenden vierundzwanzig Stunden telefonisch nicht erreichen konnten, begaben wir uns zu seiner Adresse.
Seine Haushälterin öffnete uns die Tür und sagte, Mr. Calder habe London verlassen, um seinen Neffen in Cambridge zu besuchen. Sie war misstrauisch und weigerte sich, uns die Adresse des Neffen zu geben, aber da wir Jack Calders Familienhintergrund ausführlich ausgeforscht hatten, war uns der Name seines Neffen bekannt und wir fanden seine Adresse in Cambridge heraus.
Maurice Calder ist Professor für theoretische Physik und als Fachmann sehr gefragt. Zu unserem Erstaunen wurde uns an der Universität mitgeteilt, dass er sich im Ausland befand und erst drei Tage später zurückkommen würde. Als wir an seiner Haustür klingelten, öffnete uns niemand und das Haus schien unbewohnt.
Wir bezahlten einen jungen Mann, um für uns Jack Calder unter dem Vorwand einer Bücherlieferung anzurufen. Wiederum hob die Haushälterin ab und bestätigte, dass Jack Calder sich in Cambridge befinde.
Wir klapperten alle Hotels und Pensionen in Cambridge ab, aber Jack Calder blieb unauffindbar.
Nach Maurice Calders Rückkehr besuchten wir ihn ohne Anmeldung in seinem Haus. Er entpuppte sich als ein liebenswürdiger, weltfremder Mann, der uns ohne weiteres abnahm, dass wir Genealogieforscher seien. Er sagte jedoch, dass er seinen Onkel seit einem Jahr nicht gesehen habe und dieser habe auch nicht die Absicht bekundet, ihn besuchen zu kommen.
Nach einigem Suchen fand er ein Fotoalbum und zeigte uns die Fotografie seines Onkels, die vor etwa drei Jahren aufgenommen worden war und einen sehr gut erhaltenen

Herrn mit weißem Schnurrbart und lockigem weißem Haar zeigte. Er riet uns, nach Bath zu fahren, wo sein Onkel sich häufig im Sommer zur Kur aufhalte, und er gab uns sogar die Adresse des Hotels.

Das Lansdown Grove Hotel in Bath ist ein traditionsreiches Haus, das viele Stammgäste hat. An der Rezeption wurde uns mit steifer Höflichkeit mitgeteilt, dass Jack Calder sich nicht im Hotel aufhalte. Auf unser Drängen vertraute uns einer der Angestellten an, dass Mr. Calder die Gewohnheit hatte, alljährlich für einige Wochen im Hotel zu wohnen, aber dass er seit vier Jahren nicht mehr gesehen worden sei.

Wir nahmen anschließend unser Mittagessen im Hotelrestaurant ein und erfuhren bald von dem dienstältesten Kellner, dass er Jack Calder gut gekannt habe. Nach einem großzügigen Trinkgeld verriet uns der Ober, dass Jack Calder weiterhin alljährlich nach Bath komme und sogar das Restaurant besuche, aber dass er nunmehr in einer Familienpension in der Nähe der Abtei übernachte.

In der gemütlichen, aber am Lansdown Grove Hotel gemessen eher bescheidenen Pension, waren noch Zimmer frei, und wir mieteten uns ein.

Jack Calder erschien weder zum Abendessen noch zum Frühstück.

Vor dem Hausmädchen gaben wir uns als Jack Calders Bekannte aus und erfuhren, dass er in der Pension nie zu Abend esse und dass er sein frugales Frühstück sehr früh auf seinem Zimmer einnehme, bevor er zur Trinkhalle gehe.

Als wir die Trinkhalle erreichten, trat ein schnurrbärtiger Herr, sich schwer auf seinen Stock stützend, aus dem Tor. Obwohl wir ihn nur kurz auf der Fotografie gesehen hatten, erkannten wir zweifelsfrei Jack Calder wieder.

Wir sprachen ihn an und stellten uns vor.
Der alte Herr stützte sich mit beiden Händen auf seinen Stock auf und betrachtete uns prüfend. Nach einer ziemlich langen Pause meinte er, dass wir für Genealogieforscher ungewöhnlich beharrlich seien, da wir ihm bereits seit zehn Tagen nachlaufen würden.
Zu diesem Zeitpunkt erschien es uns ratsam, ihm die ganze Wahrheit zu sagen und ihn dringend um eine Unterredung zu bitten.
Jack Calder senkte den Kopf und schwieg lange. Seine Bewegungen und seine Sprechweise waren so langsam, dass wir Zweifel an seinen geistigen Kapazitäten gehabt hätten, wenn nicht sein wacher Blick und seine würdevolle Ausstrahlung gewesen wären.

Ich fühle, dass ich beim Lesen etwas schief lächele. Calder ist auf jene Art gealtert, die Wenigen von uns vergönnt ist. Ich hatte ihn als Zwanzigjährigen kennen gelernt, und bereits damals sah man, dass das Alter sein Aussehen nur verbessern, dass er als Greis das Gesicht einer römischen Büste haben würde. Ich konnte sehr gut verstehen, dass Harry von ihm fasziniert gewesen war.

Schließlich schlug Mr. Calder vor, dass wir ihn in einen nahe gelegenen Teesalon begleiteten. Er ging sehr langsam und erklärte uns, dass ihn die letzte Italienreise überfordert hätte.
Auf unsere Frage erwiderte er, dass er drei Monate in der Toskana und zwei Monate am Gardasee verbracht habe.
Im Teesalon ließ sich Mr. Calder viel Zeit mit der Bestellung. Dann verließ er uns kurz, um sich die Hände waschen zu gehen. Als er zurückkam, änderte er die bereits

aufgegebene Bestellung und schließlich entschied er, dass wir den Tisch wechseln müssten.

Nachdem der Tee und die Kuchen serviert worden waren, seufzte er vernehmlich.

»Sie wollten mit mir über Harry sprechen«, sagte er, »also stellen Sie mir Ihre Fragen.«

Wir fragten ihn, wie gut er Harry Neville Maugham gekannt habe.

»Wir waren intim.«

»Bis zu seinem Tod?«

»Fast. Etwa vier Monate vor seinem Tod hatten wir uns zerstritten.«

»Warum?«

Da lächelte der alte Herr das erste Mal, ein wehmütiges Lächeln, wie es uns schien. »Wegen Robert Wright.«

Wir baten Jack Calder, näher zu erklären, worum es bei dem Streit ging.

»Eine lange Geschichte«, meinte Mr. Calder.

Wir erklärten, dass wir viel Zeit hätten.

Jack Calder trank seine Teetasse leer und starrte eine Weile aus dem Fenster, bevor er wieder zu sprechen begann.

»Es ist eine lange, traurige und zugleich sehr banale Geschichte. Sie wiederholt sich oft, ich habe sie viele Male miterlebt, habe immer wieder die gleiche Tragödie mit ansehen müssen, nur die Namen der Protagonisten änderten sich.

Harry und Robert hatten sich bereits am Dover College kennen gelernt, sie spielten beide im gleichen Rugby-Team. Später haben sie beide in Cambridge studiert. Eine große Freundschaft, die sich in Liebe verwandelte. Dieser Satz klingt friedlich und harmonisch, aber die Wirklichkeit war ganz anders.

Robert konnte mit seinen Gefühlen nicht umgehen, selbst als Student lebte er in ununterbrochener Angst, und obwohl er Harry aufrichtig zugetan war, erübrigte er allwöchentlich nur einige wenige Stunden für ihn. Er schämte sich seiner Beziehung zu ihm, Harry war sein schmutziges kleines Geheimnis.
Robert Wright heiratete, gründete eine Familie und erwartete, dass Harry sich weiter mit dem bescheidenen Platz am äußersten Rand seines Lebens begnügte.
Umso fassungsloser war Robert, als Harry nach Paris zog, um in der Anwaltskanzlei seines Bruders Charles zu arbeiten. Harry, der ihm nie Vorwürfe gemacht hatte, der immer so sanft und nachgiebig gewesen war, brach plötzlich alle Brücken ab.
Lange Zeit hörte Robert nichts von ihm. Erst als Harry seinen Beruf als Rechtsanwalt aufgab und nach Italien zog, um herumzureisen und zu schreiben, nahm er wieder Kontakt mit ihm auf. Er schickte ihm Postkarten und Briefe und schlug vor, dass sie wieder Freunde wurden. Nur gute Freunde, meinte er, wie zu Anfang in Cambridge. Doch es kam anders.
Robert fand einen Grund, um allein nach Italien zu reisen, und als sie sich trafen, war es, als hätten sie sich nie getrennt. Harry zog zurück nach London, und sie nahmen wieder ihre unterschiedlichen Lebensweisen auf. Robert, der erfolgreiche Börsenmakler und gute Familienvater, und Harry, der arme Schriftsteller, der in zwielichtiger Gesellschaft verkehrte.
Sie wohnten nicht allzu weit weg voneinander, aber sie sahen sich nur, wenn Robert in seinem Zeitplan einige Stunden für Harry abzweigen konnte.
Da lernte ich Harry bei einem gemeinsamen Freund kennen. Es ist schon lange her, und ich gehöre nicht zu den

Menschen, die gern in ihrer Vergangenheit schwelgen, aber ich erinnere mich noch genau an unsere erste Begegnung. Er schien fröhlich und gut gelaunt zu sein, aber während ich ihn beobachtete – und das tat ich den ganzen Abend über –, wusste ich, dass er im Grunde traurig war. Kennen Sie diese alten Gemälde, wo der Tod als Gestalt hinter den Menschen schreitet oder abwartend neben ihnen sitzt? Bei Harry kam es mir vor, als würde die Traurigkeit ständig über seine Schulter blicken und sein Lächeln Lügen strafen.

An jenem Abend hatten wir den gleichen Heimweg, Harry und ich, und ich weiß nicht, was er an mir Grünschnabel fand, aber wir wurden unzertrennlich.

Es schien, als könnte Harry dank mir von Robert Wright loskommen. Er sagte, ich würde ihn inspirieren, das Schreiben würde ihm viel leichter fallen, denn dank mir habe er ungetrübtes Liebesglück erlebt. Ich möchte Sie nicht mit Einzelheiten langweilen, aber es war eine schöne Zeit.

Er sah noch hin und wieder Robert Wright, aber er wurde unabhängiger, stimmte nicht jedem Treffen zu, ließ Wochen verstreichen, ohne ihn zu sehen. Und natürlich kam es, wie es kommen musste: Wright geriet in Panik, hatte Angst, Harry gänzlich zu verlieren. Er schrieb ihm flammende Briefe, voller sentimentaler Anspielungen an ihre gemeinsame Vergangenheit und Versprechungen für die Zukunft. Wenn erst mal die Kinder erwachsen, wenn erst mal seine Frau und er geschieden seien ...

Sie klangen ehrlich, seine Briefe. Wahrscheinlich glaubte Robert Wright selbst daran, was er schrieb. Und Harry wurde weich, begann, ihn wieder öfter zu treffen und mich und seine anderen Freunde zu vernachlässigen.

Als ich ihm vorwarf, Robert verfallen zu sein, erklärte er, ich sei zu jung und verstehe nichts von reifer, erwachsener Liebe. Ich erwiderte, dass wir uns nichts mehr zu sagen hätten, und verließ ihn, Türen knallend und wütend. Dies war das letzte Mal, dass wir miteinander geredet haben.«
Jack Calder schloss die Augen. Er wirkte so erschöpft, dass wir mehrere Minuten schweigend verstreichen ließen.
»Haben Sie Harry Maugham im Krankenhaus besucht?«
Jack Calder fuhr ein wenig hoch, als hätten wir ihn aufgeweckt.
»Ja. Sein Bruder Willie, Ihr Auftraggeber, hatte mich benachrichtigt, dass Harry im Sterben liege.«
»Sind Sie nicht mehr in Harrys Wohnung zurückgekehrt?«
»Doch, um zwei Bücher abzuholen, die mir gehört hatten. Ich hatte nicht mehr daran gedacht, aber mein Name stand in beiden, und Willie sagte, ich solle sie abholen.«
»War Ihnen etwas in der Wohnung aufgefallen? War sie anders als früher?«
Jack Calder zögerte. »Ja, alles war drüber und drunter. Was mich am meisten überrascht hat, war, dass überall auf dem Boden lose Blätter verstreut lagen, als habe jemand Papierstapel vom Schreibtisch gekippt und in ihnen herumgewühlt. Harry war sehr pingelig, was seinen Schreibtisch und sein Schreiben betrifft. Alles war immer sorgfältig geordnet und aufgeräumt.«
»Haben Sie Mr. Maugham gefragt, was in der Wohnung passiert war?«
»Ja, ich hatte ihn gefragt, ob er und seine Brüder die Papiere so durcheinander gebracht hätten, doch er sagte nein, sie hätten alles so vorgefunden und noch nicht mit dem Aufräumen angefangen.«

»Haben Sie Robert Wright wiedergesehen?«

»Ja. Bei der Beerdigung.«

Bevor wir die nächste Frage stellen konnten, bat uns der alte Herr in gereiztem Ton, ihn in die Pension zu bringen, damit er sich hinlegen könne. Er brauche nun etwas Ruhe.

Wir riefen ein Taxi und begleiteten Jack Calder in die Pension. Er versprach, mit uns das Abendessen einzunehmen, um noch ein paar Fragen zu beantworten.

Als wir jedoch um die vereinbarte Zeit an seine Zimmertür klopften, öffnete uns eine kräftige, etwas erstaunte Dame. Sie habe gerade das Zimmer bezogen, erklärte sie, und sie kenne keinen Mr. Calder.

Die Pensionsinhaberin sagte uns, dass Jack Calder am frühen Nachmittag sein Zimmer bezahlt und sie für ihn ein Taxi gerufen habe, das ihn zum Bahnhof bringen sollte. Da sie den Taxifahrer persönlich kannte, konnten wir ihn noch am selben Abend befragen. Der alte Herr habe es sehr eilig gehabt, erzählte der Taxifahrer, und habe ihm gesagt, er müsse dringend nach London zurückkehren. Er habe Mr. Calders Gepäck bis zum Zug gebracht und mit eigenen Augen gesehen, wie dieser gleich darauf abgefahren sei.

Wir haben am nächsten Morgen wieder unter falschem Vorwand Jack Calders Haushälterin in London angerufen und erfahren, dass er nicht zu Hause sei. Er sei bei seinem Neffen in Cambridge, behauptete weiterhin die Dame. Jack Calder hat sich erneut dazu entschlossen, vor uns zu fliehen. Über die Gründe können wir zurzeit nur Mutmaßungen anstellen. Da er trotz seiner Erschöpfung große Unruhe zeigte, als wir ihn zur Beerdigung befragen wollten, kann es sein, dass es ihm zutiefst widerstrebt, über Harrys Tod zu sprechen.

Heute Nachmittag werden wir den Zug nach London nehmen, um Jack Calder zu suchen. Da es längere Zeit in Anspruch nehmen kann, schicken wir Ihnen diesen Zwischenbericht.
Wir halten Sie selbstverständlich auf dem Laufenden, sobald wir Mr. Calder gefunden haben.

Als eine Windböe den Briefumschlag von meinen Knien auf den Boden fegt, wache ich aus meiner Erstarrung auf. Ächzend beuge ich mich nach ihm, falte missmutig die losen Blätter zusammen und stopfe sie in den Umschlag zurück. Jack Calder hatte schon als junger Mann Diva-Allüren. Als er damals Harry im Krankenhaus erblickte, schrie er auf und rannte aus dem Zimmer. Durch die geöffnete Tür hörten wir ihn vom anderen Ende des Korridors laut schluchzen. Obwohl ich ihn gewarnt hatte, dass Harry im Sterben lag, war er auf seinen Anblick nicht vorbereitet gewesen.

Ich schließe die Augen, will mich nicht erinnern, aber die Vergangenheit bricht wieder über mich herein, ist genauso wirklich, genauso nahe wie der nach Wasser dürstende Garten, die sommerliche Hitze und die Sonne auf meiner Haut.

Harrys Körper bebte vor Krämpfen, aber er schrie nicht, denn seine Stimmbänder waren von der Säure verätzt. Seine Lippen waren blau und angeschwollen, ein Rinnsal hatte sich in seine Haut gefressen, lief von seinem Mundwinkel bis zum Hals und verriet, dass er sich erbrochen hatte.

Jack kam zurück, packte mich am Kragen und schüttelte mich. »Du bist Arzt, tu doch etwas!«

»Wir können nichts mehr für ihn tun.«

»Doch, du kannst ihm helfen zu sterben! Du kannst sein Leiden beenden!«

Frederic schritt ein. »Willie darf es nicht tun, das wissen Sie ganz genau. Er würde seine Zulassung verlieren und ins Gefängnis kommen.«

Jack presste die Handflächen auf seine Ohren und kniff die Augen zusammen, als könnte er Harry schreien hören. »Er leidet so schrecklich! Warum hat er das getan? Warum?«

Ein alter Oberarzt, der auf Jacks Geschrei hin den Raum betreten hatte und der mich noch vom Studium her kannte, herrschte ihn an, er solle sich schämen, so zu schreien. Henry Maughams Brüder würden ihre Trauer mit Würde ertragen, er sollte sich an diesen Gentlemen ein Beispiel nehmen.

Bevor Jack antworten konnte, legte ich ihm die Hand auf den Mund und zog ihn mit dem freien Arm in eine feste Umarmung.

»Sei still«, flüsterte ich ihm ins Ohr. »Sei still, sag' jetzt nichts mehr.«

Ich drückte Jack auf einen Stuhl hinunter. Er weinte nun leise vor sich hin, die Hände im Schoss verschränkt, uns schamlos sein verzerrtes, tränennasses Gesicht zuwendend.

Frederic drehte sich weg von ihm, der Oberarzt verließ wortlos den Raum.

Wir hatten getan, was getan werden musste. Dank meiner Beziehungen im Krankenhaus war ein Skandal vermieden worden, Harry wurde mit dem Segen der Kirche beerdigt, und wir führten seinen letzten Willen aus: Jack hatte er etwas Geld vermacht und ein Gemälde, das er aus Italien mitgebracht hatte. Robert Wright erhielt seine goldene Uhr und Charles Barlow seine Manschettenknöpfe.

Bevor ich kurz danach nach Frankreich verreiste, um mit meinem Bruder Charley und seiner Familie den Sommer zu verbringen, traf ich noch einmal Jack.

»Robert Wright hat ihn umgebracht«, sagte er mir. Seine Augen waren immer noch rot entzündet. »Ich weiß, dass du mir nicht glaubst. Du denkst, ich bin bloß eifersüchtig, aber ich bin mir sicher, dass Robert dabei war, als er die Flasche mit Säure ausgetrunken hat. Er hat Angst gehabt, dass Harry ihre Beziehung öffentlich macht und dass es einen Skandal gibt. Harry hatte es ihm wahrscheinlich angedroht, denn er war am Ende, verstehst du? Er wusste, dass Robert seine Versprechungen nie halten würde, dass er ihn seit all den Jahren nur benutzt hat. Robert hat versucht, Harry in den Selbstmord zu treiben, und weil dein Bruder widerstandsfähiger war, als er gedacht hatte, hat er ihn gezwungen, die Säure zu trinken.«

Ich erwiderte nichts. Ich war erschöpft und wollte nicht mehr denken. Jacks Satz kam mir erst wieder in den Sinn, als ich mit Charley im Zug saß und er meinte, Selbstmord auf eine so schmerzliche Art würde Harry nicht ähnlich sehen.

Ein Spatz lässt sich auf der Balustrade nieder und beäugt mich, den Kopf leicht zur Seite geneigt. Es muss Minuten her sein, seitdem ich mich das letzte Mal bewegt habe. War es nicht in Indien gewesen, wo ein heiliger Mann so lange unbeweglich dagesessen war, dass Vögel in seinem Haar ein Nest gebaut und ihre Jungen aufgezogen hatten?

Li kommt unter dem Tisch hervor, und der Spatz fliegt weg, schießt dicht vor meinem Gesicht davon.

Ich hebe Li auf meinen Schoss. Er ist sehr alt; wäre er ein Mensch, wäre er noch älter als ich.

»Du hast es gut«, flüstere ich, während ich ihn hinter den Ohren kraule. »Du kannst dich an deine Geschwister nicht erinnern.«

Ich trage Li ins Haus und setze ihn vor dem Trinknapf in der Halle ab. Ching und George haben sich beide bereits hechelnd auf den kühlen Fliesen ausgestreckt.

»Monsieur.«

Der Butler ist so lautlos hinter mir aufgetaucht, dass ich zusammenzucke.

»Monsieur, ein Herr mit einem englischen Akzent hat vor einer Minute angerufen. Er wollte nicht warten, als ich Sie holen wollte, und er wollte auch keine Nachricht hinterlassen. Er hat gesagt, er würde heute Abend wieder anrufen. Jack Calder ist sein Name.«

10.
Jack Calder

Ich kann mich beim besten Willen nicht auf das Kriminalhörspiel konzentrieren, das mich wach halten soll, bis Jack anruft. Eigentlich merkwürdig, denn es ist alles vorhanden, was eine Detektivgeschichte im Radio spannend macht: Knappe Dialoge treiben die Handlung atemlos voran, knirschende Türen öffnen sich langsam, damit die darauf folgende Stille besonders bedrohlich wirkt, das Stakkato laut klopfender Absätze vermittelt glaubhaft eine Verfolgungsjagd durch dunkle, verlassene Straßen.

Vielleicht ist es die Stimme des Inspektors, die den Zauber bricht; sie klingt gekünstelt kalt und artikuliert allzu deutlich jedes Wort. Selbst bei der Befragung einer des Mordes verdächtigen Dame, die er nach eigenem Bekunden sehr attraktiv findet, spult er mit dieser unpersönlichen Stimme seinen Text herunter.

Ich mische die Karten, mit denen ich vorhin eine Patience gelegt habe, und breite sie vor mir aus, mit der Bildseite nach oben. Der Herzbube liegt ganz zuoberst, ein rundliches, von hellem Haar umgebenes Gesicht, das arglos in die Ferne blickt. Ich merke, dass ich lächele. Es ist, als sähe ich diese Karte zum ersten Mal, nie war mir vorher aufgefallen, dass der Herzbube so schrecklich jung wirkt.

Es war dieses vollkommene Vertrauen, dieses zärtliche, unbefangene Entgegenkommen, das mich bei ganz kleinen Kindern immer gerührt hatte. Es war fast schmerzlich zu beobachten, vor allem bei meiner Tochter und meinen Enkelkindern, wie schnell es dahinschwand, wie schnell diese erbarmungslose Welt sie verdarb.

Harry hatte als einziger lange diesen klaren, unschuldigen Blick gehabt. Ich weiß nicht, wann genau er ihn verloren hatte, wann er erwachsen geworden war. Irgendwann blickte er unruhig und zweifelnd drein, wie alle anderen auch, aber ich bin mir fast sicher, dass er sein Vertrauen ins Leben lange nach mir verloren hatte.

Ich fühle einen schwachen Luftzug, und als ich fröstele, werden unerwartet längst verdrängte, unter Jahrzehnten verschüttete Bilder vor meinen Augen lebendig: Charley, Harry und ich im Skiurlaub in St. Moritz. Es war sehr kalt unter einem unwirklich blauen Himmel, und Harry, sonst immer so ernst und grübelnd, raste lachend die Pisten hinunter. Wir drei waren ausgezeichnete Skifahrer und verließen die Abfahrt erst bei Einbrechen der Dunkelheit.

An einem Abend, bei unserer letzten Abfahrt, kam ich als zweiter unten an, gleich nach Charley. Ich drehte mich um und sah Harry, wie er im Slalom den Berg hinunterfuhr und erst im letzten Augenblick einer Tanne auswich, die er in der Dämmerung fast übersehen hatte. Ich streckte instinktiv die Arme aus, als ich ihn dicht am Baum vorbei rasen sah, und so kam es, dass er in meinen Armen landete, das erste und letzte Mal in seinem Leben.

Wir fielen beide hin, unsere Skier waren ineinander verheddert, und wir hatten beide unsere Mützen verloren.

»Hattest du Angst?«, fragte er. Er hatte Schnee auf den Wangen und der Nase und seine Augen leuchteten. Seit langer Zeit fiel mir wieder auf, dass er von uns Maughams am besten aussah.

Ich schüttelte stumm den Kopf, immer noch verblüfft über seine Kühnheit. Wir standen beide auf, schnallten unsere Skier ab. Erst als wir Charley einholten, erinnerte ich mich wieder daran, dass Harry als Kind ungestüm, fantasievoll und energiegeladen gewesen war. Wann hatte er seine beherzte, unschuldsvolle Neugier verloren? Was hatten sie ihm an der Schule in England angetan, damit er zum überängstlichen Neurotiker wurde?

Das Telefon klingelt, und ich lasse den Kreuzkönig auf den Tisch fallen, quer über den Herzbuben.

Alan hebt den Blick von seiner Zeitschrift. »Wieder deine Freunde vom Geheimdienst? Sie sind die Einzigen, die es wagen, noch so spät anzurufen.«

»Ich bin für n-niemanden da außer für Mr. Jones und Jack Calder.«

Alan erhebt sich ächzend, mit der Zeitschrift in der Hand. Während er mir den Rücken zukehrt, um zum Telefon zu gehen, merke ich, dass er wieder zugenommen hat, und unterdrücke ein kleines Seufzen.

Ich höre nicht, was er am Telefon sagt, aber als er zurückkommt, hat er ein merkwürdig saures Gesicht aufgesetzt. »Es ist Jack Calder.«

»Könntest du mich bitte allein lassen, Alan?«

Ich ignoriere, wie er die Augen verdreht und den Kopf schüttelt, und warte, bis er aus dem Raum ist.

»Guten Abend, Jack. Es ist lange her, seitdem wir miteinander gesprochen haben.«

»Ich höre dich schlecht, Willie.«

Ich schreie fast: »Ja, die Verbindung nach London ist immer schlecht!«

»Ich bin nicht in England. Ich bin in Frankreich an der Atlantikküste. In La Rochelle, falls du es genau wissen möchtest.«

Meine Beine geben nach, und ich lasse mich auf den Stuhl sinken. »W-was soll das, Jack? Was tust du in La Rochelle? Warum führst du die Detektei D-dewaere so an der Nase herum?«

»Die kleine Dame ist äußerst intelligent. Sie wird mir schnell auf die Spur kommen.«

Ich beiße mir auf die Zunge, umklammere fester den Hörer. Das war es, was Harry am meisten an Jack gefallen hatte, seine Unberechenbarkeit.

»Warum r-redest du nicht endlich mit ihr, Jack? W-willst du nicht, dass Harry Gerechtigkeit widerfährt?«

Lange Zeit höre ich nur das Summen der Leitung.

»Jack, bist du noch da?«

»Ich habe vor kurzem Roberts Tochter kennen gelernt. War reiner Zufall, ich hatte nicht gewusst, wer sie ist, als ich sie bei einem gemeinsamen Bekannten getroffen habe.«

»Mrs. White? Und?«

»Sie ist eine sehr liebenswürdige, herzliche Person. Sie kann nichts dafür, was ihr Vater getan hat. Wenn sie davon erfährt ...«

»Ich w-werde Roberts Nachnamen nicht erwähnen. Ich werde über einen Robert W. sprechen. Und seine Tochter heißt nicht mehr Wright. Kein M-mensch wird eine Verbindung zwischen ihr und ihrem V-vater herstellen.«

»Woher weißt du das? Wenn du erst mal deine Pressekonferenz gibst, wird sie viel Wirbel machen, wie du es ja beabsichtigt hast. Ein Journalist wird vielleicht auf die Idee kommen, der Geschichte auf den Grund zu gehen, und herausfinden, wer hinter Robert W. steckt und wer seine Nachkommen sind.«

Ich zittere vor Ungeduld, aber es ist meiner Stimme nicht anzumerken, als ich antworte: »Für Skrupel ist es zu spät, Jack. Erinnere dich daran, was R-robert Harry angetan hat. Er ist ungestraft davon gekommen. Nun haben wir endlich die M-möglichkeit, Harrys Ruf wieder herzustellen. Vielleicht liegt dir nach all den Jahren nichts mehr an meinem B-bruder, aber ich kann so kurz vor dem Ziel nicht aufgeben. D-du musst mit Madame Dewaere reden.«

Jack schweigt wieder lange. »Versprichst du mir, nicht Roberts vollen Namen zu erwähnen?«

»Ich verspreche es dir.«

Jack seufzt. »Gut. Ich werde der Dame nicht mehr wegrennen.«

»Wo kann sie dich erreichen?«

»Ich wohne in der Pension Au Vieux Port. Wie der Name schon sagt, in der Nähe des alten Hafens. Leicht zu finden.«

»Ich danke dir, Jack.« Ich bin so erleichtert, dass ich fast vergesse, ihm die Frage zu stellen, die mich lange beschäftigt hatte. »Warte, Jack, l-leg noch nicht auf.«

»Ja?«

»Wer hat dich b-befragt? Ich meine, mit wem von der D-detektei Dewaere hast du gesprochen?«

»Mit einer Dame, die sich als Madame Dewaere ausgegeben hat. Klein, charmant und temperamentvoll.«

»War sie allein?«

»Nein, sie wurde von Monsieur Dewaere begleitet, einem sehr schweigsamen Herrn, der fast ihr Vater sein könnte, obwohl er anscheinend ihr Ehemann ist. Auf eine eher finstere Art gut aussehend und so stämmig, dass ich versucht war, ihn zu fragen, ob er in seiner Jugend Boxer gewesen war.«

»Du hast nicht mit ihm gesprochen?«

»Außer »Guten Tag« und »Auf Wiedersehen« hat er nichts gesagt. Ich finde, er ähnelte eher einem Leibwächter als einem Detektiv. Warum fragst du?«

»Berufskrankheit.«

Jack braucht einige Sekunden, um zu begreifen. »Ach, ich dachte, du schreibst nicht mehr. Zumindest hast du es in mehreren Interviews behauptet. Irgendwo habe ich gelesen, dass du an deinen Memoiren arbeitest, aber ich habe es nicht geglaubt. Du hattest schon eine Art Rückblick mit The Summing up geschrieben und wolltest eigentlich dein Privatleben nie vor deiner Leserschaft ausbreiten.«

Es ist, als hätte Jack über die vielen Meilen hinweg den Arm über meine Schultern gelegt, auf diese brüderlich herzliche Art, die ihm eigen war und die ich von keinem meiner Brüder je erfahren hatte. Anscheinend hat er Jahre lang aufmerksam meine Karriere verfolgt.

»D-du hast recht, Jack, ich bin kein Schriftsteller mehr.«

Ich möchte ihm etwas Freundliches sagen, etwas, das ihm gut tun könnte, ich möchte mich auf irgendeine Art revanchieren, aber er wünscht mir mit müder Stimme gute Nacht und legt auf.

Ermattet bleibe ich auf dem Stuhl neben dem Telefon sitzen. Irgendwann werde ich mich endgültig entscheiden müssen, ob ich meine Autobiografie im Kamin verbrenne oder veröffentlichen lasse. Fast bereue ich, dass ich sie geschrieben habe; das dank der Korrekturen immer dicker werdende Manuskript ist nun eine Sorge und ein Streitpunkt mehr zwischen Alan, meiner Tochter und mir.

Es war mein Freund Glenway Wescott, der mich vor einigen Monaten überredet hatte, meine qualvollen Erinnerungen nieder zu schreiben.

»Du hast doch gesagt, dass das Schreiben von »Der Menschen Hörigkeit« dich von deinen Kindheitserinnerungen befreit hatte, zumindest für eine lange Zeit.« Er stützte den Kopf auf seine Handfläche auf, als sei er müde. Resigniert oder müde, wer konnte es bei ihm schon so genau wissen. »Schreibe dir wieder alles von der Seele, erzähle, was Syrie dir angetan hat, wie Gerald gelebt hat und wie er gestorben ist.«

»Das kann ich nicht.«

»Wieso nicht? Danach kannst du ja dein Werk dem Feuer anvertrauen oder es in deinem Garten an einem geheimen Ort vergraben. Aber vielleicht wirst du auch feststellen, dass du das beste Buch deines Lebens geschrieben hast und es veröffentlichen lassen. Letztendlich verwandelt sich doch alles, was aus deiner Feder kommt, in pures Gold oder besser gesagt in reichlich Geld.«

Etwas in meinem Blick beschämte oder verwirrt ihn, denn er sah weg. Er litt immer noch darunter, dass er seit Jahren keine Zeile mehr geschrieben hatte, dass seine eher dürftige Fantasie nun völlig zum Erliegen gekommen war.

Ich wechselte das Thema, schlug ihm vor, dass wir eine Runde schwimmen gingen, und er nahm das Angebot dankbar an.

Glenway ist kein geradliniger, aufrechter Charakter. Ich mag ihn trotzdem, ich fand schon immer, dass manche Menschen erst durch ihre Schwächen interessant oder sogar liebenswert werden.

Von Glenway weiß ich sogar, dass er kein loyaler Freund ist, dass er manches über mich gesagt und geschrieben hat, das wenig schmeichelhaft ist. Aus Neid oder aus Überzeugung, wer weiß, und es ist mir auch recht gleichgültig.

Meine besten Freunde sind fast alle gestorben und in meinem Umkreis blieben nur wenige Menschen übrig, von denen ich mir sicher bin, dass sie mich weder um meinen Erfolg noch um mein Geld beneiden und dass sie mich nach meinem Tod gegen Angriffe und Schmähungen verteidigen werden.

Jack Calder hätte ein solcher Freund werden können, wenn nicht Harrys Tod zwischen uns gestanden wäre. Jahrzehnte lang waren wir voreinander geflohen, um nicht an jenen Monat Juli im Jahre neunzehnhundertvier erinnert zu werden.

Rasch stehe ich auf, um nicht wieder von Erinnerungen überwältigt zu werden, als mich ein neuer Gedanke durchzuckt. Er kommt so überraschend und ist so beglückend, dass meine Beine nachgeben und ich auf den Stuhl zurücksinke. Wieso hatte ich nicht früher daran gedacht? Die Idee ist glänzend, fast genial, und löst unerwartet viele Probleme.

Nachdem die Detektei Dewaere ihren letzten Bericht abgegeben hat, werde ich nach London fahren und in meiner Suite im Hotel The Dorchester ein Interview geben, in dem ich von neuen Erkenntnissen bezüglich Harrys Tod sprechen und ein Buch über sein Leben und Sterben ankündigen werde. Mein endgültig letztes Buch.

Harrys Biografie wird unvergleichlich wirkungsvoller sein als ein paar sensationell aufgemachte Zeitungsartikel, die am nächsten Tag schon wieder vergessen sind.

Ich kann es nicht fassen, dass mir die Idee nicht bereits früher gekommen ist; wahrscheinlich hatte ich mich zu sehr an den Gedanken gewöhnt, kein Schriftsteller mehr zu sein.

Während ich zur Treppe eile, ist mir, als schwebte ich einige Zentimeter über dem schwarz-weiß gefliesten Boden der Halle.

Meine Memoiren kann ich nun ins Feuer werfen. Harrys Biografie wird zur Genüge beweisen, dass ich nicht senil und immer noch ein großartiger Schriftsteller bin. Und Harrys Name wird berühmt werden, wie er es sich immer gewünscht hatte. Es kann noch alles gut werden, es kann sich sogar zum Besten wenden.

»Willie!«

Abrupt lande ich wieder auf der Erde und finde mich auf der fünften Treppenstufe wieder, mit der Hand auf dem Geländer. »Du hast mich erschreckt, Alan.«

Als ich mich umdrehe, erschrecke ich wirklich, denn sein Gesicht ist hochrot, als stünde er kurz vor einem Herzinfarkt.

»Du hast den Detektiv nicht damit beauftragt, Lizas Privatleben zu durchleuchten, nicht wahr?«

Ich überlege nur einige Sekunden. »Nein, h-habe ich nicht. Hatte ich auch nie vor. Ich kenne Lizas P-privatleben in- und auswendig, es ist höchst b-bürgerlich und anständig.«

»Warum hast du mich angelogen?«

Seine Hände und seine Lippen zittern, wie immer, wenn er Mühe hat, sich zu beherrschen. Da mich seine Gesichtsfarbe beunruhigt, antworte ich ihm mit sanfter, beschwichtigender Stimme.

»Ich wollte dich nicht anlügen, Alan, aber wenn es um L-liza geht, bist du selten einsichtig. Selbst wenn der Detektiv einen S-skandal aufdecken könnte, was würde es d-daran ändern, dass sie meine Haupterbin wird?«

»Es wäre leichter, sie zu enterben, wenn die öffentliche Meinung gegen sie wäre. Ein geschickt platzierter Artikel in der Presse könnte die Richter gegen sie einnehmen.«

»Ich glaube, du schätzt die f-französischen Richter falsch ein. Sie sind genauso verknöchert, wenig b-beeindruckbar und starr an das G-gesetz gebunden wie die englischen. Liza ist und bleibt meine T-tochter, du bist dem Gesetz nach nicht einmal mit mir v-verwandt.«

Alans Gesicht zerfällt, als wollte er gleich zu weinen anfangen, und ich seufze innerlich. Manche Wahrheiten darf ich vor ihm nicht aussprechen.

»Ich weiß, dass es ungerecht ist, Alan ...«

»Wenn ich eine Frau wäre und wir verheiratet wären, müssten sich Liza und ihre Bälger mit der Hälfte deines Vermögens begnügen und hätten nicht das Recht, mich nach deinem Tod auf die Straße zu setzen.«

Sein gehässiger Ton überrascht mich. Bisher hatte ich den Eindruck gehabt, dass er meine Enkelkinder mochte. »N-niemand wird dich auf die Straße setzen. Außerdem habe ich mit L-liza ausgemacht, dass du alle meine Autorenrechte erben wirst und ...«

»Wieso kriegt Liza das Geld vom Erlös der Gemälde? Sie erbt bereits dieses Haus und alles, was drin ist. Ich werde mein Zuhause verlieren, in dem ich schon seit zwanzig Jahren lebe. Wieso kann ich nicht wenigstens das Geld vom Erlös der Gemälde haben?«

Müde schließe ich die Augen, reibe sie mit Daumen und Zeigefinger. Ich weiß nicht mehr, wie oft wir diese Diskussion hatten. Manchmal bringe ich Alan zum Weinen, wenn ich ihm sage, dass er mit seinen Ängsten meinen Tod beschleunigt und ich mich während seiner Klagen bereits sechs Fuß unter der Erde wähne, aber das hindert ihn nicht daran, ein paar Tage später wieder damit anzufangen.

Ängstliche Menschen sind nie glücklich. Ich weiß nicht, ob Alan unbewusst ständig nach Gründen sucht, um sich fürchten zu können, oder ob das Leben für ihn wirklich so schwer ist, wie er vorgibt. Natürlich ist es nicht einfach, mit einem Mann in meinem Alter zusammen zu leben, und vielleicht war es leichtfertig von mir zu glauben, dass ein Leben im Luxus ihn zur Genüge für all die Mühen entschädigen würde.

»Warum sagst du nichts, Willie? Wäre das nicht die Lösung?«

Ich umklammere das Geländer etwas fester. Da ich öfter abschalte, wenn er länger redet, habe ich keine Ahnung, wovon er spricht.

»Vielleicht«, sage ich vorsichtig.

»Nein, ich bin mir ganz sicher. Wenn du mich adoptieren würdest, wäre ich vor dem Gesetz mit Liza gleichberechtigt.«

Diesmal brauche ich das Geländer wirklich als Stütze, das Metall bohrt sich in meine Handflächen. »Ich soll dich adoptieren?«

Alan hebt theatralisch die Augen zur Decke und seufzt. »Davon rede ich doch die ganze Zeit. Es bleibt uns nichts anderes übrig, als das Gesetz überlisten. Du wirst mich als deinen Sohn adoptieren, und ich kann dich in gleichem Maße beerben wie Liza.«

Unauffällig blicke ich um mich, suche nach einem Ausweg, einem Schlupfloch, durch das ich Alan entkommen könnte. Das Haus ist still, das Personal hat sich bereits zurückgezogen, und wir sind wieder einmal allein. Niemand wird hereinkommen, uns unterbrechen und mich vor einer Antwort, einer endgültigen Entscheidung retten.

»Du willst es nicht tun, Willie? Du möchtest mich nicht adoptieren?«

Seine Hände zittern wieder, seine Augen sind voller Tränen.

»Doch, doch, n-natürlich ... ich überlege nur, w-wie ...«

»Rufe doch deinen Anwalt an. Rufe ihn noch morgen an, er müsste wissen, wie die Adoption ganz schnell bewerkstelligt werden kann.«

»Wozu diese Eile?«

»Liza und die Kinder kommen doch schon in zehn Tagen. Sie sollen nicht mitbekommen, was wir vorhaben, oder? So wie ich deine Tochter kenne, wäre es am besten, sie im Oktober in London vor vollendete Tatsachen zu stellen.«

Alljährlich kommt Liza im August aus London, um mit ihren Kindern einige Tage in der Villa zu verbringen. Manchmal bleiben sie sogar zwei oder drei Wochen, und ich war schon mehrmals versucht gewesen, sie darum zu bitten, ihren Aufenthalt abzukürzen, da mich die lebhaften Kinder und die andauernde Anspannung, die von Alan ausging, zu sehr ermüdeten.

Dabei mag ich sie alle. Zwar hatte ich mir oft gewünscht, eine weniger konventionelle Tochter zu haben. Eine Tochter, die künstlerisch begabt oder eine zerstreute Intellektuelle ist, oder einfach nur weniger Wert auf bürgerliche Lebensführung legt. Doch ihre Kinderschar hat mich über einiges hinweg getröstet und etwas Leben in dieses stille, riesige Haus gebracht.

Ach, diese Villa, um die mich alle beneiden! Sie ist eine riesige Fehlinvestition, die meine Fantasie und meine Lebenslust beschnitten und meine Schriftstellerkarriere abgekürzt hat, doch alle meine Versuche, das Anwesen zu verkaufen, sind bisher fehlgeschlagen. Seit dem Ende des letzten Krieges wird es immer kostspieliger, große Villen mit Parkanlagen instand zu halten.

»Wenn du willst, Willie, rufe ich den Anwalt morgen früh an und bitte ihn um einen Termin.«

Ich kehre in die Gegenwart zurück und merke, dass ich Picassos Gemälde »La Grecque« anstarre, das vor dem Treppenaufgang hängt und das den Bürgermeister von Saint-Jean-Cap-Ferrat so fasziniert hatte. Es versetzt mir einen kleinen schmerzhaften Stich, als ich daran denke, dass es bald von hier für immer verschwindet, dass ich es bald nicht mehr betrachten kann, wenn mir danach ist.

Ich unterdrücke einen kleinen Seufzer und nehme mich zusammen. Alan hat recht, Liza und die Kinder kommen in zwei Wochen, und wir sollten vorher mit dem Anwalt reden.

»Gut, Alan, r-ruf den Anwalt an.«

Ich beginne, wieder die Treppe hoch zu steigen, als mich Alans Stimme noch einmal aufhält.

»Willie, wofür hast du eigentlich den Detektiv engagiert?«

Ich könnte ihm antworten, dass er es wissen müsse, da er bestimmt in meinen Papieren gewühlt und alle Berichte gelesen hat, aber ich bin des Streites müde.

»Nichts Wichtiges. Alte Geschichten.«

11.
Der Tod eines Fremden

In den englischen Zeitungen macht Mrs. Norris' Verhaftung nur kurze Zeit Schlagzeilen. Bereits drei Tage nach der ersten Nachricht mit der Überschrift Landesverräterin aus Liebe blättere ich beim Frühstück vergeblich nach weiteren Artikeln.

Die »Frau mit tausend Gesichtern« und ihr heroischer Einsatz in den beiden Weltkriegen sind der breiten Öffentlichkeit unbekannt geblieben; ihr Schicksal ist jetzt nur eines von vielen anderer enttarnter Spione der Sowjetunion. Die Tatsache, dass sie eine Frau ist, spricht zudem gegen sie. Eine ältere Dame, die auf den Fotos wie eine graue Maus wirkt und sich lächerlicherweise den Kopf von einem bezahlten Agenten hat verdrehen lassen. Eine banale und triste Angelegenheit, die man leicht und gern vergisst.

Die französischen Zeitungen schweigen sich völlig aus, abgesehen von Le Monde. Im Auslandsteil witzelt ein Journalist darüber, dass der Ostblock die Achillesferse des britischen Geheimdienstes entdeckt hat, nämlich das romantische Herz vereinsamter, gealterter Agentinnen.

Betroffen falte ich die Zeitungen zusammen und ordne sie in einem Stapel auf der Bettdecke. Das Frühstückstablett schiebe ich zurück, der Appetit ist mir vergangen. Wie leichtfertig und überheblich wird hier Mrs. Norris als leichte Beute für berufsmäßige Romeos aus dem Ostblock verkauft. Über sechzig und allein stehend, daher einsam, daher frustriert, liebesbedürftig und leicht verwundbar.

Hätte sich einer dieser rasenden Reporter die Mühe gemacht, nachzuhaken, nachzuforschen, hätte er rasch bemerkt, dass Mrs. Norris unmöglich in dieses vorgefertigte Schema passen kann.

Bei unserer letzten Verabredung in London, im Herbst des vorigen Jahres, hatte sie sich geweigert, in mein Hotel zu kommen, und bestand darauf, dass wir uns in einem kleinen, schlecht beleuchteten Restaurant in Soho trafen, ohne Alans Wissen. Ich musste sogar ein Taxi nehmen, aber nicht vor dem Hotel, sondern einige Straßen weiter, nachdem ich mir sicher war, dass mir keiner folgte, mit einem tief ins Gesicht gezogenen Hut, damit mich keiner erkannte. Zweimal wechselte ich überstürzt das Taxi und bat den Fahrer des letzten Wagens, auf einem großen Umweg zu der vereinbarten Adresse zu fahren.

»Ich bin ein alter M-mann«, sagte ich, während ich mich im Restaurant in die Sitznische quetschte und dabei auf den fleckigen Tisch aufstützte. »Zu alt und zu m-müde für überstürzte Autofahrten durch die halbe Stadt zu sch-schmuddeligen Restaurants.«

»Ach, geben Sie doch zu, dass es Ihnen Spaß macht, Mr. Maugham.« In dem dämmrigen Licht erkannte ich, dass sie sich ein neues Gesicht zurechtgeschminkt hatte: das einer verlebten, leicht vulgären Frau, die ununterbrochen raucht und gern und viel trinkt. Das enge Kostüm brachte ihre rundliche, aber sehr gut proportionierte Figur zur Geltung, die sie meist unter adretter, klassischer Kleidung verbarg. Sie schaffte es sogar, ihren vornehmen Akzent zu unterdrücken, wenn sie sprach. »Es ist bestimmt Jahre her, seitdem Sie die Gelegenheit hatten, Alan durch einen schlauen Trick loszuwerden und zu einem geheimen Rendezvous in einem anrüchigen Restaurant zu gehen. Fühlen Sie sich nicht einige Jahrzehnte zurückversetzt, in die Zeit des Ersten Weltkrieges, als noch jeder Tag ein Abenteuer war?«

Ich unterdrückte ein Lächeln, indem ich meine Mundwinkel noch weiter nach unten zog. Scheinbar gleichmütig faltete ich die Hände auf dem Tisch. »Ich habe den leisen V-verdacht, dass diese Geheimnistuerei nur dazu dient, Sie von Ihrer L-langweile abzulenken, Mrs. Norris. Es liegt auf der Hand, dass eine energische P-person wie Sie Ihr Rentnerdasein äußerst schlecht v-verträgt. Sie sind jetzt seit acht Monaten in Rente und ...«

»Seit dreizehn Jahren, wenn man bedenkt, dass man mich an einen Schreibtisch verbannt hatte, nachdem ich die fünfzig überschritten hatte.«

Ich bestellte uns einen Aperitif, einen Scotch für sie und einen Martini für mich.

»Ah, nach all den Jahren können Sie sich noch an meine Vorliebe für guten Whisky erinnern. Ich muss wieder einmal Ihr unfehlbares Gedächtnis bewundern, Mr. Maugham.«

»Unfehlbar ist es bei w-weitem nicht, denn ich erinnere mich vor allem der D-dinge, die sehr lange zurückliegen, leider. Ich wünschte, es wäre anders. Die V-vergangenheit gibt mir keine Ruhe.«

Mrs. Norris verschmitztes Lächeln erlosch allmählich. Obwohl sie ihre Augen sorgfältig zugeschminkt hatte, gelang es mir – nur ganz kurz, nicht länger als eine Sekunde –, einen merkwürdig beunruhigten, wachen Ausdruck in ihrem Blick zu erhaschen. Dann senkte sie sofort die Lider mit den falschen Wimpern und spreizte die Hände auf dem Tisch vor sich, als würde sie ihre manikürten Fingernägel betrachten. »Von welcher Vergangenheit sprechen Sie?«

»Von meiner. Ich k-kann Sie beruhigen, die Erinnerungen, die mich so p-peinigen, haben nichts mit unserer früheren Z-zusammenarbeit zu tun. Was mir zu schaffen m-macht, ist das Jahr neunzehnhundertvier.«

Der Kellner stellte mit achtlosen, fahrigen Bewegungen die Gläser vor uns. Auf den ersten Blick sah ich, dass mein Martini nicht so gekühlt und gemixt worden war, wie ich es mag, aber ich sagte nichts. Mrs. Norris wartete, bis der Kellner weg war.

»Neunzehnhundertvier war ich gerade sieben Jahre alt. Sie machen mich neugierig, Mr. Maugham.« Sie hob das Glas und roch an ihm. »Ein Scotch, aber nicht der allerbeste.«

»Sie haben sich ja dieses obskure Restaurant ausgesucht.«

»Das Essen ist nicht besonders, und Sie sind besser beraten, wenn Sie nicht in die Küche schauen, aber die Besitzer und die Angestellten leiden hier alle an Seh- und Hörschwäche.«

Misstrauisch blickte ich um mich; nur wenige Tische waren besetzt und die Gäste saßen alle so, dass ich ihre Gesichter nicht sehen konnte. »Kommt man hier auch l-lebend wieder heraus?«

Mrs. Norris prostete mir zu. »Nur, wenn Sie aufhören, die anderen Gäste anzustarren.«

Mein Martini war lauwarm, und ich setzte das Glas seufzend ab. »Ich wollte Sie treffen, w-w-w-weil …« Ich fühlte, wie ich rot wurde, und presste die Lippen zusammen, denn ich wusste, dass ich den Satz nie beenden würde.

Mrs. Norris wartete geduldig.

Ich nippte noch einmal an meinem Martini und holte tief Atem. »Ich hatte drei Brüder …«

Ich erzählte die Geschichte und mein Anliegen, diesmal ohne zu stottern. Mrs. Norris hörte mit ihrer üblichen Konzentration zu und unterbrach mich kein einziges Mal. Als ich schließlich erschöpft verstummte, bot sie mir ihre Hilfe an.

»Die Kinder haben die grüne Vase zerschlagen.« Alans Stimme klingt fast triumphierend.

Ich lege die Hand auf den Zeitungsstapel, als wollte ich ihn vor Alans Blick verbergen, und ziehe sie gleich wieder zurück. Alan kennt Mrs. Norris nicht einmal dem Namen nach, denn wenn sie an mich schreibt, schickt sie mir ein Einschreiben, und auf dem Umschlag steht als Absender der Mädchenname ihrer Mutter.

Mühsam kehre ich in die Gegenwart zurück. Meine Tochter und drei meiner Enkel sind gestern angekommen, und wie üblich bereiten sie Alan Sorgen. »Welche grüne Vase?«

»Die in ihrem Zimmer. Im Zimmer von Julian und Jonathan. Ich wollte sie vor ihrer Ankunft wegräumen, hatte es aber vergessen. Nun liegt sie in tausend Scherben da.«

An diesem Morgen funktioniert mein Gedächtnis tadellos. »Ich hatte dir gesagt, die beiden Jungen in dem Eckgästezimmer unterzubringen. Dort hätten sie mehr Platz gehabt und nichts ist zerbrechlich. Camilla hätte ihr Zimmer bekommen sollen.«

»Daran kann ich mich beim besten Willen nicht erinnern.«

Ich glaube ihm kein Wort. »Das bedeutet, dass du vergesslich wirst, Alan. Eigentlich bist du noch zu jung dafür.«

Durch das offene Fenster hören wir die Jungen im Garten schreien, und Alans Gesicht verschließt sich. Es steht ihm, wenn er so finster dreinschaut; seine Züge sind weniger schwammig.

Der Butler kommt lautlos herein und räumt mein Frühstückstablett weg. Schwungvoll schlage ich die Bettdecke zurück und schlüpfe in meine Hausschuhe. Wenn ein Tag so schlecht angefangen hat wie der heutige, habe ich es eilig, ein erfrischendes Bad zu nehmen, mein Wundermittel gegen schlechte Laune. Da ich meine Nachkommenschaft so selten sehe, bemühe ich mich, ein freundlicher und liebenswürdiger Großvater zu sein, auch wenn es mir mit fortschreitendem Alter immer weniger gelingt.

Wenig später sitze ich am Schreibtisch, den Kopf in die Hände gestützt. Drei Stunden Stille und Frieden, bevor ich wieder hinuntergehen und meine Rolle als Familienpatriarch übernehmen muss. Merkwürdig, dass ich mich immer dann am einsamsten fühle, wenn meine Familie zu Besuch da ist.

Keinem von uns, den Maugham-Söhnen, war es gelungen, ein glückliches Familienleben zu führen, obwohl unsere Eltern in einer harmonischen Ehe gelebt und uns Kinder sehr geliebt hatten.

Frederic hatte zwar drei intelligente und begabte Töchter, aber er nahm sie nur am Rande wahr, wie ein notwendiges Übel. Seine Frau und die drei Mädchen, einander liebevoll zugetan und immer fröhlich, lebten wie auf einer glücklichen Insel, an der er spätabends müde und missgelaunt strandete, von seinem langen Arbeitstag heimkommend, und sie durch seine eisige Miene zum Schweigen brachte.

Mit fünfzig zeugte er doch noch einen Sohn, Robin, der natürlich Anwalt wurde und seinen Baron-Titel erben sollte. Dieser Stammhalter, so heiß ersehnt und von seiner Mutter und den Schwestern geliebt, war nicht nur für Frederic eine der größten Enttäuschungen seines Lebens.

Ich hatte Robin als Kind und jungen Mann sehr gern; ich verstand sehr wohl, dass er nicht Jura studieren, sondern schreiben wollte und keine Familie zu gründen beabsichtigte, weil er Männern entschieden mehr als Frauen zugetan war.

Doch heute ist er über vierzig, geht bereits in die Breite, hat einzig und allein in seinem Alkoholkonsum Ausdauer bewiesen und ist mit seinem Schreiben nur hin und wieder über ein höchst klägliches Mittelmaß hinausgekommen. Selbst die Pointe seiner einzigen wirklich gelungen Erzählung »The Servant« musste ich ihm einflüstern, damit sie nicht fade und nichtssagend ausklang.

Lange hatte ich gehofft, dass er mit dem Alter Einsicht und die nötige Disziplin entwickeln würde, um an seinem Talent zu feilen und sich zu verbessern, aber Robin wurde im Gegenteil immer halt- und charakterloser. Ich musste erkennen, dass er in seinem tiefsten Innern nie ein Schriftsteller gewesen war: Weder Menschen noch die Schriftstellerkunst interessierten ihn wirklich, er war und ist unendlich egozentrisch, träge und faul.

Auch ich habe ihn enttäuscht; weder meine Langmut noch meine Zuneigung zu ihm waren bedingungslos, genau wie die seines Vaters. Da Frederic nun tot ist, hat Robin seine Frustration gegen mich gekehrt, den reichen und erfolgreichen Onkel. Er ging so weit, dass er mir in einem salbungsvollen Brief erklärte, seine finanzielle Lage habe sich so verschlechtert, dass er es sich nicht leisten könne, den Vorschlag eines Verlegers abzulehnen, meine Biografie zu schreiben. Es hat mich fünfzigtausend Dollar gekostet, ihn vom Schreiben abzuhalten.

Trotz seines Ehrenwortes und seiner Versicherungen, meinen Wunsch nach Diskretion von nun an zu respektieren, mache ich mir keine Illusionen: Sobald ich tot bin, wird er gut verdienen, indem er mein Leben vor der Öffentlichkeit ausbreitet. Und er wird sicherlich nicht vor Lüge und Fälschung zurückschrecken, um aus den Verlegern möglichst viel Geld für sogenannte sensationelle Enthüllungen herauszupressen.

Charley waren als einzigem von uns einige Jahre ungetrübten Familienglücks vergönnt mit seiner künstlerisch veranlagten Frau und den sich als Kunstmalerinnen betätigenden Töchtern. Doch dann hatte sein einziger Sohn im Alter von zwölf Jahren einen Unfall, der ihn gelähmt zurückließ, und er starb sehr jung, mit fünfundzwanzig. Charles überlebte ihn nicht lange.

»Du und ich, wir sind nicht fürs Familienleben geschaffen«, hatte Harry einmal gesagt, und genau diesen Satz hatte ich im Sinn, als ich Tage lang seiner Agonie zusehen musste.

Um mir selbst das Gegenteil zu beweisen und um Harrys Schicksal zu entgehen, hatte ich dann Syrie geheiratet und die Hölle auf Erden erlebt.

Ich lege saubere weiße Papierbögen auf den Schreibtisch und greife nach meinem Füller.

Mein Bruder Henry war der dritte Sohn meiner Eltern Robert Ormond und Edith Mary Maugham …

Kurz nach halb eins lege ich meinen Füller hin und überfliege die letzte Seite. Der Text ist gar nicht so schlecht für einen ersten Entwurf, und ich fühle, dass ich lächele. Eigentlich lächele ich meist nur, wenn ich allein bin.

Es ist fast viertel vor eins und somit an der Zeit, mit der Familie das Mittagessen einzunehmen. Seufzend erhebe ich mich und ziehe nach einem letzten Blick auf den Schreibtisch die Tür hinter mir zu.

Diesmal ist meine Tochter mit ihren beiden Jüngsten und Camilla, ihrer einzigen Tochter, da. Camilla ist schon eine junge Dame von ungefähr zwanzig Jahren – ich kann ihr Geburtsdatum nie behalten –, aber die beiden Jungen sind noch kleine, lebhafte Kinder. Der lange Vormittag im Swimmingpool hat sie keineswegs ermüdet. Sie sind zwar gut erzogen, aber ihr Besteck klappert laut auf den Tellern, ihre Stimmen sind durchdringend hoch und Alan stellt ihnen unnötig viele Fragen. Es kommt mir sogar vor, als würde er sie dazu anstacheln, damit sie möglichst viel plappern.

Auch das Gespräch mit der eleganten, allmählich in die Jahre kommenden Dame, die meine Tochter ist, erschöpft mich mehr als sonst. Ich esse hastig, tue so, als hörte ich ihr zu, bringe es sogar fertig, angemessen zu antworten, aber nach einigen Minuten geht mein Geist unweigerlich auf Wanderschaft und verirrt sich – wie üblich – in die ferne Vergangenheit.

Später am Nachmittag, nach einem kurzen Verdauungsschlaf, fühle ich mich erquickt genug, um Liza und ihre beiden Söhne samt den Hunden bei einem Spaziergang am Meeresufer zu begleiten.

Der Mistral, der an diesem Tag sehr heftig ist, zerzaust die Palmen, als wir am winzigen Hafen von Saint-Jean-Cap-Ferrat ankommen. Die Kinder laufen vergnügt an den vor Anker liegenden Booten und Luxusjachten vorbei, mit den kläffenden Hunden auf den Fersen. Sie scheuchen die Möwen und die Tauben auf, die über unseren Köpfen davon flattern, und ein weißgekleideter Mann, der auf dem Landungssteg raucht, sieht sich lächelnd nach den Kindern um. Ich sehe nur für den Bruchteil einer Sekunde sein Gesicht, dann wirft er seine Zigarette ins Wasser, dreht sich weg und geht zu seinem Boot zurück.

Die Ähnlichkeit mit Gerald ist bestimmt nur eine Illusion des Augenblicks; es gibt viele blonde, schnurrbärtige Männer um die Fünfzig, die ein ähnlich breites Grinsen und den gleichen Gang haben. Aber dieser flüchtige Eindruck, das schrille Geschrei der Möwen, das Klappern der Segelringe am Mast und die salzige Meeresluft versetzen mich plötzlich an jenen Tag zurück, als ich Gerald hier an der gleichen Stelle ein Boot schenkte.

Der Mistral wehte wie heute, der Hafen lag am frühen Nachmittag fast verlassen da, und ich führte Gerald vor das Segelboot, das er später nach seiner Mutter »Sara« nennen sollte. Sonst so gewitzt und geistreich, blieb er lange stumm, hob fast ehrfürchtig den Blick zum Mast und warf sich dann in meine Arme. Er erstickte mich beinahe in seiner Umarmung, hier am Anlegeplatz, gut einsehbar von den umliegenden Häusern, wo ich viele hinter Gardinen versteckte Augenpaare vermutete.

Überwältigt von der Erinnerung bleibe ich stehen und kann mich mehrere Minuten lang nicht von der Stelle rühren, zu Lizas Bestürzung und zum Verdruss der Kinder.

Der Tag hat schlecht angefangen und kann eigentlich nur schlecht enden. Zum Abendessen führe ich meine Familie ins Restaurant Le Pirate in Menton aus, und es verläuft ereignislos, bis ich mich an den Ober wende, um ihn um die Rechnung zu bitten. Unerwartet erinnere ich mich an eine Szene am gleichen Tisch, Jahrzehnte zuvor, als mein verstorbener Freund Alanson behauptete, es sei an ihm, mich einzuladen, und das kleine silberne Tablett mit der Rechnung an sich riss. Ich fühle, wie mir Tränen in die Augen steigen, unaufhaltsam und für alle sichtbar.

Während ich mir die Nase putze, höre ich Lizas halblaute Bemerkung: »Dieses Jahr ist Daddy plötzlich viel älter geworden.«

Alans Antwort entgeht mir, aber zum ersten Mal merke ich, dass er seine Feindseligkeit nicht hinter einer herzlichen, lächelnden Miene versteckt.

Liza blinzelt, das Gesicht in einem konventionell neutralen Lächeln erstarrt, und mahnt dann ihren Jüngsten, er solle sich wieder hinsetzen und seine Serviette vom Boden aufheben.

Ich tue so, als hätte ich nichts mitbekommen, und setze mich auf der Rückfahrt neben den Chauffeur, wie so oft, wenn ich meine Ruhe haben möchte. Auch auf dem Vordersitz ist das Geplapper der Kinder unüberhörbar. Lizas Stimme meldet sich nur selten, meist, um Camilla und ihren Söhnen zu antworten, und Alan hat sich in unheilschwangeres Schweigen gehüllt.

Sobald der Wagen vor dem Haus hält, steige ich aus, ohne darauf zu warten, dass der Chauffeur oder Alan mir die Wagentür aufmacht, überquere im Laufschritt die Halle und eile in mein Schlafzimmer hoch.

Die Fensterläden sind nach einem kurzen Lüften am frühen Morgen den ganzen Tag geschlossen geblieben, um die Hitze auszusperren, doch im Raum ist es stickig warm und es riecht penetrant nach Lavendel. Das Bett muss frisch bezogen worden sein; die Wäsche wird in den Schränken inmitten von Lavendelsäckchen aufbewahrt.

Ich reiße das Fenster auf und atme tief durch. Die Nacht ist mondlos; der Garten und die See sind in tiefes Dunkel getaucht und im Zimmer hinter mir lauern formlose, bedrohliche Schatten. Die Lichter der Küstenstädte, die wie eine funkelnde Girlande nachts die Grenze zwischen Meer und Land markieren, kommen mir weiter weg vor als sonst; ihr Glitzern ist kalt und wirkt nicht festlich und freundlich zugleich wie sonst, wenn ich sie von meinem Fenster aus betrachte.

Ich mag die Finsternis nicht, aber das Licht würde die Insekten anziehen, und so starre ich hinaus, die Fäuste geballt, als würde ich einen tätlichen Angriff erwarten. Meine Nerven sind so angespannt, dass mich sogar das unaufhörliche Zirpen der Zikaden ärgert.

»Die Zikaden zirpen nicht, sie singen«, behauptete Jack Calder einmal. »Das habe ich einmal in einem Gedicht gelesen.«

Ich hatte mit Harry über die Insel Capri gesprochen, die wir beide von unseren Italienaufenthalten kannten, und Jack hatte uns mit melancholischer Sehnsucht zugehört. Er war damals noch sehr jung und hatte England nie verlassen.

»Ich würde auch gern mal eine ganze Nacht den Zikaden lauschen«, sagte er.

»Nächstes Jahr fahren wir beide nach Italien«, versprach Harry, aber sechs Monate später war er tot.

Und wenn ich Jack Calder in die Villa Mauresque einladen würde? Er hat mein Haus noch nie betreten und seine Gesellschaft wäre um vieles angenehmer und amüsanter als die meiner Familie, sogar als die meiner meisten Freunde. Und Jack würde es gut tun, sich in luxuriöser Umgebung verwöhnen zu lassen; es scheint ihm finanziell nicht besonders gut zu gehen.

Warum habe ich bloß nicht früher daran gedacht? Wir würden über Harry reden, über Charles Barlow und andere gemeinsame Freunde und über die Freundschaft, die wir beide hätten haben können. Und vielleicht – auch wenn uns beiden nicht mehr viel Zeit bleibt – könnten wir Einiges nachholen.

Erfreut über mich selbst klatsche ich in die Hände. Das Gebüsch unter dem Fenster bewegt sich heftig und das Zikadenkonzert verstummt für einige Sekunden, wahrscheinlich habe ich ein Tier aus seinem Nachtlager aufgescheucht.

Gleich darauf schäme ich mich für meine kindische Geste und verschränke die Arme hinter dem Rücken, aber ich fühle, dass sich mein Gesicht in einem kleinen Lächeln entspannt.

Endlich werde ich mit jemandem über Harry reden können. Über seine Liebe zu Italien, über seine Schriftstellerträume, über seine Manien und Neurosen. Vielleicht werde ich auch etwas Neues über ihn erfahren, vielleicht wird sich mir ein Harry offenbaren, der mir zu seinen Lebzeiten verschlossen geblieben ist. Es ist sehr wahrscheinlich, dass Jack ihn am besten von uns allen gekannt hat. Vielleicht hat er sogar Fotografien von ihm, auf denen Harry lächelt und nicht so bekümmert die Brauen runzelt wie auf denjenigen, die ich kenne ...

Ein Lichtstreifen fällt ins Zimmer; Alan hat lautlos die Tür aufgemacht.

»Willie, bist du wach? Was machst du hier im Dunkel?«

»Mach schnell die Tür zu, sonst kommen die M-mücken herein.«

Alan zieht die Tür hinter sich zu, aber zu langsam; ich höre das feine Summen, das verrät, dass ein Stechinsekt bereits im Zimmer ist.

»Die Kinder gehen dir auf die Nerven, nicht wahr?«

»Ich bin müde«, erwidere ich kurz. Es ist besser, wenn ich kein Öl ins Feuer gieße.

»Liza hat wieder davon angefangen, dass sie froh ist, dass du die Bilder verkaufst.« Alans Stimme klingt gepresst, aber ich habe den Eindruck, dass er dabei lächelt. Ich starre auf den dunklen Fleck, wo ich sein Gesicht vermute. »Sie kann es nicht abwarten, das Geld von dem Erlös in die Finger zu bekommen.«

»Jetzt reg' dich n-nicht so auf, Alan. Der Anwalt hat doch gesagt, dass ich dich ohne weiteres adoptieren kann. D-du wirst schon zu deinem Erbanteil kommen.«

Ich drehe mich um und ziehe meine Jacke aus. Obwohl die Abendluft das Zimmer merklich abgekühlt hat, ist mir warm, wie immer, wenn ich mich ärgere. Meine Vorfreude auf Jack, mein Entzücken darüber, dass wir die verlorene Zeit nachholen werden, sind abgeflaut.

Alan lässt nicht locker. »Ich hoffe doch sehr, dass ich zu meinem Erbanteil komme. Zumal ich nicht glaube, dass Liza näher mit dir verwandt ist als ich.«

Ich taste mich zum Stuhl vor und hänge meine Jacke über die Lehne.

»Natürlich stehst du mir von allen M-menschen auf dieser Welt am nächsten, Alan. Aber das Gesetz ist nun mal ...«

»Du hast mich nicht verstanden, Willie.« Er macht eine Pause, die im Dunkel melodramatisch wirkt, wie wenn auf der Bühne der Vorhang vor dem letzten Akt aufgeht.

Ich merke, dass mein Geist sich wieder aus dieser peniblen Gegenwart davon machen und diesmal in meine Vergangenheit als Dramatiker fliehen möchte.

Niemand weiß besser als ich, wie man das Theaterpublikum in Atem hält. Jahrzehnte lang standen meine Komödien auf dem Spielplan bester Londoner Theater, und sie legten den Grundstein zu meinem heutigen Vermögen. Dieses leicht verdiente Geld aber machte mich plötzlich in den Augen der Kritiker suspekt. Je reicher ich wurde, desto tiefer sank ich in ihrer Gunst ...

Alan tritt näher, und ich räuspere mich, um mich selbst zur Ordnung zu rufen.

»Was soll ich nicht verstanden haben, Alan?«

»Hast du dich noch nie gefragt, warum Liza dir überhaupt nicht ähnlich sieht, Willie?«

Ich stütze mich mit der rechten Hand auf die Stuhllehne und runzele die Stirn; die Frage überrascht mich. »Nein, man k-kann nicht sagen, dass Liza mir nicht ähnlich sieht. V-viele haben gemeint, dass sie eine gewisse Ähnlichkeit ...«

»Eine gewisse Ähnlichkeit?« Alans Stimme klingt triumphierend. »Eine gewisse Ähnlichkeit kann man oft zwischen zwei Wildfremden erkennen, glaubst du nicht?«

Endlich beginne ich zu verstehen, worauf er hinaus will, und finde dieses Gespräch, das sich in der Dunkelheit vollzieht, plötzlich absurd. »Was willst du d-damit sagen, Alan?«

»Du hast doch immer gemeint, dass Syrie eine zutiefst unmoralische Frau war. Und wenn sie dir das Kind eines anderen Mannes untergejubelt hat?«

Ich bin bereits am Fenster und schließe die Läden. »M-mach bitte die Lampe an.«

Ich warte, bis sich meine Augen an die Helligkeit gewöhnt haben. Alan ist neben dem Lichtschalter stehen geblieben, sein Gesicht wirkt gerötet, und er hält ein Stück Papier in der Hand.

»Damals habe ich mir öfter g-gewünscht, dass das Kind n-nicht von mir stammte, Alan. Aber es gibt keinen Zweifel, Liza ist meine T-tochter.« Er möchte etwas erwidern, aber ich komme ihm zuvor. »Was hältst du da in der Hand?«

Er senkt den Blick und starrt das Papier an, als hätte er es während unseres Gesprächs völlig vergessen. »Ach so, ja ... Ein Telegramm für dich.«

Ich strecke die Hand aus und beginne zu zittern. Ich ahne, dass dieses Telegramm ein Unglücksbote ist. »W-w-w-wer hat es geschickt? Was ist passiert?«

»Es ist heute Abend gekommen, als wir in Menton waren. Du bist so schnell gelaufen, dass der Butler es nicht gewagt hat, dich aufzuhalten ...«

Ich reiße Alan das Telegramm aus der Hand.

JACK CALDER GESTERN IN LA ROCHELLE VERSTORBEN STOP BERICHT FOLGT STOP DETEKTEI DEWAERE

»Nein! Jack, nein!«

Ich schreie nein, aber mein Verstand hat sofort erfasst, dass ich Jack nie wieder sehen werde. Es ist zu spät, wir werden die verlorene Zeit nicht nachholen können. Nie wird er erfahren, wie sehr ich mich nach einem Treffen mit ihm gesehnt habe und dass ich ihm eine Freude habe machen wollen.

Meine Beine geben nach, ich falle auf den Stuhl und fange an zu weinen.

Ich fühle, wie Alan den Arm um mich legt, höre seine Stimme, die mich zu trösten versucht, aber ich verstehe nicht, was er sagt, denn ich kann nicht aufhören zu schluchzen – genauso laut und hemmungslos wie damals Jack an Harrys Sterbelager.

Nach langer Zeit, während der Alan mich hilflos in seinen Armen wiegt, gelingt es mir, mich zu beruhigen.

»Lass mich jetzt bitte allein, Alan. Ich möchte wirklich allein sein.«

Als er den Raum verlassen hat, öffne ich meine brennenden Augen. Es ist schrecklich still im Zimmer. Jedes Mal, wenn jemand stirbt, den ich näher gekannt habe, zieht eine besondere Stille auf, die alle Geräusche auslöscht und jeden Gedanken, jeden Seufzer im Keim erstickt.

Mitten in dieser lautlosen Wüste gehe ich ins Badezimmer, wasche mich und putze meine Zähne. Hartnäckig weiche ich meinem Spiegelbild aus, sogar während ich meine Haare kämme.

Als ich mich ausziehe, merke ich, dass mir jede Bewegung weh tut, als hätte mich jemand verprügelt. Umständlich knöpfe ich meine Pyjamajacke zu und rücke den Kragen zurecht. Meine Augen fallen zu, aber ich weiß, dass ich nicht einschlafen werde; sobald ich das Licht ausmache, werden meine Gedanken anfangen, sich qualvoll im Kreise zu drehen und mich stundenlang wach halten.

Der Kriminalroman von Patricia Highsmith, den ich vor zwei Tagen angefangen habe und dessen Titel ich nicht behalten kann, liegt auf dem Kaminsims, und ich strecke die Hand nach ihm aus. Dabei mache ich den Fehler, die Augen zu heben, und eine wütende Fratze springt mich aus dem Kaminspiegel an.

Es ist deine Schuld, dass Jack tot ist! Dass er bei schlechter Gesundheit nach Frankreich gereist ist, obwohl er sich zu müde und zu alt zum Reisen fühlte!

Rasch drehe ich mich um und steige ins Bett. Ich nehme mir Zeit, die Kissen in meinem Rücken zurechtzurücken, und blättere dann im Kriminalroman herum. Mein Hirn ist wie leergefegt, und ich kann mich nicht erinnern, worum es in den ersten beiden Kapiteln ging.

Zwei Fremde im Zug, eigentlich ein guter, einprägsamer Titel.

Es ist das Erstlingswerk einer jungen, aber bereits sehr erfolgreichen Autorin, die ich vor zehn Jahren in Venedig kennen gelernt hatte. Ich hatte bereits einiges von ihr gelesen, außer ihrem allerersten Roman, den ich jetzt wider Erwarten sehr reif finde.

Aber der Tod barg für ihn keine Schrecken; er war nur ein unerprobtes Abenteuer unter vielen.

Ich mag den Satz und lese ihn mehrmals hintereinander.

Alan steckt vorsichtig den Kopf durch den Türspalt herein. »Ich dachte, du schläfst vielleicht schon.«

Er wartet kurz auf eine Antwort und kommt dann ins Zimmer herein. Er beklagt sich häufig bei meinen Freunden, dass er mit mir viel Arbeit und Sorgen habe, aber er lässt mich nie in Frieden, selbst wenn ich ihn darum bitte. Von unten höre ich, ganz schwach, ein herzliches Lachen.

»Die Kinder sollten um diese Zeit im B-bett sein«, sage ich missmutig.

»Das sind sie auch. Liza ist am Telefon mit ihrem Mann.« Er rückt die Fotographie meiner Mutter auf dem Kaminsims zurecht, obwohl er weiß, dass ich nicht mag, wenn jemand sie anrührt. »Geht es dir besser?«

Er lehnt an den Kamin und scheint auf etwas zu warten. Ich habe keine Lust zu antworten und blättere weiter im Buch herum.

»Liza hat mich vorhin gefragt, warum du so plötzlich verschwunden wärest, und ich habe ihr erklärt, dass einer deiner alten Bekannten verstorben ist.« Alans Blick wandert unruhig im Zimmer umher, bevor er mir wieder ins Gesicht sieht. »Und vorhin habe ich beim Vorbeigehen gehört, wie Liza ihrem Mann gesagt hat, dass du langsam, aber sicher senil wirst, weil du nun außer dir gerätst, wenn irgendwelche Hundertjährige, die du vor Jahrzehnten gekannt hast, aus dem Leben scheiden.«

Eine plötzliche, heftige und merkwürdig wohltuende Wut durchfährt mich und ich springe aus dem Bett; das Buch fliegt im hohen Bogen auf den Boden.

Ich höre mich wie aus weiter Ferne schreien, als käme die laute, wütende Stimme nicht aus meinem Brustkorb: »Ich werde es ihnen noch zeigen! Denen werde ich helfen! Ich werde sie in die Gasse zurück befördern, wo sie herkommt, diese geldgierige Bande!«

Alan weicht vor meinem Brüllen zurück und sieht über seine Schulter zur Tür. »Bitte, Willie, du darfst dich nicht so aufregen!« Seine Stimme klingt lauter als sonst und gekünstelt, als wollte er unbedingt, dass Liza ihn hört. »Du darfst dir das alles nicht so zu Herzen nehmen!«

Ich hätte gern einen Gegenstand zur Hand, den ich ihm an den Kopf werfen könnte.

»Ich werde es euch allen noch zeigen, ihr geldgierigen Halunken!«

Meine Stimme überschlägt sich, und ich fange an zu husten. Der Hustenanfall ist endlos und so heftig, dass mein ganzer Körper durchgeschüttelt wird. Erschöpft sinke ich schließlich aufs Bett zurück.

»Willie ...« Ich keuche so laut, dass ich Alans Stimme wie aus weiter Ferne höre; er spricht leiser als vorhin. Er hat die Hand auf die Klinke gelegt und den Kopf gesenkt. »Es tut mir leid,

Willie, ich hätte es dir nicht sagen sollen. Ich wusste nicht, dass es dich so aufregen würde.«

Ich zittere am ganzen Körper und mir ist wieder zum Weinen zumute. »Lass mich jetzt endlich allein, Alan.«

Er gehorcht zögernd. Die Stille kehrt zurück, noch tiefer und hoffnungsloser als vorhin. Ich lege mich wieder ins Bett und ziehe die Decke bis zum Kinn hoch. Der Kriminalroman von Patricia Highsmith liegt auf dem Boden, und mir fehlt der Mut, ihn aufzuheben.

Die kleine Lampe am Bett lasse ich die ganze Nacht über brennen.

12.
Ein Mörder wird gestellt

Der letzte Bericht der Detektei Dewaere kommt zwei Tage später. Es ist mir gelungen, mich so sehr ins Schreiben zu vertiefen, dass ich kaum noch an Madame Dewaere gedacht habe. Überhaupt versuche ich, wenig zu denken, außer an mein Buch über Harry, das zügig vorangeht. Ich vertraue darauf, nein, ich bin mir sicher, dass Jack der Detektei vor seinem Tod ausreichend Informationen anvertraut hat, sodass ich das Buch so verfassen kann, wie ich es vorhatte, um Harrys Ruf rein zu waschen und ihn berühmt zu machen.

Ich schreibe täglich drei Stunden am Vormittag, emsig und konzentriert wie früher. Drei Stunden, während der ich mich selbst und die Welt dort draußen vergesse und Harry mir Gesellschaft leistet.

Auch nachmittags arbeite ich auf eine gewisse Art weiter, ganz wie in der guten alten Zeit; beim Spaziergehen, beim Schwimmen und sogar beim Plaudern mit Liza und Alan denke ich ununterbrochen an mein Manuskript und erfahre beglückt und erstaunt, wie leicht es mir fällt, Harry wieder aufleben zu lassen. Der graue Schatten der Vergangenheit ist ein junger hoffnungsvoller Mann geworden; liebenswürdig und sanft, manchmal schwierig, manchmal etwas pompös und langweilig, vor allem wenn er die Rolle des älteren Bruders übernimmt und mich belehren will.

Seine Gegenwart wird allmählich immer greifbarer, es gelingt ihm sogar, mich zu überraschen und Dinge zu sagen und zu tun, die ich von ihm nicht erwartet hätte, genauso, wie es wirkliche, lebendige Menschen tun.

Ich werde über unsere Eltern schreiben. Über ihre Kindheit und über ihre Liebesgeschichte. Über unsere Familie, bevor sie auseinander gerissen wurde.

Mein Füller schwebt über der halbbeschriebenen Seite.

Hat Harry es wirklich gesagt? Oder flüstert er es mir jetzt ein, während er sich über meine Schulter beugt und seine Schnurrbartspitze sehr leicht und flüchtig meine Wange streift? Und wieso steht sein gewichster und an den Enden schmaler Schnurrbart so ab? Ich kann mich nicht erinnern, dass er ihn jemals so getragen hat.

»Du hattest gesagt, dass du über Papa schreiben wolltest«, sage ich.

»Ja, aber ich hätte auch über Maman schreiben sollen.« Er richtet sich auf und tritt hinter mich; seine Stimme ist leise und traurig. »Für uns gehören die beiden doch zusammen.«

Ich drehe mich nach ihm um, doch Harry ist wieder verschwunden; er hat sich noch nicht so weit materialisiert, dass er jederzeit sichtbar bliebe. Er entzieht sich mir immer wieder, ist launisch und unberechenbar, wie Harry es zu seinen Lebzeiten gewesen ist.

Nachdem Alan mir das Einschreiben der Detektei Dewaere gebracht und den Raum verlassen hat, steht Harry plötzlich wieder hinter mir. »Möchtest du es nicht aufmachen?«

»Ich habe Angst. Sie wird bestimmt über Jacks Tod schreiben.«

»Jack hat ein schönes Leben gehabt. Er war müde und am Ende des Weges angelangt. Du darfst dir keine Vorwürfe machen.«

Ich reiße den Umschlag auf, und Harry weicht wieder zurück ins Nichts.

In einem kurzen Brief drückt die Detektei Dewaere ihr Beileid und ihr Bedauern darüber aus, dass Jack Calder verstorben ist. Sie hätte ihn nur kurz befragen können, aber die wenigen Informationen seien sehr wichtig gewesen.

Der Bericht jedoch fängt mit den Nachforschungen der Detektei in London an und der Befragung eines früheren Angestellten des Watrick-Clubs.

Da Jack Calder aus Bath verschwunden und auch in London unauffindbar war, beauftragten wir einen englischen Kollegen damit, sich bei seiner Haushälterin einzuschmeicheln und mehr darüber zu erfahren, wo Mr. Calder sich befindet. Dieser Auftrag wurde in kürzester Zeit ausgeführt, und wir erfuhren, dass Jack Calder sich nach La Rochelle in Frankreich begeben habe.
Bevor wir nach Dover fuhren, um die Fähre nach Frankreich zu nehmen, befragten wir Mr. Pinter, einen pensionierten Kellner des Watrick-Klubs, der gerade von einer Schottlandreise zurückgekehrt war.
Mr. Pinter lebt in Pinner, einem Ort nordwestlich von London. Der sehr rüstige, achtzigjährige Herr empfing uns sehr freundlich und führte uns zunächst in seinem kleinen Garten herum, um uns seine neuen Rosenbüsche zu zeigen. Da wir ihm lange und aufmerksam zugehört und seine Rosen gebührend bewundert hatten, bot er uns anschließend Tee an.
Wir hatten ihm bereits am Telefon unsere wahre Identität enthüllt und erklärten, dass wir sowohl über Robert Wright als auch über Harry Maugham, falls er diesen gekannt habe, Informationen brauchten.
Mr. Pinter erwiderte schmunzelnd, dass er fünfundvierzig Jahre lang im Watrick-Klub gearbeitet habe und dass er immer noch über ein ausgezeichnetes Gedächtnis verfüge.
Wir meinten, dass ihm demnach der Name Robert Wright etwas sagen müsse.

Ja, Robert Wright sei Klubmitglied gewesen und wahrhaftig keiner, der einen bleibenden Eindruck hinterließ. Ein sehr schweigsamer Mann ohne Persönlichkeit. Ein einziger Vorfall in all den Jahren ließ darauf schließen, dass Mr. Wright ein komplizierterer Mensch gewesen sei, als es den Anschein hatte.

»Inwiefern?«

»Dieser Langweiler war ein gewalttätiger Typ, ein Choleriker, der, bei dem es unter der Oberfläche ununterbrochen brodelte.«

»Spannen Sie uns nicht länger auf die Folter, Mr. Pinter.«

»Eines Abends, als es im Klub sehr ruhig war und ich den erkrankten Oberkellner vertrat, befahl ich einem Kellner, der neu bei uns war, Mr. Wright einen Whisky in den sogenannten Grünen Salon zu bringen.

Dieser neue Kollege, Tacker war sein Name, war ein junger, dürrer Mann, der etwas Sanftes und Kindliches an sich hatte. Er gab sich große Mühe, aber er war völlig unerfahren und noch ein wenig ungeschickt. Ich hatte ihn unter meine Fittiche genommen, weil er mir leid tat und auch weil ich überzeugt war, dass er sich mit der Zeit noch machen würde.

An jenem denkwürdigen Abend kam er mir noch linkischer und zerstreuter vor als sonst, und das war auch der Grund, warum ich ihm unauffällig folgte, als er Mr. Wright den Whisky brachte.

Während wir uns – ich etwa zehn Schritte hinter ihm – dem Grünen Salon näherten, hörte ich Glas splittern. Es hörte sich an, als würde jemand Gläser oder andere gebrechliche Gegenstände zu Boden werfen, denn das klirrende Geräusch wurde von kleinen Pausen unterbrochen.

Tacker betrat mit unsicheren Schritten den Grünen Salon, und ich vernahm eine wütende Stimme: »Was starrst du mich so an?«

Ich erkannte die Stimme nicht sofort, denn sie sprang über, wie bei jemandem, der nahe am Brüllen war. Sie kam aus dem Salon, in dem sich Mr. Wright allein befunden hatte, aber ich nahm an, dass sich in der Zwischenzeit jemand zu ihm gesellt hatte, denn ich konnte mir nicht vorstellen, dass Mr. Wright so unbeherrscht sein konnte.

»Hast du deine Zunge verschluckt? Los, antworte!«

Gleich darauf hörte ich wieder Glas zerbrechen und einen erstickten Schrei. Ich lief in den Salon und konnte nicht glauben, was ich sah: Der junge Kellner lag auf dem Boden, und Mr. Wright saß auf seiner Brust und würgte ihn.

»Sir! Mr. Wright!«

Er sah nicht einmal auf; seine Stirn war tiefrot angelaufen, und er drückte den Hals des jungen Mannes fest zu. Tacker wehrte sich röchelnd, aber er war dürr und schmächtig, und Mr. Wright erdrückte ihn mit seinem Gewicht.

Ich legte von hinten den Arm um Robert Wrights Hals und versuchte, ihn von seinem Opfer fort zu zerren, aber er ließ dessen Kehle keinen Augenblick los.

Ich begann, um Hilfe zu schreien, denn ich war mir sicher, dass Wright den Jungen umbringen wollte.

Innerhalb weniger Sekunden waren zwei Klubmitglieder im Raum.

»Großer Gott, was ist hier los?«, brüllte einer.

Der andere stürzte sich ohne zu zögern auf uns und versuchte mir zu helfen, indem er an Wrights Haaren zog. Höchst ungeschickt, einen Verrückten auf diese Art au-

ßer Gefecht setzen zu wollen, fand ich, aber ich hatte nicht die Gelegenheit, etwas zu sagen.
Der Gentleman, der gebrüllt hatte, trat nach einer unentschiedenen Pause näher und schlug Wright mit der Faust kräftig ins Gesicht. Wright ließ augenblicklich die Kehle des jungen Mannes los und fiel schwer neben ihn auf dem Boden, mit dem Gesicht nach unten.
Ich öffnete den Hemdkragen des Jungen, der mit blaurotem Gesicht mühsam nach Luft schnappte. Ich sah das Entsetzen in seinen Augen und tätschelte ihm die Wangen.
»Es ist schon gut, Tacker. Alles in Ordnung.«
Mr. Wright setzte sich auf, und wir sahen, dass er heftig aus der Nase blutete. Er blickte mit aufgerissenen Augen zu uns hoch, tastete stumm sein Gesicht ab und beschmierte sich überall mit Blut.
Der Gentleman, der ihn geschlagen hatte, reichte ihm ein Taschentuch. »Kommen Sie, Wright, Sie müssen verarztet werden.« Er half ihm auf die Beine und führte ihn aus dem Zimmer.
Der andere Gentleman wandte sich stirnrunzelnd zu mir.
»Was ist hier passiert, Pinter?«
»Ich weiß es nicht so genau, Sir. Ich habe Glas zerbrechen und Schreie gehört, und als ich herbeigelaufen bin, habe ich gesehen, wie Mr. Wright Tacker gewürgt hat.«
»Wie fühlen Sie sich, Tacker? Setzen Sie ihn in diesen Sessel, Pinter.«
Obwohl Tacker noch schwer atmete und hustete, zündete sich der Gentleman tatsächlich eine Zigarette an.
»Also, Tacker, wie fühlen Sie sich?«
»Besser«, flüsterte der junge Mann.
»Was ist hier passiert, bevor Pinter hereingekommen ist?«
»Ich ... ich weiß es nicht so genau, Sir. Ich habe Mr. Wright seinen Whisky gebracht. Er ... Als ich hereinkam,

habe ich gesehen, wie er ein Glas an den Kaminsims warf und gleich darauf die Sherrykaraffe und dann noch ein zweites Glas. Er sah dabei sehr wütend aus, und so blieb ich stehen.«

»Das erklärt die vielen Glassplitter vor dem Kamin«, sagte der Gentleman ungerührt. »So wie es aussieht, hat er vorher auch alle Vasen zerschmettert. Und was ist dann passiert?«

»Er ... Mr. Wright hat mich gesehen und mich angeschrien, warum ich ihn so anstarren würde. Bevor ich antworten konnte, warf er sich auf mich und begann, mich zu würgen. Wir fielen hin und dann ... dann weiß ich nicht mehr. Ich dachte, er würde mich umbringen.«

»Übertreiben Sie nicht, Tacker. Niemand wollte Sie umbringen. Und Pinter hat ja sofort eingegriffen. Gut, gehen Sie jetzt schnell nach Hause und erholen Sie sich. Begleiten Sie ihn ein Stück, Pinter. Morgen werden wir weitersehen.«

Wie ich es geahnt hatte, wurde die Angelegenheit rasch vertuscht. Tacker kam nie wieder zurück. Soweit ich weiß, wurde er mit einer großzügigen Summe entschädigt und gleichzeitig zum Schweigen verpflichtet. Als ich ihn einige Tage nach diesem Ereignis besuchen ging, wollte er nicht darüber sprechen, was passiert war. Er meinte nur, er sei froh, dass er aus jenem Irrenhaus fort sei und dass er nun finanziell für lange Zeit ausgesorgt habe.

Wir fragten Mr. Pinter, ob Robert Wright nach diesem Vorfall weiterhin in den Klub kam.

»Natürlich. Obwohl er sich höchst unziemlich für einen Gentleman benommen hatte, hat es ihm im Klub nicht geschadet oder gar seine Mitgliedschaft in Frage gestellt, wenn Sie das meinen. Soweit ich weiß, waren in der Ver-

gangenheit aus mir unbekanntem Grunde zwei Mitglieder aus dem Klub ausgeschlossen worden, aber nicht Robert Wright, weil er seine Wut an einem Kellner ausgelassen hatte. Er war sehr reich, wissen Sie. Und er hat viele andere Herren dank seiner Spekulationen an der Börse vermögend gemacht.«

»Haben Sie zufällig in Erfahrung gebracht, warum Robert Wright so außer sich war und warum er gerade Mr. Tacker angegriffen hatte?«

»Nein. Ich habe damals Tacker gefragt, ob vorher etwas zwischen ihnen vorgefallen war, aber er verneinte. Es sei sogar das erste Mal gewesen, dass er Mr. Wright gesehen habe. Wissen Sie, Wright war nicht häufig da; er betrachtete den Klub nicht als sein zweites Zuhause, wie manche andere Mitglieder es taten, die ihre gesamte Freizeit in den Klubräumen verbrachten.«

»Wissen Sie noch, wann dieser Vorfall stattgefunden hatte?«

Mr. Pinters Gesicht erhellte sich. »Ja, ziemlich genau. Im Sommer 1904.«

»1904? Sind Sie sicher?«

»Ganz sicher.« Mr. Pinter lächelte. »Es war nämlich kurz nach der Geburt meiner älteren Tochter. Ich war noch etwas übermüdet, denn die Geburt war schwierig gewesen und die Kleine schwach. Sie schrie Nächtelang und ließ uns nicht schlafen.«

»Können Sie sich noch erinnern, wann im Sommer? Im Juli oder August oder etwas früher?«

»Es war im Juli. Den Tag weiß ich natürlich nicht mehr, aber meine Tochter ist am 14. Juli geboren.«

»Wie verhielt sich Mr. Wright in der Folgezeit? War Ihnen etwas an seinem Verhalten aufgefallen?«

»Nein. Er wurde wieder durchsichtig, wenn Sie wissen, was ich meine. Er kam weiterhin selten in den Klub und war zurückhaltend und schweigsam.«
»Kannten Sie einen Henry oder Harry Maugham? Er war kein Klubmitglied, aber es kann sein, dass er Robert Wright im Klub besucht hat.«
»Nein, ich kann mich an diesen Namen nicht erinnern.«
Wir zeigten Mr. Pinter Henry Maughams Fotografie, und er betrachtete sie aufmerksam.
»Tut mir leid, aber ich glaube nicht, dass ich diesen Herrn bereits gesehen habe. Aber da Sie es ansprechen: Es gab nur wenige Räume, in denen Klubmitglieder Gäste empfangen durften. Der Grüne Salon war einer davon. Und wenn ich jetzt zurückdenke, kann es sehr gut sein, dass Mr. Wright vor dem Vorfall einen Besucher empfangen hatte, denn er hatte ja eine Sherrykaraffe und zwei Gläser zerschlagen.«
Dieses Gespräch hat ganz unerwartet ein neues Licht auf Robert Wrights Charakter geworfen. Er war uns bisher noch nie als gewalttätig beschrieben worden. Wir ziehen daraus den Schluss, dass er im Juli 1904 unter starkem Stress stand und dass dieser ihn enthemmt und so seinen wahren Charakter enthüllt hat. Aufgrund der Tatsache, dass er ein Doppelleben geführt hat, hatten wir von Anfang an Zweifel gehabt an seinem farblosen und friedlichen Charakter. Jemand, der es fertig bringt, über Jahre hinweg vor seinen Nächsten seine wahre Natur zu verbergen, muss innerlich zerrissen sein und unter starkem Druck stehen.
Dass dieser Ausbruch auch noch im Juli 1904 erfolgte, kurz vor Harrys Tod, und womöglich am gleichen Tag, als er die Säure getrunken hat, verstärkt unseren Verdacht, dass Robert Wright an Henry Maughams soge-

nannten Selbstmord nicht ganz unschuldig war. Die Vermutung, dass er der gewalttätige Besucher war, den Mrs. Foster an Harrys vermutlichem Todestag in seiner Wohnung schreien gehört hatte, liegt nun sehr nahe.

Nach diesem Gespräch reisten wir nach La Rochelle. Wir fanden Jack Calder in der Pension Au Vieux Port. Es kam uns vor, als hätte er uns erwartet, denn er saß auf einer Bank vor dem Gasthof und begrüßte uns freundlich und nicht im Mindesten überrascht.

»Da sind Sie ja. Sie möchten bestimmt unser Gespräch fortsetzen, das ich in Bath so abrupt unterbrochen habe. Bitte, nehmen Sie Platz.«

Er rückte auf der Bank ein wenig zur Seite und stützte sich dabei schwer auf den Stock. Hierbei fiel uns auf, dass er gebeugter dasaß als das letzte Mal, als wir ihn gesehen hatten, und dass sein Gesicht traurig wirkte. Bei näherer Betrachtung stellten wir jedoch fest, dass er nicht traurig, sondern nur müde aussah; er hatte tiefe Schatten unter den Augen, sein Schnurrbart war nicht gestutzt und verlieh ihm ein ungepflegtes Aussehen.

»Sind Sie nun bereit, auf unsere Fragen zu antworten, Mr. Calder?«

»Es ist nicht immer einfach, sich der eigenen Vergangenheit zu stellen. Aber da Sie mich nun gefunden haben und mir sogar über den Ärmelkanal gefolgt sind, verspreche ich Ihnen, alle Ihre Fragen nach bestem Wissen zu beantworten.« Er strich sich über den Schnurrbart und fügte leiser hinzu: »Und bestem Gewissen, natürlich.«

»Wir hätten Ihnen noch gern einige Fragen zu Harry Maughams Beerdigung gestellt, Mr. Calder. Robert Wright war zugegen gewesen, haben Sie gesagt.«

»Ja, aber ich habe ihn erst gesehen, als der Sarg hinabgelassen wurde. Er stand abseits, und niemand hat auf ihn geachtet, bis er ohnmächtig wurde.«
»Er wurde ohnmächtig, als der Sarg hinabgelassen wurde?«
»Ja, und Charles Barlow sah als Einziger, dass er plötzlich der Länge nach hinfiel. Alle anderen starrten auf den Sarg, der langsam in der Erde verschwand – dies ist bei einer Beerdigung immer der schlimmste Augenblick. Charles Barlow lief hin und kümmerte sich um ihn, niemand sonst half ihm.«
»Was geschah danach? Haben Sie Robert Wright unmittelbar nach der Beerdigung oder später wiedergesehen?«
»Ich habe gesehen, wie Charles Barlow ihm aufhalf und wie Willie Maugham zögernd an ihn herantrat und fragte, was passiert sei. Robert Wright hat gesagt, dass er kurz das Bewusstsein verloren habe und dass er wieder in Ordnung sei. Charles fragte, ob er ihn nach Hause begleiten solle, aber Robert Wright machte sich mit einer heftigen Bewegung los und sagte, es gehe ihm gut, und er eilte fort. Seine Schritte waren unsicher, daran kann ich mich noch erinnern, aber er hatte es plötzlich sehr eilig.«
Mr. Calder machte eine Pause und wischte sich mit einem Taschentuch übers Gesicht. Die Sonne war untergegangen, und es wurde kühler, doch Mr. Calder schien zu schwitzen, und er begann mühsam zu atmen. Wir fragten ihn, ob wir hineingehen sollten, aber er erwiderte, dass er sich während der warmen Jahreszeit ungern in geschlossenen Räumen aufhalte; er habe den Eindruck, bei lebendigem Leibe begraben zu sein.
»Haben Sie Robert Wright später noch einmal wiedergesehen?«
»Nein. Ich habe mich von ihm ferngehalten. Aber ich weiß, dass Charles Barlow die Freundschaft mit ihm auf-

rechterhalten hatte, als einziger von Harrys Freundeskreis.«

»Warum hatten ihm alle den Rücken gekehrt?«

Der alte Herr atmete schwer.

»Wir hatten den Verdacht, dass er an Harrys Selbstmord nicht unschuldig war.«

»Inwiefern?«

»Es war nur ein unbestimmter Verdacht, bis er eines Tages, im leicht trunkenen Zustand, Charles Barlow gestanden hat, dass er an Harrys Tod …«

Jack Calder verstummte. Wir warteten eine Weile und wollten ihn bitten fortzufahren, als er seinen Stock fallen ließ und von der Bank zu Boden glitt. Wir merkten sofort, dass er in Ohnmacht gefallen war, und riefen nach Hilfe.

Die Pensionsinhaberin kam sogleich heraus und lief den Arzt holen, der nebenan wohnte. Jack Calder lag bewegungslos auf dem Rücken. Wir öffneten seinen Hemdkragen und lockerten die Krawatte, und einer von uns legte seinen Oberkörper auf ein großes Kissen, das uns ein Pensionsgast gereicht hatte. Da wir davon ausgingen, dass Jack Calder einen Herzinfarkt hatte, schien es uns ratsam, durch diese Lage seinen Brustkorb zu entlasten.

Der Arzt kam keine fünf Minuten später, und da sich bereits eine Menschenmenge um uns versammelt hatte, bat er uns entschieden, ihm Platz zu machen und möglichst weit zurückzuweichen. Er kniete neben Jack Calder nieder und nach einer sehr raschen Untersuchung rief er der Pensionsinhaberin zu, sie solle den Krankenwagen rufen. Soweit wir sehen konnten, machte er Mr. Calder eine Herzmassage.

Der Krankenwagen kam wenige Minuten später, und Jack Calder wurde weggebracht. Am Abend erhielten wir

die Nachricht, dass er noch auf dem Weg ins Krankenhaus verstorben sei.
Wir halfen der Pensionsinhaberin, Mr. Calders Neffen in Cambridge anzurufen und ihn vom Ableben seines Onkels zu benachrichtigen. Der freundliche Physikprofessor hatte zunächst Mühe zu begreifen, worum es ging, und behauptete, sein Onkel könne sich gegenwärtig nicht in La Rochelle befinden.
Nachdem wir ihn vom Tod Jack Calders überzeugt hatten, schwieg er eine Zeitlang, und die Pensionsinhaberin murmelte, dass die Telefonrechnung bald unbezahlbar sein würde. Schließlich schnäuzte sich der Professor hörbar ins Telefon und sagte mit belegter Stimme, er würde unverzüglich kommen und sich um die Beerdigung kümmern, sein Onkel habe immer gewollt, dass seine Asche im Meer verstreut werde.

Ich höre auf zu lesen. Richtig so, Jack. Kein Loch, in dem man verscharrt wird und den von einem langen Leben geschundenen Körper den Würmern überlässt. Kein Denkmal mit deinem Namen und Jahreszahlen, die jeden Vorübergehenden an die eigene Sterblichkeit erinnern soll. Kein Grab, an dem die Freunde über den verwesenden Resten weinen und das die Feinde schänden können.

Ich drehe mich nach Harry um und hoffe auf eine Bestätigung seinerseits, aber er lässt sich nicht blicken. Nimmt er es mir jetzt doch übel, dass ich Jack von der Detektei Dewaere kreuz und quer durch zwei Länder verfolgen ließ?

Ich überfliege die darauf folgenden Zeilen. Madame Dewaere drückt ihr Bedauern aus, dass Jack Calder uns nicht mehr Einzelheiten verraten konnte, aber für sie stehe nun fest, dass Robert Wright an Harrys Tod schuld sei. Was genau an jenem Tag in Harrys Zimmer vorgegangen sei, könne man nun nicht mehr mit Sicherheit sagen, aber Wright habe bestenfalls zugesehen, wie sich Harry das Leben nahm.

Ich drehe das letzte Blatt des Berichts um.

Wenn man jedoch Wrights düstere Stimmung und plötzlich hervorbrechende Brutalität im Juli 1904 in Betracht zieht, liegt eher die Vermutung nahe, dass Robert Wright Harry Maugham nach einem heftigen Streit bewusst zu seiner Verzweiflungstat getrieben oder ihm sogar die Säure mit Gewalt eingeflößt hat. Vielleicht hatte Harry, erschöpft und enttäuscht von dem langen Warten, Robert gedroht, ihre Beziehung öffentlich zu machen, wie es die Worte, die Mrs. Foster gehört hatte, vermuten lassen. Immerhin hat Harry kurze Zeit davor in einem Brief an Charles Maugham den Verdacht geäußert, sein Zimmer sei durchsucht worden. Es ist sehr wohl möglich, dass Robert Wright die Spuren ihrer Liaison beseitigen wollte und nach Briefen gesucht hat. Wahrscheinlich sind an jenem Tag im Juli 1904 beiderseitig die Gefühle hochgekocht und es ist zu der Tragödie gekommen, die niemand vorhergesehen hatte.

Anschließend schreibt Madame Dewaere, dass sie Maurice Calder versprochen habe, auf ihn zu warten und der Beerdigung beizuwohnen. Die Rechnung würde sie mir nach ihrer Rückkehr nach Nizza zusenden und mich für einen mündlichen Abschlussbericht gern noch einmal persönlich treffen. Auch stehe sie mir natürlich jederzeit für Fragen zur Verfügung.

Nachdenklich verstecke ich den Bericht wieder im Briefumschlag. Hat Madame Dewaere auch Gewissensbisse wegen Jacks Tod? Oder bleibt sie aus einem anderen Grund bis Jacks Beerdigung? Hofft sie doch noch, mehr über Jack und Harry zu erfahren?

Das leise, diskrete Ticken der Schreibtischuhr verstummt plötzlich; ich muss vergessen haben, sie aufzuziehen. Mechanisch strecke ich die Hand nach ihr aus, aber dann lasse ich sie sinken. Hin und wieder tut es gut, die Zeit anzuhalten und Bilanz zu ziehen.

Endlich bin ich am Ziel: Ich habe den Beweis, dass Harry nicht freiwillig aus dem Leben geschieden ist, schwarz auf weiß. Fast erschreckend, wie glatt alles ging, wie nahtlos sich die Ereignisse aneinander gefügt haben, um zum erwünschten Ergebnis zu gelangen.

Die großen Triumphe meines Lebens hatte ich immer zusammen mit Freunden mit Champagner und großem Essen gefeiert. Diesen Erfolg werde ich mit niemandem feiern können; die einzige noch lebende Person, die meine Freude verstehen und teilen würde, ist im Gefängnis, und ich werde sie nie wiedersehen.

Vor zwei Tagen hatte ich Winston Churchill angerufen und gefragt, ob ich etwas tun könne, um Mrs. Norris zu helfen, ihr zum Beispiel einen guten Anwalt bezahlen oder Pakete schicken, die ihren Gefängnisaufenthalt erträglicher gestalten würden.

»Ihr ist nicht mehr zu helfen, alter Junge.« Winston hustete kräftig, und ich entfernte für einige Augenblicke den Telefonhörer von meinem Ohr. »Und im Übrigen hat sie einen ausgezeichneten Anwalt.« Nun schnäuzte er sich geräuschvoll, und ich wartete lautlos seufzend, bis er fortfuhr. »Natürlich wird er auch nichts für Mrs. Norris tun können. Sie wird wegen Landesverrat verurteilt werden und im Gefängnis sterben. Und dabei hat sie noch Glück gehabt.« Er gab ein merkwürdiges Geräusch von sich, das an Lachen und Husten zugleich erinnerte. »Vor einigen Jahren wäre sie für das gleiche Vergehen hingerichtet worden. Meiner Meinung hätte sie es auch verdient.«

Winston hat nicht Unrecht, ich finde auch keine Entschuldigung für meine langjährige Kollegin. Selbst wenn sie der Meinung gewesen ist, dass ihre Vorgesetzten sie auf ein Abstellgleis abgeschoben und ihre Intelligenz ignoriert hatten, nur weil sie eine Frau war, hätte sie sich nicht auf diese Art revanchieren dürfen. Oder war der Verrat für sie nur ein Spiel, wurde sie von Langweile und der Sehnsucht nach Abenteuer getrieben? Ihr Gesicht in der Zeitung ist das einer Spielerin, die alles auf die letzte Karte gesetzt und verloren hat.

»Ist ihr Anwalt w-wirklich gut?«

»Der beste, den man in London kriegen kann. Wenn Sie daran zweifeln, dass sie ihn von ihrer Beamtenpension bezahlen kann, haben Sie völlig recht. Mrs. Norris hat eine reiche Tochter, die ihr den Anwalt und auch sonstige Annehmlichkeiten verschafft hat.«

»Mrs. Norris hat eine T-tochter?«

»Ja, sie lebt in Edinburgh und hält anscheinend trotz des Skandals eisern zu ihrer Mutter.«

Mrs. Norris, die sich immer zynisch über Familie, Mutterschaft und Liebe geäußert hatte, hat eine Tochter geboren und anscheinend auch geliebt, denn diese hat sie in der Not nicht verlassen.

Ich muss lächeln; nichts ist faszinierender als die Widersprüchlichkeiten, die jeder einzelne Mensch in sich vereint. Deshalb habe ich nie die Klagen von Schriftstellerkollegen verstehen können, die unter Inspirationsmangel litten und verzweifelt nach einem Thema suchten. Als würde es nicht genügen, über die Straße zu gehen, in die Gesichter vorbeieilender Passanten zu blicken oder einige Gesprächsfetzen am Nachbartisch im Restaurant aufzuschnappen, um Rohmaterial zu finden, das nur darauf wartet, weitergesponnen und verarbeitet zu werden.

Die menschliche Natur ist so reich, das Gute und das Böse, das Hässliche und das Schöne wohnen so nahe beieinander, dass sie eine unerschöpfliche Quelle für Geschichten, Romane und Dramen bietet. Es reicht, wenn man wirklich hinsieht und hinhört, zumindest wenn man mitten im Leben steht und nicht wie ich jetzt in einem Elfenbeinturm an der Riviera lebt.

»An der Riviera leben zu viele reiche Leute, und die Reichen sind nun mal langweilig«, erkläre ich Harry, der sich wieder über meinen Schreibtisch beugt.

Er lacht leise. »Das weiß ich. Ich hatte nie verstanden, warum du immer so viel Wert aufs Geld gelegt hast.«

Ich schlucke die Antwort hinunter, dass ich nicht wie er in Armut hatte sterben wollen, aber er hat meine Gedanken gelesen und verschwindet gleich wieder.

Auf meiner Armbanduhr ist es halb eins. Ich ziehe die Schreibtischuhr auf und lehne mich auf dem Stuhl zurück.

Wie konnte es eigentlich passieren, dass ich am helllichten Tag mit Toten rede? Dass sie mich nachts heimsuchen, daran habe ich mich gewöhnt, aber Harrys ständige Gegenwart erstaunt mich. Ist es, weil ich über ihn schreibe? Seit je materialisieren sich während des Schreibens die Protagonisten meiner Romane und Erzählungen, sie leisten mir wie nahe Freunde Gesellschaft und verlassen mich erst, wenn ich das Manuskript an meinen Verleger verschickt habe.

Oder ist Harrys Anwesenheit darauf zurückzuführen – da halte ich nachdenklich inne – dass ich nun unter einer Art von Senilität leide, die Tote auferstehen und sie wirklicher werden lässt als die Lebenden? Auf alle Fälle tut mir Harrys Gesellschaft gut, denn ich fühle mich in letzter Zeit sehr wohl. Fast könnte ich sagen: glücklich. Fast glücklich.

Sonnige heiße Augusttage folgen träge aufeinander, und ich gewinne den Eindruck, dass meine Tochter und die Enkelkinder ihre Ferien bei mir diesmal ganz besonders genießen. Auch sind wir, Liza und ich, einander so nahe gekommen wie nie zuvor. Was Alan auch immer über Lizas mangelnde Gefühle gegenüber ihrem alten Vater sagen mag, sie scheint wirklich erfreut zu sein, dass ich ausgeglichener bin.

»Es tut dir gut, wieder zu schreiben, Papa«, sagt sie. Dann, nach einem kurzen Zögern, beugt sie sich über den Gartentisch und legt ihre Hand auf meine. »Du schreibst nicht mehr über meine Mutter, nicht wahr?«

»Mache dir keine Sorgen, L-liza. Ich werde meine Autobiografie b-bald verbrennen. Weißt du, ich hatte n-nie wirklich vor, sie zu veröffentlichen. Ich w-wollte mir nur einige Dinge von der Seele schreiben.«

»Ich verstehe, Papa. Ich weiß, dass meine Mutter und du zusammen nicht glücklich wart. Aber sie ist ja schon seit langem tot und sie war immer sehr lieb zu mir und den Kindern.«

Ich nicke stumm. Meine Wut gegenüber Syrie hat noch nicht so weit nachgelassen, dass ich es ertrage, wenn man gut über sie spricht. Aber die Erwähnung ihres Namens ärgert mich weniger, und ich denke auch nicht mehr so häufig an unsere schreckliche Ehe zurück.

Ja, ich bin dem Zustand, den man Glück nennt, so nahe gekommen wie selten zuvor in meinem langen Leben.

13.
Die Enthüllung

Im September wird sich die Riviera zu leeren beginnen, von Woche zu Woche wird es in den Cafés und Restaurants und an den Uferpromenaden stiller werden. Alljährlich versetzt mich das Ende der Saison in eine melancholische Stimmung: Das Sonnenlicht scheint sich zu trüben, im Garten fallen mir die verwelkten Blumen auf, und die Strände liegen mit den zugeklappten Sonnenschirmen verlassen und traurig da. Dabei bin ich einer der Ersten, der über die vielen Touristen nörgelt und das Ende der Hitzewelle nicht abwarten kann.

Nun, Ende August, werden meine Tochter und ihre Kinder von Lord John Hope abgeholt, Lizas Mann. Diesmal gelingt es mir, ihm meine Abneigung weniger zu zeigen, mit ihm höflich zu diskutieren und sogar ein wenig zu scherzen. Humor hat er nicht, genau wie sein unglückseliger Vater, aber dank Harrys Gegenwart bin ich ruhig und heiter. In letzter Zeit verlässt mich mein Bruder nur selten, als wollte er persönlich das Schreiben seiner Biografie überwachen.

Trotzdem atme ich erleichtert auf, nachdem ich meinem Schwiegersohn auf Wiedersehen gesagt und die Kinder geküsst habe. Harry ist das einzige Familienmitglied, dessen Gegenwart ich wirklich genießen kann.

»Warum lächelst du?«, fragt Alan, als wir uns am Mittagstisch gegenüber sitzen. Er sieht schlecht aus; seine Haut ist rot gefleckt und er hat dunkle Schatten unter den Augen. Die ganze letzte Woche war er krank gewesen, aber er hatte sich keine Minute ins Bett gelegt, aus Angst, dass Liza und vielleicht sogar

Camilla mich gegen ihn aufbringen könnten. Er isst mit fahrigen, nervösen Bewegungen und wartet meine Antwort nicht ab. »Endlich sind sie weg, ich konnte die Kinder nicht mehr ertragen.«

»Camilla h-hatte dich immer sehr gern, Alan.«

Er verzieht das Gesicht zu einer ungeduldigen Grimasse. »Ich meinte die Jungen. Im Übrigen glaube ich nicht, dass Camilla jemanden wirklich gern haben kann. Sie ist genau wie ihre Mutter. Fast noch schlimmer. Zufällig habe ich ein Gespräch zwischen den beiden gehört, als sie sich am Swimmingpool gesonnt haben.« Er macht eine Pause. »Nun, möchtest du nicht hören, wie sie untereinander über uns reden?«

»Über uns?«

»Camilla sagte ihrer Mutter, dass sie die Villa Mauresque liebt und es nicht abwarten kann, hier ganz einzuziehen. Und Liza sagte ihr, sie müsste sich gedulden, schließlich gehöre das Haus immer noch ihrem Großvater. Außerdem sei es doch zu groß für eine Person, selbst für jemand mit einem barocken Lebensstil wie du. Eine Person! Als würde ich nicht existieren!«

Ich erwidere nichts. Ich weiß mit absoluter Sicherheit, dass Alan lügt oder zumindest stark übertreibt, denn Camilla würde nie auf diese Weise mit ihrer Mutter sprechen. Es ist auch höchst unwahrscheinlich, dass jemand von meinen Nachkommen in die Villa einziehen möchte, denn keiner könnte sich die horrenden Unterhaltskosten leisten. Doch es ist nicht das Wissen um Alans Lüge, das mir übergangslos die Sprache verschlägt und sich wie ein Gewicht auf meine Brust legt.

Langsam lege ich mein Besteck hin. Alans Klagen über Liza haben eine Erinnerung in mir geweckt, die ich bisher erfolgreich verdrängt hatte und die mich nun unerwartet peinigt und erschreckt: Meine Tochter fand mich einige Tage zuvor »gealtert« und hat sogar das Wort »senil« gebraucht. Kurz danach hatte sie mich – nachdem ich von Jacks Tod erfahren hatte – wie einen

Tobsüchtigen schreien gehört. In ein, zwei Jahren, wenn meine Sinne womöglich endgültig nachgelassen haben, wird es für sie als meiner einzigen Tochter ein leichtes Spiel sein, mich mit Hilfe von korrupten Ärzten für unmündig erklären zu lassen.

»Du hast recht, Alan.« Mein Mund ist trocken, und ich leere hastig mein Weinglas, bevor ich weiterspreche. »Wir werden die Adoption sobald wie möglich in die Wege leiten. Noch im Oktober, wenn wir von der Gemäldeversteigerung in London zurück sind.«

»In London wird Liza bestimmt wieder zu dir ins Hotel kommen und versuchen, Geld aus dir herauszubekommen. Ihr Mann und sie leben eindeutig über ihre Verhältnisse ...«

Ich höre ihm nicht mehr zu und schiebe mit zitternden Händen den Teller von mir. Nein, ich glaube nicht, dass Liza mich wieder um ein Darlehen bitten wird wie damals, als sie ein neues Haus kaufen wollte. Sie braucht sich nicht mehr dazu herabzulassen, denn bald kann sie alles haben.

Obwohl unser Verhältnis in den letzten Jahren herzlicher geworden ist, standen Liza und ich uns nie besonders nahe. Meine Vaterrolle war mir nie leicht gefallen, und es schien mir nur folgerichtig, dass Liza sich nicht in ihre Tochterrolle fügen konnte; ich nahm es ihr nicht weiter übel. Ich hatte aber nicht bedacht, dass ich eines Tages als vorgeblich seniler Greis ihrer Geldgier – und mehr noch der ihres Mannes – ausgeliefert sein könnte.

Mein Herz rast und meine Sicht trübt sich, wie immer, wenn ich von Panik erfasst werde. Wie kommt es, dass ich diese Möglichkeit nicht schon früher in Betracht gezogen habe? »The Tragedy of King Lear« war das Shakespeare-Drama, das mich seit je am meisten beeindruckt und verängstigt hat: undankbare Kinder, die sich ihres großzügigen Vaters entledigen. Als Waisenkind habe ich es selbst im reifen Alter nicht fassen können, wie man die eigenen Eltern verraten kann.

»Das werde ich nicht zulassen«, flüstere ich und stehe vom Tisch auf.

»Du hast deinen Nachtisch nicht aufgegessen, Willie!«

Als ich schon auf der Schwelle bin, ruft er mir nach: »Willie, die Detektei Dewaere hat angerufen!«

Ich stolpere fast und drehe mich um. »Wann hat sie angerufen?«

»Vorhin, als du dich von deiner Familie verabschiedet hast.«

»Warum hast du es mir nicht früher gesagt?« Ich unterbreche ihn nach dem ersten Wort. »Ist jetzt egal. Hat sie eine Nachricht hinterlassen?«

»Sie hat gesagt, dass sie gern vorbeikommen würde. Ich hatte den Eindruck, dass sie es sehr eilig hatte, dich wiederzusehen. Sie wird morgen um fünf kommen. Ich habe ihr gesagt, dass du da frei bist.«

Plötzlich entspanne ich mich wieder und atme tief auf. Fast schäme ich mich, dass ich für einige Minuten den Kopf verloren habe. Lächelnd zupfe ich an meinen Manschetten und rückte mein Halstuch zurecht; bestimmt hat mir Madame Dewaere etwas Neues mitzuteilen.

Ich schätze, dass ich das Manuskript in zwei Monaten fertig habe. Wenn mein Buch über Harry erst einmal beim Verleger ist, wird kein Richter auf dieser Welt mich für unmündig erklären lassen können. Eine in meinem üblichen, schnörkellosen Stil geschriebene Biografie ohne Tabus und falsche Zurückhaltung, die sich auf eine fehlerlos durchgeführte Ermittlung stützen kann, wird jeden Zweifel an meinen Geisteskräften beseitigen.

Madame Dewaere ist wieder von beispielloser Pünktlichkeit. Ich erhebe mich, sobald sie mit dem Butler zusammen aus dem Haus tritt.

Während sie mir entgegenkommt, zerzaust der Mistral ihr Haar und der Mund unter der schwarzen Sonnenbrille wirkt hart, als würde sie die Kiefer zusammenpressen. Erst als ich ihr die Hand zum Gruß entgegenstrecke, nimmt sie die Brille ab und lächelt. Doch ist es nicht ihr altes Lächeln, denn ihre Augen blicken ausdruckslos und starr, kein einziges Fältchen bildet sich an ihren Schläfen.

»Sehr erfreut, Sie wiederzusehen, Monsieur Maugham.«

»Ich freue mich auch, Madame. Bitte, setzen Sie sich in diesen Lehnstuhl. Er ist bequem, und Sie sehen müde aus.«

»Sie sind sehr liebenswürdig, Monsieur, vielen Dank.«

Etwas stimmt nicht; ich wittere ihre Angespanntheit in der Stille zwischen ihren Worten, in ihren zu raschen, fahrigen Bewegungen. Selbst die Hunde, die sie umtanzen, tätschelt sie auf eine zerstreute, mechanische Art.

Li spürt ihre merkwürdige Stimmung sofort, und er kommt eilig neben meinen Sessel zurück. George schüttelt sich, als wollte er zeigen, dass er ihre flüchtige Berührung nicht besonders geschätzt hat, und trollt gleichgültig davon. Ching nähert sich ihr erst gar nicht, sie aus seinen schlauen Augen beobachtend.

»Darf ich Ihnen einen Tee oder Kaffee anbieten?«

»Nein, danke, ich nehme nichts.«

Ich mache dem Butler ein Zeichen, dass er Tee bringen soll, und ich setze mich ihr gegenüber. Der Wind ist bei der Hitze nicht unangenehm, aber allmählich wird er so stark, dass er mich zu irritieren anfängt. Madame Dewaeres Haare bedecken halb ihr Gesicht, dann werden sie wieder so hoch geweht, dass sie senkrecht von ihrem Kopf abstehen. Die Büsche hinter ihr sind ständig in Bewegung, neigen sich hin und her, erinnern mich an ein unruhiges Theaterpublikum vor der Premiere, das in den Sesselreihen zappelt, und betonen so noch Madame Dewaeres unnatürliche Starre.

Ich stütze mich mit den Ellenbogen auf die Sessellehnen und verschränke abwartend meine Hände. Es ist an Madame Dewaere, das Schweigen zu brechen.

Sie räuspert sich. »Wie wir Ihnen bereits mitgeteilt haben, haben wir Jack Calders Einäscherung beigewohnt.«

»Ich nehme an, M-maurice Calder, Ihr Mann und Sie w-waren die einzigen Trauergäste.«

»Nicht ganz, die Pensionsinhaberin und zwei Pensionsgäste, mit denen Jack Calder Bekanntschaft geschlossen hatte, waren auch zugegen. Mr. Calder hatte eine sehr gewinnende, herzliche Art.«

»Ich weiß. Er h-hatte immer viele Freunde.«

»Nach Harry Maughams Tod hatten Sie überhaupt keinen Kontakt mehr mit ihm?«

»Leider nicht.«

Sie lehnt sich zurück, ihre Schultern scheinen sich zu lockern. Es fällt mir auf, dass sie sorgfältiger angezogen ist als sonst; ihr helles Sommerkostüm ist nicht von der Stange und auch ihre Aktentasche scheint neu zu sein.

»Mr. Maugham ...« Sie unterbricht sich, als der Butler mit dem Tee kommt. Mit gerunzelter Stirn sieht sie zu, wie er die Tassen, die Kanne, das Milchkännchen, die Zuckerdose und die Platten mit Kuchen und belegten Broten sorgfältig auf dem Tisch verteilt.

»Möchten Sie nicht doch T-tee mit mir trinken, Madame?«

»Nein, danke«, antwortet sie, seltsam zögernd.

Der Butler zieht sich zurück, und sie versinkt wieder in nachdenkliches Schweigen.

»Meinen Scheck h-haben Sie erhalten, nehme ich an«, sage ich. Gleich nach Erhalt der Rechnung hatte ich den Scheck ausgestellt und Alan gebeten, ihn umgehend der Detektei zu schicken.

Sie zuckt leicht zusammen, als hätte ich mit zu lauter Stimme gesprochen.

»Ja, vielen Dank. Ich hatte nicht erwartet, dass Sie ihn gleich ausstellen, Monsieur, sondern erst nach meinem mündlichen Abschlussbericht.«

»Haben Sie noch etwas N-neues erfahren?«

»Ja, das habe ich.« Sie bückt sich und sucht in ihrer Aktentasche, die sie an das Stuhlbein gelehnt hat.

Mir fällt auf, dass der Wind sich allmählich legt. Das Rascheln der Blätter ist verstummt, und die Buschzweige bewegen sich nicht mehr. Ohne zum Meer zu blicken, merke ich an dem sich verändernden Tageslicht, dass die Sonne tiefer gesunken ist. In zwei Stunden wird sie sich rot verfärben und hinter dem Horizont verschwinden. Madame Dewaeres Stuhl wird um die Zeit bereits leer sein und ich wieder allein mit Alan.

Madame Deawaere richtet sich auf und reicht mir wortlos eine zusammengefaltete Tageszeitung hin. Sehr langsam strecke ich die Hand aus und nehme sie. Noch bevor ich die Zeitung auseinanderfalte, sehe ich, dass es sich um den Daily Telegraph handelt, und weiß plötzlich, warum Madame Dewaere so wortkarg und steif ist.

Auf der Titelseite prangt eine Fotografie von Mrs. Norris, aus nächster Nähe aufgenommen. Sie zeigt ihr echtes Gesicht, ohne Schminke, Perücke und Brille; ihr Haar ist streng nach hinten gekämmt, und sie blickt fest in die Kamera. Mrs. Norris lächelt nicht, aber sie wirkt auch nicht erschrocken, verbittert oder gar resigniert. Es ist ein Gesicht jenseits von Gefühlen und Ängsten.

Neue Enthüllungen über das Doppelleben der Landesverräterin lautet die Schlagzeile, und unwillkürlich schneide ich eine Grimasse. Mrs. Norris hatte unzählige Leben und unzählige Gesichter, wieder einmal machen es sich die Zeitungen zu einfach. Ich kenne bestens einen Journalisten, der Ressortleiter beim Daily Telegraph ist. Vielleicht sollte ich ihm schreiben und einige Dinge über Mrs. Norris richtig stellen.

Madame Dewaeres Stimme ruft mich zur Ordnung. »Ich glaube, die Dame ist Ihnen nicht unbekannt, Monsieur Maugham.«

Sorgfältig falte ich wieder die Zeitung zusammen. »Ja, ich kenne Mrs. N-norris seit dem Ersten W-weltkrieg.«

»Seit Ihrer Tätigkeit als Geheimagent, nehme ich an. Mrs. Norris war Ihre Kollegin.«

Ich zucke die Schultern. »Das ist schon alles sehr l-lange her, Madame.«

Unerwartet schnellt sie von ihrem Sessel hoch, macht einige Schritte hin zur Balustrade und dreht sich wieder um.

»Monsieur, Sie haben mich belogen.«

Ich wende mich halb weg von ihr und gieße mir Tee ein. Dann lege ich zwei belegte Brote auf meinen Teller und breite die Leinenserviette über meine Knie. Als ich mich wieder umdrehe und am Tee nippe, die Untertasse in der linken Hand, merke ich, dass Madame Dewaere sich nicht von der Stelle gerührt hat.

»Inwiefern h-habe ich Sie belogen, Madame?« Die heiße Flüssigkeit verbrennt meine Zunge, aber ich zwinge mich, die Tasse ganz bedächtig wieder hinzustellen.

»Ich habe erfahren, dass Mrs. Foster, die Tochter von Harry Maughams Vermieterin, seit einem schweren Unfall vor fünfzehn Jahren querschnittsgelähmt und geistig behindert ist. Kurz gesagt hat sie mit der gut erhaltenen, vor Energie strotzenden Dame, die sich als Mrs. Foster ausgegeben hat, nichts zu tun. Aber bei näherem Hinsehen hat sie eine auffällige Ähnlichkeit mit Mrs. Norris vom Geheimdienst.«

Ich esse die Hälfte eines belegten Brotes und spüle sie mit Tee hinunter.

»Haben Sie Mrs. N-norris so schnell auf dem Zeitungsfoto w-wiedererkannt? Das heißt, Ihre V-verkleidungskunst hat nachgelassen.«

Madame Dewaere setzt sich wieder und umklammert mit beiden Händen die Armlehnen, bis ihre Knöchel weiß werden. Sie atmet tief durch, bevor sie weiterspricht.

»Ich hatte sie nicht sofort wiedererkannt. Ihr Foto war überall, aber ich hatte nicht auf sie geachtet, bis ich sie auf der ersten Seite des Daily Telegraph gesehen und wiedererkannt habe.«

Ich leere meine Teetasse und stelle sie auf den Tisch.

»Ich hätte diese Ähnlichkeit vielleicht für einen Zufall gehalten, wenn mir ein anderer Vorfall vier Tage zuvor nicht bereits den Hinweis gegeben hätte, dass Ihr Auftrag ein abgekartetes Spiel war.« Sie spricht rascher als sonst, als befürchtete sie, unterbrochen zu werden, aber sie erzählt sehr ausführlich, wie in ihr der schreckliche Verdacht aufgekommen ist und sich nach und nach bestätigt hat.

Ich höre ihr zu, mit unbeweglichem Gesicht, hoffe ich, und sehe die Ereignisse vor mir abrollen; machtlos, distanziert und fasziniert zugleich, als würde ich einem Film zusehen. Ich kenne das Ende, und doch bleibt tief in mir die Hoffnung zurück, dass mir das Schlimmste erspart bleibt, dass sie doch nicht die ganze Wahrheit erfasst hat.

»Mein Mann hatte seine Pfeife verlegt. Es war seine Lieblingspfeife und er suchte sie verzweifelt, bis ihm plötzlich einfiel, dass er sie am Nachmittag bei Mr. Pinter, dem pensionierten Kellner des Watrick-Klubs, vergessen haben musste. Da Mr. Pinter auch Pfeifenraucher war, hatten sie gemeinsam gepafft und sogar ein wenig über Pfeifen diskutiert.

Da wir am nächsten Tag nach Dover fahren mussten, um den Kanal nach Frankreich zu überqueren, kehrten wir am gleichen Abend zu Mr. Pinter zurück.

Als wir ankamen, waren die Fenster seines Häuschens dunkel, aber wir klingelten trotzdem, in der Hoffnung, dass Mr. Pinter nur auf dem Sofa eingenickt wäre.

Als sich nichts rührte, beschlossen wir, ein wenig zu warten; er konnte unserer Meinung nach nicht weit sein. Die Minuten vergingen, der Abend schritt voran, wir begannen zu frieren, doch gerade als wir das Warten aufgeben wollten, kam eine weißhaarige Dame mit einem tatterigen, steifbeinigen Foxterrier an der Leine um die Ecke.

Sie sah uns neugierig an, während sie das Tor des Nachbargartens öffnete, und fragte, ob wir auf Mr. Pinter warten würden.

Ich erwiderte, dass dies der Fall sei, da mein Mann heute Nachmittag seine Pfeife bei ihm vergessen hätte.

Die Dame erklärte, dass Mr. Pinter abends nie zu Hause sei und dass sie uns leider nicht sagen könne, wann er zurückkäme. Er sei Mitglied bei mehreren Vereinen und habe viele Freunde. Er sei ja nicht mehr der Jüngste, aber manchmal bleibe er auswärts, bis die Pubs schließen.

Ich bedauerte nun, dass wir wegen einer Pfeife so viel Zeit verloren hatten, und wollte mich von der Dame verabschieden, aber diese trat wieder aus ihrem Garten hinaus und sprach weiter, vertraulich die Stimme senkend.

»Nun ja, vital ist er schon, aber er hat auch keine andere Wahl. Was soll ich zu Hause, sagt er mir oft, wenn ich ihm vorhalte, dass er sich etwas schonen sollte. Ich verstehe ihn natürlich, er ist Witwer und hat keine Kinder. Ich lade ihn manchmal ein, bei mir Fernsehen zu schauen, aber er findet Fernsehen langweilig. Auch haben wir im Hinblick auf das Programm nicht den gleichen Geschmack.«

Ich erwiderte: »Oh, das ist seltsam, ich dachte, Mr. Pinter hätte Kinder oder zumindest eine Tochter.«

Die Dame schien höchst erstaunt zu sein: »Nein, wie kommen Sie darauf? Das war ja auch Mrs. Pinters größter Kummer, dass sie keine Kinder bekommen konnten. Mr. Pinter trug dies, glaube ich, mit viel mehr Fassung.«

Ich erklärte, dass wir da etwas falsch verstanden haben müssen.

Die gesprächige Dame nickte und sagte: »Ganz sicher. Ich kenne die Pinters schon seit fünfzig Jahren. Mrs. Pinter hat oft meine Kinder gehütet. Es hat ihr gut getan, wissen Sie.«

Sie hätte uns sicher noch mehr erzählt, aber ihr Foxterrier jaulte leise auf und sie entschuldigte sich.

»Archie möchte sein Betthupferl. Er ist ein alter Herr mit festen Gewohnheiten.« Bevor sie das Tor hinter sich zuzog, sagte sie noch: »Versuchen Sie es doch morgen früh, morgens ist Mr. Pinter immer zu Hause!«

Doch wie Sie wissen, mussten wir am nächsten Morgen die Fähre nach Frankreich nehmen.«

Ich sehe sie vor mir, wie sie verwirrt und nachdenklich auf die englische Küste zurückschauen, die sich rasch entfernt. Noch war nichts passiert, noch hätte mein Plan klappen können, aber das Schicksal hatte es anders gewollt.

Ich seufze leise, aber nicht unhörbar, denn Madame Dewaere stockt kurz, bevor sie fortfährt.

»Wir hatten schlecht geschlafen und die halbe Nacht mit Rätselraten zugebracht. Wir konnten nicht verstehen, weshalb uns Mr. Pinter angelogen hatte. Neunzehnhundertvier hatten die Pinters noch nicht in Pinner gewohnt, sondern in London. Hatten sie ein Baby verloren und anschließend nie mit jemandem darüber gesprochen, auch nicht mit ihrer langjährigen Nachbarin in Pinner? Aber warum dann dieses strahlende Lächeln, als Mr. Pinter über die Geburt seiner Tochter sprach? Wäre die Tochter als Kleinkind gestorben, wäre es eher eine schmerzliche Erinnerung gewesen. Zudem hatte er gesagt, neunzehnhundertvier sei das Geburtsjahr seiner älteren Tochter.

»Wir werden der Sache nachgehen müssen«, sagte ich meinem Mann.

Wir begannen zu ahnen, dass unsere Nachforschungen weniger glatt abgelaufen waren, als wir gedacht hatten, aber unser Verdacht richtete sich noch nicht gegen Sie. Wir bedauerten nur, dass wir keine Zeit gehabt hatten, Mr. Pinter gleich zur Rede zu stellen.

Den Daily Telegraph hatte ich am gleichen Morgen in Dover gekauft, hatte ihn auf der Fähre dann aber doch nicht gelesen. Ich hatte die Zeitung sogar ganz vergessen und fand sie zufällig in meiner Aktentasche, nachdem ich Ihnen meinen Endbericht geschickt hatte. Ich nahm sie heraus und erkannte auf der ersten Seite die Frau, die sich als Mrs. Foster ausgegeben hatte.

Ich las den Artikel, las ihn wieder und wieder und wusste plötzlich, dass Sie mich und meine Detektei benutzt haben und dass ich nur die Protagonistin in einem von Ihnen erdachten Spiel war.

Da ich wusste, dass Sie lange Zeit für den Geheimdienst gearbeitet haben, genauso wie Mrs. Norris, hatte ich sofort den Verdacht, dass die sogenannte Frau mit tausend Gesichtern auf Ihre Veranlassung hin Mrs. Fosters Rolle übernommen hatte.«

»Eigentlich nicht. Es war Mrs. Norris' Idee.«

Sie hält inne, für einen winzigen Augenblick, wie immer, wenn sie überrascht ist. Zweifellos hat sie bemerkt, dass ich nicht stottere und dass meine Stimme eine Tonlage tiefer gesunken ist.

»Monsieur Maugham, mir ist nun klar, dass das Ergebnis meiner Ermittlungen von Anfang an feststand. Nach einigen Recherchen könnte ich Ihnen Schritt für Schritt nachweisen, wie Sie hier und dort gefälschte Indizien verstreut und mich mit Hilfe Ihrer – nun, nennen wir sie Verschwörer – auf die falsche Spur gebracht haben. Ich fühle mich auf den Arm genommen und missbraucht. Meinen Sie nicht, dass ich das Recht habe zu erfahren, warum Sie es getan haben?«

»Ja, das Recht haben Sie auf jeden Fall, Madame.«

An der Art, wie Madame Dewaere sich zurücklehnt und die Beine übereinanderschlägt, erkenne ich, dass sie sich nicht von hier fortrühren wird, bis sie die ganze Wahrheit erfahren hat. Und ich stelle fest, dass ich erleichtert bin, dass ich mich darauf freue, ihr alles zu erzählen. Es ist so lange her, dass ich mit jemandem meine Träume und meine geheimsten Wünsche teilen konnte. Und es stört mich erstaunlicherweise auch nicht weiter, dass ich sie einer Fremden anvertrauen muss.

Ich zünde mir eine Zigarette an und fange an zu erzählen, wieder ohne zu stottern. Schließlich gibt es nichts mehr, wovor ich mich fürchten müsste, das Schlimmste ist bereits passiert. Immer, wenn es in meinem Leben ernst wird, wenn ich mich in Gefahr oder in einer ausweglosen Situation befinde, lege ich jedes Gefühl ab, so übergangslos und rasch, wie ein erschöpfter Bergsteiger seinen zu schwer gewordenen Rucksack abwirft. Meine Vorgesetzten beim Geheimdienst hatten mich kaltblütig genannt, dabei war ich nur begabt fürs Überleben.

»Wissen Sie, jahrzehntelang habe ich mich geweigert, über Harry zu sprechen. Einzig Gerald war es gelungen, mich mehrmals aus der Reserve zu locken, mich dazu zu bringen, ihm vom Leben und Sterben meines Bruders zu erzählen. Auch mein nichtsnutziger Neffe Robin hatte mich hin und wieder mit morbider Neugierde nach Einzelheiten über seinen toten Onkel ausgefragt.

Lange habe ich mir eingebildet, ihn vergessen zu haben; ein dichter Nebel lag über den schmerzlichsten Bildern. Dann, vor zwei Jahren, beging ich den Fehler, »Der Menschen Hörigkeit« wieder in die Hand zu nehmen. Ich weiß nicht mehr, aus welcher Laune heraus ich das Buch aufschlug und warum ich sogar das ganze erste Kapitel las.

Und sofort war alles wieder da. Die lange Krankheit und der Tod meiner Mutter. Der Tod meines Vaters. Die Räume der behaglichen, schön eingerichteten Wohnung, die brutal geleert wurden, der Nachlass unserer Eltern in alle Winde verstreut. Die traurigen, blassen Gesichter meiner Brüder. Die Reise aus Paris ins grau-feuchte England.

Ich schlug das Buch wieder zu, wollte mich nicht erinnern, denn ich wusste, dass die Vergangenheit mich nicht loslassen würde, aber es war zu spät.

Meine Freunde hatten mir versichert, dass die Zeit meine Wunden heilen würde, wie es bei ihnen der Fall gewesen war. Sie behaupteten, dass Schmerz, Trauer und Leid von den unaufhörlich voranschreitenden Jahren bis zur Unkenntlichkeit zugeweht und verstaubt und in die Ferne gerückt werden.

Aber sie irrten sich; ich hatte diese Erfahrung nie gemacht. Es genügte, ein Buch aufzuschlagen oder manchmal auch nur ein Wort oder eine lange nicht mehr vernommene Melodie zu hören, und ich war wieder ein kleines Kind, das sich vor Schmerz krümmte.

Und diesmal war es nicht nur meine Kindheit, die mich verfolgte, sondern auch Harrys Tod, meine schreckliche Ehe, Geralds Alkoholismus und langsames Sterben, der Hohn mancher namhafter Kritiker. Die Bilder aus meiner Vergangenheit holten mich selbst tagsüber ununterbrochen ein, quälten mich und vergällten mir das Leben. Ich durchlebte wieder und wieder alle Demütigungen und Niederlagen, als seien sie mir gestern widerfahren.

Auf Anraten meines Freundes Glenway und Alans Drängen hin schrieb ich schließlich »Looking back«, meine Autobiografie, und es ging mir eine Zeitlang besser, bis Harrys nächtliche Besuche begannen.«

»Monsieur Maugham«, setzt Madame Dewaere an, aber sie unterbricht sich sogleich, denn der Butler kommt, um den Tisch abzuräumen. Wir blicken beide zum Meer, über dem die Sonne allmählich verglüht.

Als wir wieder allein sind, spricht sie nicht sofort weiter, als hätte sie den Faden verloren, und ich merke, dass sie müde aussieht. Unter meinem forschenden Blick setzt sie wieder ihre Sonnenbrille auf.

»Ich kann gut nachvollziehen, dass die Agonie Ihres Bruders Sie für den Rest Ihres Lebens verfolgt hat, Monsieur Maugham. Sie haben mir aber noch nicht erklärt, warum Sie mich hintergangen haben.«

Bei dem Wort »Agonie« schließe ich kurz die Augen.

»Dazu komme ich gleich. Wie gesagt, das Schreiben meiner Autobiografie hatte mich von meinen Erinnerungen an meine Ex-Frau erlöst, dafür begann ich fast allnächtlich von Harrys Tod zu träumen. Er starb wieder und wieder vor meinen Augen, zuckte vor Schmerz, starrte mich an, ohne mich zu sehen. Manchmal sprach er auch. Sogar im Traum wusste ich, dass ich träumte, denn er hätte in seinem Zustand niemals sprechen können, aber ich wachte nicht auf. Schwitzend und mit beiden Händen den Rand meiner Bettdecke umklammernd, hörte ich ihn darüber klagen, dass er sein Leben verpfuscht hatte und dass er ein Versager sei.

Es gab Abende, da ich mich fürchtete einzuschlafen. Und sogar tagsüber verfolgte mich seine tieftraurige Stimme, die über sein gescheitertes Leben klagte.

Dann, eines Abends, las ich einen Kriminalroman, in dem ein Mann nachweist, dass sein Vater nicht Selbstmord begangen hatte, sondern dass er ermordet worden war. Der Sohn muss vielen Gefahren trotzen und gegen finstere Gangster kämpfen, aber am Ende gewinnt er und stellt den guten Ruf seines Vaters wieder her, der verdächtigt worden war, Geld einer Firma unterschlagen und aus Angst vor Entdeckung den Freitod gewählt zu haben. Es war eine jener kurzen, aber spannend geschriebenen Geschichten, die man nach dem Durchlesen sofort wieder vergisst.

Nach dem letzten Kapitel schlug ich das Buch zu und knipste das Licht aus, aber das Lesen hatte mich nicht ermüdet wie sonst; ich war hellwach und mein Herz schlug, als wäre ich anstelle des Helden um mein Leben gelaufen.

Harrys Gesicht materialisierte sich allmählich im Dunkel, aber diesmal blieb er stumm, er sah mich nur traurig an. Und plötzlich wusste ich, was ich zu tun hatte.

Es war im Herbst, kurz vor meiner alljährlichen Reise nach London, und ich schrieb an Mrs. Norris, dass ich sie dringend zu sehen wünschte. Sie antwortete mir postwendend, dass sie mich in meinem Hotel, The Dorchester, aufsuchen würde. Am dritten Tag meines Londoner Aufenthalts stieß ich in der Hotelhalle mit einem Mann zusammen, der sich laut entschuldigte und mir gleich darauf zuraunte, dass ich in meiner Regenmanteltasche eine Nachricht von einer Freundin finden würde.

Der Mann entschwand hinter einer Menschengruppe, die gerade durch den Eingang hereinkam, und ich betrat rasch den Aufzug. Die Nachricht, auf einem kleinen Zettel eilig hingekritzelt, war schlecht leserlich, aber ich erkannte Mrs. Norris' Schrift wieder. Sie gab mir die Adresse eines Restaurants in Soho und bat mich, mich zu versichern, dass mir niemand folgte.«

»Meinen Sie, dass Mrs. Norris bereits wusste, dass sie beschattet wird?«

Ich merke, dass Mrs. Dewaeres Zorn sich ein wenig gelegt hat oder dass er zumindest vorübergehend in den Hintergrund getreten ist. Von Natur aus neugierig, will und wird sie sich nichts entgehen lassen.

»Nein, das glaube ich nicht, sonst hätte sie mir bestimmt nicht vorgeschlagen, mir zu helfen, sondern hätte sich mehr bedeckt gehalten. Ich glaube, dass sie aus Gewohnheit übervorsichtig war.« Ich zünde mit eine neue Zigarette an. »In der Nische eines dubiosen Restaurants erklärte ich Mrs. Norris, dass ich etwas für meinen Bruder tun müsste, um meine Albträume loszuwerden. Dass ich damals nach seinem Selbstmord versucht habe, sein letztes Buch veröffentlichen zu lassen, und dass es mir nicht gelungen war. Wenn ich aber nun beweisen könnte, dass sein Selbstmord in Wirklichkeit keiner war, würde es einer

Werbekampagne für sein Werk gleichkommen. Ich würde einige Journalisten informieren, Artikel über sein Leben und Sterben veröffentlichen lassen und somit einen oder zwei Verleger motivieren, wenigstens einen Teil seines Werkes neu aufzulegen. Es würde bestimmt ganz korrekt verkaufen, denn das Publikum mag Sensationen und tragische Biografien verstorbener Künstler und Schriftsteller.

Mrs. Norris fragte mich, ob ich glauben oder hoffen würde, dass Harry umgebracht worden war. Ja, sie hatte das Wort »hoffen« benutzt.

Ich antwortete, dass wir keinen Zweifel daran gehabt hatten, dass er den Freitod gewählt hatte. Jack Calder als einziger war davon überzeugt, dass Harrys Tod von Robert Wright verschuldet war; er behauptete, dass dieser bestimmt tätlich geworden war, aber er war immer eifersüchtig auf ihn gewesen. Ein Gespräch mit meinem Bruder Charles, der diese Verzweiflungstat einfach nicht nachvollziehen konnte, hatte einen vagen Verdacht in mir geweckt, doch nach längerem Überlegen bin ich zu dem Schluss gekommen, dass er sich wirklich umgebracht hatte. Robert Wright war der einzige, der ein Motiv hatte oder hätte haben können, aber er hatte weder den Mumm noch die Kaltblütigkeit eines Mörders. Hätte Harry ihn wirklich erpresst, hätte er eher Selbstmord in Betracht gezogen und diesen wahrscheinlich auch nicht ausführen können. Ich erklärte ihr, dass es nun darum ginge, die Vergangenheit zurecht zu rücken.«

Madame Dewaeres öffnet den Mund, als wolle sie mich unterbrechen, und presst gleich darauf die Lippen zusammen. Geduld ist eine der wichtigsten Tugenden eines guten Detektivs.

»Mrs. Norris war sehr verständnisvoll und fragte, ob ich bereits einen Plan hätte. Mein Plan war einfach und kompliziert zugleich. Wir mussten eine lückenlose, solide Geschichte um den gewaltsamen Tod Harrys weben, einen seiner früheren Freunde zum Mörder bestimmen und einen bekannten Privatdetektiv mit gutem Ruf anheuern, damit er diesen angeblich vertuschten Mordfall entstaubt.«

»Und so sind Sie auf mich gekommen.« Madame Dewaeres Stimme ist sachlich, ihr Gesicht hinter der Sonnenbrille verrät nichts von ihren Gefühlen.

Ich ignoriere ihren Einwurf.

»Robert Wright war seit langem tot und der geeignete Kandidat, um posthum Harrys Mörder zu werden. Hierzu schrieb Mrs. Norris mit meiner Hilfe vier Briefe, indem sie meisterhaft Harrys Schrift und Stil nachahmte und mehrmals auf Roberts zwielichtigen Charakter anspielte. Wir dachten daran, auch einen Brief von Robert Wright an meinen Bruder zu schreiben, aber wir durften es unserem Detektiv nicht zu leicht machen. In Harrys Nachlass fanden wir ein leeres Adressenbuch, das mein Bruder Charley nicht über sich gebracht hatte wegzuwerfen, und dieses wurde kurzerhand zu Robert Wrights Agenda, die er bei Harry vergessen hatte. Nun ging es darum, die anderen überlebenden Freunde zum Mitspielen zu bewegen. Bei Jack hatten wir zunächst keinerlei Probleme. Er hatte Harry in wehmütiger, liebevoller Erinnerung behalten und ihn als gescheitertes Genie idealisiert. In einem Brief hatte er mir gestanden, dass er in seinem langen Leben niemanden getroffen hätte, der sich seiner Ansicht nach mit meinem Bruder messen konnte. Er war äußerst erfreut über die Aussicht, Harrys Talent Gerechtigkeit widerfahren zu lassen und ihm endlich zur Berühmtheit zu verhelfen, und wohl auch, sich an seinem früheren Rivalen, Robert Wright, zu revanchieren.

Mrs. Norris fand mit Hilfe meiner Hinweise noch zwei andere Freunde Harrys, aber diese waren bereits so senil, dass sie sich nicht an ihn erinnern konnten.

In Robert Wrights Umfeld waren wir erfolgreicher. Mrs. Norris klapperte unter falschem Vorwand seine Familie, seine früheren Kollegen und die Mitglieder seines Klubs ab und erfuhr so einiges über sein Leben und seinen Charakter. Dabei half uns auch der glückliche Zufall, dass Mr. Pinter, der pensionierte Oberkellner des Watrick-Klubs, während meiner Spionagetätigkeit im Ersten Weltkrieg als bescheidener, aber sehr effizienter Handlanger für mich gearbeitet hatte. Er hatte Robert Wright als sehr stillen Mann in Erinnerung gehabt, aber im Andenken an unsere Zusammenarbeit war er gern bereit, eine Geschichte, die sich im Klub tatsächlich zugetragen hatte, etwas abzuändern und sie mit wirkungsvollen Einzelheiten, wie der Geburt einer Tochter, auszuschmücken.«

»Demnach war tatsächlich ein Kellner des Klubs von einem der Mitglieder tätlich angegriffen worden?«

»Ja, aber bei dem Angreifer handelte es sich nicht um Robert Wright. Robert war einer der beiden Männer, die das Schlimmste verhindern konnten. Da alle Beteiligten außer Mr. Pinter verstorben waren, benutzten wir diesen Vorfall, der wirklich im gleichen Jahr passierte, als Harry starb, um den Verdacht gegen Robert zu erhärten.

Mrs. Norris wählte zwei Klubmitglieder aus, die ganz besonders geeignet schienen, Robert Wrights tatsächlichen, verschlossenen Charakter zu beleuchten und sein Doppelleben zu offenbaren. Sowohl Meyers als auch Hastings hatten mit Wright lange verkehrt, ihn aber nicht wirklich gekannt. Diese beiden Namen trugen wir, neben den von vielen toten Klubmitgliedern, in Robert Wrights angebliches Adressenbuch ein.«

»Und Mr. Morgan?«, fragt Madame Dewaere.

»Morgan war einer meiner alten Feinde. Er war bereits in seiner Jugend ein bigotter, hartherziger Mann, den ich hin und wieder auf Gesellschaften traf, wenn es sich nicht vermeiden ließ. Als er erfahren hatte, dass ich zeitweilig eine Affäre mit seinem jüngsten Bruder gehabt hatte, wurde er ausgesprochen feindselig mir gegenüber. Ebenso hatte er auch über Harry und Robert Bescheid gewusst, sich aber nie getraut, etwas der Polizei oder der Frau von Robert Wright zu verraten, da er tief verschuldet war und Robert ihm regelmäßig finanziell aushalf. Mrs. Norris und ich wussten, dass Sie nicht viele Informationen von ihm erhalten würden, da er unter Altersdemenz leidet, aber es schien uns richtig, dass Ihre Nachforschungen hin und wieder auf blinde Spuren stießen, so wirkte alles realistischer.«

»Dass Jack Calder vor uns floh, gehörte auch zur Inszenierung, um alles realistischer wirken zu lassen?«

»Nein.« Ich zünde mir wieder eine Zigarette an, die letzte vor dem Abendessen, und blicke zum Meer. Die Sonne ist hinter dem Horizont verschwunden, und ich fröstele leicht, obwohl die Luft noch warm ist. »Jack hatte zufällig Roberts Tochter kennen gelernt und zeitweilig Gewissensbisse gekriegt.«

Sie setzt an, um etwas zu sagen, aber ich komme ihr zuvor und erzähle, wie Mrs. Norris mir vorschlug, Mrs. Fosters Identität anzunehmen: »Die schwerbehinderte Frau wurde von ihrer ledigen Tochter gleichen Namens gepflegt, und gegen eine konsequente Geldsumme überließ diese Mrs. Norris für einige Tage ihre Wohnung, ohne viele Fragen zu stellen. Mrs. Norris blieb eine ganze Woche dort wohnen, aus von mir unbekannten Gründen, und der Geheimdienst verlor vermutlich während dieser Zeitspanne ihre Spur. Als sie dann nichts ahnend wieder auftauchte, schlugen die Kollegen gleich zu und verhafteten sie, da sie nicht das Risiko eingehen wollten, dass sie wieder verschwindet. So erkläre ich mir zumindest in Nachhinein den Ablauf der Ereignisse, denn ich hatte damals erwartet, dass mir Mrs. Norris schriftlich berichtet, wie ihr Treffen mit Ihnen abgelaufen war. Sie liebte es, in Rollen unterschiedlichster Menschen zu schlüpfen; sie fand, dass sie auf diese Weise mehrere Leben lebte und jeden Augenblick bewusster genießen konnte.«

»Sie haben gesagt, dass Jack Calder Gewissensbisse bekam.« Madame Dewaere nimmt ihre Sonnenbrille ab und klemmt sie gleich einer Haarspange in ihrem Haar fest. »Und wie steht es mit Ihnen, Monsieur Maugham?«

Wie ihr erklären, dass ich zeitweise selbst an meinen Betrug glaubte? Dass ich mit klopfendem Herzen ihren Bericht las, in dem Mrs. Foster – ich hatte tatsächlich einige Sekunden lang vergessen, dass es sich um Mrs. Norris handelte – von einem lauten Streit und dem Lärm in Harrys Wohnung an seinem Todestag berichtete? Dass ich in einem schwachen Augenblick, wider besseres Wissen, der Hoffnung verfiel, dass Madame Dewaere Beweise für die Ermordung meines Bruders fand?

Mein Schweigen macht sie ungeduldig.

»Monsieur Maugham, haben Sie in keinem Augenblick, zumindest ansatzweise, ein bisschen Reue gefühlt über die Art und Weise, wie Sie meinen Mann und mich an der Nase herumgeführt haben?«

»Ihren Mann?« Ich zerdrücke die Zigarette im Aschenbecher und spüre, dass ich lächele. Das Lächeln ist mir unwillkürlich entschlüpft, was mir nur selten passiert, sonst habe ich mein Gesicht mehr unter Kontrolle. »Gibt es denn wirklich einen Monsieur Dewaere, der Detektiv und zugleich Ihr Mann ist?«

Ein kaum merkliches Blinzeln, sie hat sich gleich wieder in der Gewalt.

»Mein Mann, Monsieur Dewaere, ist Mitinhaber des Detektivbüros.«

»Ich habe mich umgehört, Madame Dewaere, und es scheint, dass Monsieur Dewaere, obschon Ihr Gatte auf dem Papier, nicht mehr ist als Ihr Leibwächter, zumindest der Meinung Ihrer Kunden nach, die etwas Beobachtungsgabe und Verstand besitzen. Sie schieben Monsieur Dewaere wie ein Schutzschild vor sich her, benutzen seinen Namen und die Tatsache, dass er aus einer alteingesessenen Familie in Nizza stammt, aber es sind Ihr Talent und Ihre Intelligenz, die der Detektei ihren glänzenden Ruf verschafft haben.«

Madame Dewaere öffnet den Mund und schließt ihn gleich wieder. Für einen Augenblick sieht sie sehr viel jünger und wehrloser aus, aber ich weiß, dass sie mir gegenüber niemals die Wahrheit zugeben wird.

Ich fahre mit milder Stimme fort: »Natürlich lässt sich eine Täuschung nicht lange aufrechterhalten, vor allem nicht vor Ihrer Konkurrenz, die Ihnen Ihre Erfolge missgönnt, und daher nehmen Sie nur noch wenige Aufträge an und ziehen sich diskret aus dem Geschäft zurück. Die Gesellschaft ist noch nicht so weit, dass sie eine Frau als Detektivin akzeptieren könnte, so hervorragend sie auch sein mag. Schade, finde ich, denn meiner Erfahrung nach sind gerade Frauen für diesen Beruf sehr begabt.«

Madame Dewaere rührt sich eine lange Weile nicht. Die Dämmerung sinkt allmählich auf uns herab, löscht die Farben aus und verwischt die Konturen der Bäume und Büsche. Ich schweige ebenfalls und rauche; Redepausen sind sehr wichtig in einem Drama, sie gliedern den Text, steigern die Spannung und lassen Raum zum Nachdenken.

Ich habe versucht, eines meiner Theaterstücke in der Wirklichkeit spielen zu lassen, habe mir angemaßt, reale Personen wie Schachbrettfiguren kühn hin und her zu schieben, aber das Spiel ist mir entglitten, wie es eigentlich zu erwarten war. Nun bin ich gespannt auf das letzte Wort, bevor der Vorhang fällt.

Im Haus gehen die Lichter an, und Madame Dewaere zuckt leicht zusammen. Schwerfällig, als wäre sie jäh um Jahre gealtert, steht sie auf. Ich erhebe mich auch und merke, dass sie ganz nahe vor mir steht, dass sie mir viel näher gekommen ist, als ich es sonst Fremden gestatte.

»Monsieur Maugham, ich glaube, wir haben uns nichts mehr zu sagen.« Wir sind beide auf gleicher Augenhöhe, und sie fixiert mich hart, wie der Gegner bei einem Bridgespiel. »Selbstverständlich werde ich Ihnen per Einschreiben einen zweiten

Bericht schicken, in dem ich Ihnen bestätige, dass ich Ihren Betrug entdeckt habe und dass ich ihn beweisen kann. Dies nur für den Fall, wenn Sie meinen ersten Bericht wie vorgesehen für die Rehabilitierung Ihres Bruders benutzen wollten.«

»Sie würden es tatsächlich wagen, diesen Bericht gegen mich zu benutzen?«

»Selbstverständlich. Ich weigere mich, den guten Namen meiner Detektei für einen Betrug herzugeben. Wenn jemand ernsthaft nachforschen würde, könnte er entdecken, dass alles von Ihnen und Mrs. Norris eingefädelt wurde.«

Der Butler tritt aus dem Haus, aber ich mache ihm ein Zeichen, uns allein zu lassen.

»Sie unterschätzen Mrs. Norris. Keiner der Protagonisten würde sie wiedererkennen. Es bräuchte eines geschulten Auges wie des Ihren, um Ihre Verkleidung zu durchschauen.«

»Ich werde kein Risiko eingehen, Monsieur Maugham.«

Sie tritt zurück, dreht sich steif um und greift nach ihrer Handtasche.

»Warten Sie, Madame Dewaere!« Ein letzter Versuch, alles zu retten; es gelingt mir sogar, nicht zu stottern, obwohl mich leichte Panik erfasst. »Ich verstehe, dass Sie mir diesen falschen Auftrag übelnehmen, aber denken Sie an Harry, meinen Bruder. Sie wissen nun alles über ihn. Er hat ein so trauriges, kurzes Leben gehabt. Er war ein lieber, sanfter Kerl, der niemandem etwas zuleide getan hat. Hat er es nicht verdient, wenigstens posthum ein bekannter Schriftsteller zu werden? Wissen Sie, ich habe Ihnen nicht alles gesagt: Ich bin dabei, seine Biografie zu schreiben, sie ist fast schon fertig. Ich hatte es nicht vorgehabt, die Idee ist mir erst vor kurzem gekommen, aber ein Buch über meinen Bruder würde um vieles wirkungsvoller sein als einige Presseartikel.«

»Und in Ihrem Buch beschuldigen Sie Robert Wright, Mrs. Whites Vater, ihn ermordet zu haben.«

»Ich hatte Jack versprochen, seinen Nachnamen zu fälschen. Niemand ...«

»Eine Fälschung in der Fälschung.« Sie schüttelt den Kopf. »Sie wissen ganz genau, dass jeder halbwegs gewitzte Journalist mit den übrigen Angaben den wahren Namen des angeblichen Mörders herausfinden kann.«

Ich balle meine nutzlos herabhängenden Hände zu Fäusten und öffne sie gleich wieder, aber sie hat es bemerkt.

»Robert Wright ist nicht unschuldig, Madame Dewaere. Er hat Harry auf dem Gewissen. Er hat ihm die Flasche Säure nicht eingeflößt, aber er hat ihn am ausgestreckten Arm verhungern lassen. Er hat ihm Versprechungen gemacht und sie nie eingehalten. Er wusste, wie arm und verzweifelt Harry war, und hat ihn allein gelassen. Er hat ihn in all den Jahren zermürbt und seinen Lebenswillen untergraben. Eigentlich hatte er bereits an dem Tag, als er geheiratet hatte, Harry zum Tode verurteilt.«

»Und nun wollen Sie an Robert Wright Rufmord begehen, um Ihr eigenes schlechtes Gewissen zu beschwichtigen, Monsieur Maugham. Sie hatten ihren Bruder auch allein gelassen, nicht wahr?«

Ohne meine Antwort abzuwarten, geht sie mit ihren energischen, eiligen Schritten fort und lässt mich allein auf der Terrasse zurück.

Ich muss einige Minuten dagestanden haben, denn plötzlich merke ich, dass es ganz dunkel geworden ist; die Lichter an der Küste funkeln und die Zikaden zirpen. Eine Stechmücke summt nahe an meinem Ohr und verstummt gleich wieder. Ich schlage auf die Stelle, an der ich das leichte Stechen spüre, und halte mir dann die brennende Wange.

14.
Der Traum

»... die Traumstraße führt zu einer Stadt, die ich unbedingt erreichen möchte, ohne zu wissen weshalb. Männer und Frauen hasten auf ihr entlang, und schon oft bin ich aufgewacht und fand mich schon stehend mitten im Zimmer, so sehr hatte mich der Wunsch erfüllt, mich ihnen anzuschließen. [...] Ich weiß nicht, was sie erwarten. Ich weiß nur, dass mir dringend daran liegt, sie zu erreichen, und dass mich, wenn ich endlich durch die Tore schreiten werde, Glück erwartet.«
(Aus: Notizbuch eines Schriftstellers, W. Somerset Maugham)

Die Meeresbucht scheint entvölkert zu sein, die Städte von ihren Bewohnern verlassen, und die wenigen Boote, die nicht vor Anker liegen, treiben langsam und ziellos vor sich hin, als wären ihre Besitzer überstürzt von Bord gegangen.

Li stellt sich auf die Hinterbeine und legt den Kopf auf mein Knie. Ich möchte ihn streicheln, aber Alan hat mich so fest in zwei schwere Decken eingewickelt, dass ich Mühe habe, meinen Arm frei zu bekommen. Es ist Mitte November und trotz des wolkenlosen Himmels und der hoch stehenden Sonne kühl.

Alan mag es nicht, wenn ich lange auf der Terrasse sitze; er fürchtet, dass ich mich erkälten könnte, aber ich habe mich durchgesetzt, entschlossen, die letzten sonnigen Nachmittage des Jahres zu genießen. Jetzt, da der Winter bevor steht und ich nicht mehr reise, friere ich bereits bei dem Gedanken, dass ich die nächsten Monate zwischen vier Wänden eingesperrt bleiben werde.

Nie mehr in warme, weit entlegene Länder reisen ... Wieder spüre ich dieses Ziehen in der Brust und seufze laut auf. Li setzt sich erneut auf die Hinterbeine und George betrachtet mich mit zur Seite geneigtem Kopf; er spürt sofort, wenn ich traurig bin.

Es gelingt mir, mich von den Decken zu befreien, und ich hebe Li auf den Schoss. Er fährt mit seiner kleinen Zunge flüchtig über mein Kinn und schaut mich aus dunklen Knopfaugen sorgenvoll an. In letzter Zeit sind sie von einem Schleier überzogen; sein Augenlicht lässt nach, und es gibt Anzeichen, dass er allmählich taub wird.

Im stummen Zwiegespräch mustern wir einander, mein altes Hündchen und ich, bis seine Aufmerksamkeit von einer Bewegung auf dem Gartentisch abgelenkt wird; der Wind blättert achtlos in der Tageszeitung und fegt sie wie in einer verächtlichen Geste schließlich zu Boden.

Ich habe immer noch Zeitungen abonniert, obwohl ich sie seit Monaten nicht mehr lese. Der Präsident Charles de Gaulle besucht Deutschland und spricht zur deutschen Jugend, mehrere afrikanische Staaten erklären hintereinander ihre Unabhängigkeit, ein gefährliches Kräftemessen zwischen den Vereinigten Staaten und der UdSSR anlässlich der Kubakrise ... Ich überfliege hin und wieder die Schlagzeilen und spüre, wie mir die Welt entgleitet, wie sie mir immer fremder und unverständlicher wird, als läse ich die Nachrichten von einem fremden Planeten. Frühere Erzfeinde sind dicke Freunde geworden, neue Staaten und Grenzen entstehen, und die Politiker spielen ernsthaft mit dem Gedanken, die Erdkugel durch Atomwaffen in die Luft zu sprengen.

Zwei Weltkriege habe ich miterlebt, und es kommt mir vor, als wäre der jetzige Friede nur eine kleine, spannungsgeladene Atempause, ein Kräfteholen der Supermächte, bevor die dritte Massenschlacht ausbricht.

»Monsieur ...« Der Butler stellt sich vor mich hin, leicht vorgeneigt, und ruft wieder: »Monsieur!«

»Schreien Sie nicht so, ich b-bin noch nicht ganz taub!«

Er tritt zurück. »Entschuldigen Sie, Monsieur, Sie haben Besuch.«

Seit dem Besuch meiner Nichte Diane im August habe ich keinen einzigen Besucher empfangen.

»Sagen Sie, dass ich k-krank bin. Ich will n-niemanden sehen. Wo ist Alan?«

»Monsieur Searle ist zum Hafen hinunter, er hat gesagt, dass er in zwei Stunden zurück ist.«

Ich erinnere mich, dass Alan sich vorhin verabschiedet hat, und beiße mir auf die Zunge. Mein Gedächtnis lässt mich immer öfter im Stich, aber meist kann ich es vor meiner Umgebung verbergen.

»Warten Sie ... Wer ist der Besucher?«

»Madame Dewaere, Monsieur.«

Ungläubig horche ich seinen Worten nach, merke nach einigen Sekunden, dass ich den Mund weit geöffnet habe, und presse die Lippen wieder zusammen. Seit dem schrecklichen Abend, an dem sie meinen Traum zerstört hat, habe ich Madame Dewaere nicht mehr gesehen. Wie angekündigt hat sie mir ihren korrigierten Bericht geschickt, und wenig später hatte ich gehört, dass sie in die Vereinigten Staaten gereist war, wahrscheinlich im Auftrag eines Kunden. Danach hatte ich aufgehört, mich für sie zu interessieren.

Ist dies alles wirklich schon ein Jahr her? Es kommt mir vor, als sei es gestern geschehen; unser Gespräch, ihre Vorwürfe, meine Enttäuschung und Verzweiflung. Es ist sogar mehr als ein Jahr her, denn zuletzt hatten wir uns im September gesehen, nachdem meine Tochter mit ihrer Familie nach Hause gereist war.

Mit einer ungeduldigen Handbewegung scheuche ich die Erinnerung an meine Tochter fort; es ist mir nicht gelungen, sie zu enterben, aber kein Gericht der Welt kann mich dazu zwingen, sie jemals wieder zu treffen.

Ich schäle mich endgültig aus den beiden Decken.

»F-führen Sie Madame Dewaere in den Salon. Ich k-komme gleich.«

Mit beiden Händen glätte ich mein Haar und rücke meine Samtjacke zurecht. Warum nur ist sie nach all den Monaten gekommen? Erstaunt stelle ich fest, dass mein Herz schneller klopft und dass ich mich darauf freue, sie wiederzusehen.

Ich trete durch die geöffnete Fenstertür in den Salon und sehe sie ein wenig verloren in der Mitte des Raumes stehen, dünner und graziöser als in meiner Erinnerung, aber mit der gleichen, vernachlässigten Frisur.

Ich erhasche das leichte Erschrecken auf ihrem Gesicht, als sie mich erblickt, dann verbirgt sie es schnell; vierzehn Monate sind in meinem Alter eine lange Zeit.

»Welche Überraschung, M-madame Dewaere!« Ich strecke ihr die Hand hin, und sie schüttelt sie auf ihre männliche Art.

»Es freut mich wirklich, Sie wiederzusehen, Monsieur Maugham.«

Ich lächele über das Wort »wirklich«.

»Bitte, nehmen Sie Platz.«

Als hätte sie meine Aufforderung kaum erwarten können, lässt sie sich sofort auf der Sofakante nieder, stellt ihre Handtasche neben sich auf den Boden und verschränkt die Hände auf ihren Knien.

»Ich hatte Angst, dass Sie mich nicht empfangen, Monsieur.«

Ich schlage die Beine übereinander, so wirke ich nicht ganz so klein und zerbrechlich in dem wuchtigen Sessel.

»Weshalb? Ich bin f-froh, dass Sie nicht mehr w-wütend auf mich sind.«

»Und Sie? Tragen Sie es mir nicht nach, dass ich die Rehabilitierung Ihres Bruders verhindert habe?«

»Eine Zeit lang schon. Aber ich h-habe Ihre Beweggründe verstanden.« Ich zünde mir eine Zigarette an. »Es war alles m-meine Schuld. Ich hätte Sie v-von Anfang an einweihen und Ihnen die W-wahl lassen sollen, ob Sie bei der Inszenierung m-mitmachen wollten oder nicht.«

Sie lächelt schwach.

»Sie sind ein guter Menschenkenner, Monsieur Maugham. Sie wussten wahrscheinlich, dass ich nicht mitgemacht hätte.«

»Wahrscheinlich.«

Sie setzt zum Sprechen an, aber gleich darauf beißt sie sich auf die Unterlippe und mustert mich mit bekümmertem Gesicht. Was immer sie auf dem Herzen hat, sie wird Zeit brauchen, bis sie damit herausrückt.

»Wie ist es Ihnen in den l-letzten Monaten ergangen, M-madame? Es steht Ihnen gut, dass Sie abgenommen haben, wenn ich mir die B-bemerkung erlauben darf.«

Es kommt mir vor, als würde sie erröten, aber wahrscheinlich bilde ich es mir ein; es ist nicht Madame Dewaeres Stil, bei Komplimenten verlegen zu werden. »Es gab ... es gibt in meinem Leben einige Veränderungen.«

Wieder regt sich diese winzige Neugier in mir, als würde Leben in meine müden Glieder zurückkehren. Was hat diese Frau an sich, das immer wieder die alte, eingerostete Maschine in mir in Gang setzt? Ist es, weil sie so anders ist und so einsam wirkt? Weil sie mich irgendwie an mein früheres, viel jüngeres Ich und ihr Lächeln an das meiner Mutter erinnert?

»Aber ich bin nicht gekommen, um über mich zu reden, Monsieur Maugham. Ich habe in der Presse mitverfolgt, was Ihnen in letzter Zeit widerfahren ist.«

Der Rauchring, der mir meisterhaft gelungen ist, schwebt über dem Raum. Die Dame bewegt sich gefährlich nahe am Abgrund; nicht einmal mit meinen besten Freunden spreche ich über die Schmähartikel, die sich über mich lustig gemacht haben, weil ich Alan adoptieren und Liza enterben wollte. Meine Tochter hat den Prozess gewonnen, aber am Ende den Großteil des Vermögens, das ich ihr ursprünglich zugedacht hatte, verloren, denn ich werde ihr nicht mehr als ihren Pflichtteil hinterlassen. Absurd, das französische Gesetz, das es den Eltern verbietet, die eigenen Kinder zu enterben.

Sorgfältig drücke ich die Zigarette im Aschenbecher aus, reibe den Stummel am Metall, zerstoße die Asche zu Staub.

»Ich habe Ihre Autobiografie in der Zeitung gelesen, Mr. Maugham.«

Ich seufze laut auf; darum geht es also.

»Das heißt, Sie haben meinen Untergang als Schriftsteller miterlebt.«

Sind gewisse Dinge erst einmal ausgesprochen, tun sie weniger weh, zumindest für einige Minuten. Und ein paar gewonnene Minuten sind ausgesprochen wohltuend, wenn man unter chronischen Schmerzen leidet.

Seitdem meine Memoiren unter dem Titel »Looking Back« letzten Monat als Fortsetzung in der Zeitung erschienen sind, ist meine Welt zusammengebrochen. Senil, skandalös, widerlich, kein Wort schien stark genug, um mein endgültig letztes Werk herabzusetzen. Selbst meine Freunde und Schriftstellerkollegen waren empört, auch wenn einer oder zwei zugaben, dass der literarische Wert beachtlich sei.

Mehrere Bekannte haben mit mir gebrochen, andere wiederum Briefe geschrieben, in denen sie sich über die Verleumdung einer Toten aufregen. Es spielt für sie keine Rolle, dass diese Tote meine Ex-Frau Syrie ist und dass diese die besten Jahre meines Lebens zerstört hat und ich sie nicht verleumdet, sondern nur die Wahrheit über ihren Charakter und ihre Untaten enthüllt habe. Eine Tote könne sich nicht wehren, behaupten sie, worauf ich entgegnen könnte, dass diese sich in meiner Tochter materialisiert und sich bereits gründlich an mir gerächt hat.

Aber ich erwidere nichts auf die Vorwürfe und Beleidigungen, denn ich bin zu niedergeschlagen, um mich zu verteidigen. Natürlich habe ich es bitter bereut, dass ich Looking Back nicht dem Kaminfeuer anvertraut habe.

Mein Verleger, der das Manuskript abgelehnt hatte, hatte mich vor den Konsequenzen einer Veröffentlichung gewarnt, und meine innere Stimme hatte mich eindringlich gemahnt, es nicht zu tun, aber Alan war unermüdlich und geduldig gewesen und hatte, gleich einer fleißigen kleinen Ameise, Sandkorn um Sandkorn die Wälle meiner Abwehr unterhöhlt und abgetragen. Auf seine unwiderstehlich liebenswürdige Weise hatte er mich gedrängt, die Veröffentlichung doch endlich freizugeben, sanft und nachdrücklich zugleich, und mir erklärt, dass er sich um alles kümmern würde und dass ich der Nachwelt dieses Werk schuldig sei.

Die Zeitung fand reißenden Absatz, meine Autobiografie war in aller Munde, aber ich glaube, dass meine Nachwelt sie mir niemals verzeihen wird. Selbst die Mitglieder des Londoner Garrick-Clubs, dem ich seit Jahrzehnten angehöre, erhoben sich in stummer Einmütigkeit und verließen den Raum, als ich, wie alljährlich im Oktober, bei ihnen etwas Geselligkeit suchen wollte. Ich blieb allein vor dem großen Kamin stehen und fror und hörte von draußen ihre Stimmen, die immer schwächer und schwächer klangen, als hätten es die Gentlemen alle eilig, möglichst viel Distanz zwischen sich und mir zu setzen.

Nie wieder London, nie wieder Garrick-Club. Nie werde ich Liza und die Enkelkinder wiedersehen, auch viele Bekannte und Freunde nicht. Eigentlich keine schlechte Idee, die Brücken hinter sich abzubrechen, bevor man stirbt. So fehlt man niemandem mehr, und vielleicht fällt es dann einem leichter, im richtigen Augenblick loszulassen.

»Es tut mir so leid«, sagt Madame Dewaere.

Für einige Sekunden hatte ich ihre Gegenwart vollkommen vergessen. Die Zigarette, die ich vorhin angezündet hatte, verbrennt mir die Finger, und ich lasse sie erschrocken in den Aschenbecher fallen.

Misstrauisch mustere ich diese fremde Frau. Was tut ihr leid? Was hat sie mit all dem zu tun?

Als hätte sie meine Gedanken gelesen, öffnet sie den Mund und sagt zögernd, fast widerwillig: »Hätte ich Sie das Buch über Ihren Bruder veröffentlichen lassen, hätten Sie »Looking Back« nicht herausgebracht, nicht wahr? Ich habe viel nachgedacht, nachdem ich Ihre Autobiografie gelesen habe. Ihre Memoiren waren für Sie nur ein zweites Eisen im Feuer gewesen, da bin ich mir sicher. Sie waren seit je mein Lieblingsschriftsteller gewesen und ich werde den Gedanken nicht los, dass Sie durch meine Schuld ...«

Ich seufze wieder laut auf. »Haben Sie Gewissenbisse, Madame Dewaere? Nun, dass sollten Sie nicht. Schlechtes Gewissen ist ein hinterlistiger Ratgeber; er treibt uns dazu, Dinge zu tun, die wir bei klarem Verstand nie zu tun gewagt hätten.« Ich unterbreche sie wieder, als sie etwas sagen möchte. »Glauben Sie mir, ich spreche aus Erfahrung. Meinem Bruder war nicht zu helfen, niemand hätte ihm helfen können. Seit dem Augenblick, als er geboren war, war es ihm bestimmt gewesen, jung, erfolglos und einsam zu sterben. Nichts, was ich für ihn getan hätte, hätte sein Schicksal ändern können. Ich wusste es, und doch habe ich versucht, ihn berühmt zu machen. Ich wollte Schicksal spielen, vielleicht, weil ich den Gedanken nicht ertrug, dass ich dem meinem fast neun Jahrzehnte lang ausgeliefert gewesen bin. Vielleicht auch, weil ich dachte, so kurz vor dem Tod, mit meinem Geld und Beziehungen, würde es mir gelingen, ein einziges Mal Unrecht gut zu machen. Denn mein Bruder war sehr begabt. Begabt und gut, aber sehr unpraktisch. Unpraktisch, verträumt und kompromisslos. Und wenn ich an seine Verzweiflung denke ...«

Ach, dieses geschwätzige Alter, das mich wieder rührselig werden lässt. Ich räuspere mich und verstumme.

Madame Dewaere macht wieder dieses unglückliche Gesicht, das ihr nicht steht.

»Ich weiß, Monsieur, Harry Maugham war sehr begabt und seine Zeitgenossen haben ihn verkannt. Aber es ist gut möglich, dass die Nachwelt eines Tages sein Talent wiederentdeckt.«

»Möglich ist alles. Aber ich möchte nicht mehr darüber nachdenken.« Ich sage es in entschiedenem Ton, der mich selbst fast überzeugt. »Trinken Sie einen Martini mit mir, Madame Dewaere?«

»Ja, gerne.«

Der Butler bringt uns die Getränke, ohne Eiswürfel, die den Geschmack verwässern würden, aber eisig kalt, denn der Shaker und die Gläser haben vorher einige Zeit im Gefrierfach des Kühlschranks geruht.

Ein sonniger Nachmittag, ein Glas Martini, eine Gesprächspartnerin, die einem Gutes will, und ich lasse die Vergangenheit mit ihren Schatten los. Ein Augenblick schlichten Glücks, so selten und so kostbar.

»Wie geht es Ihrer Detektei, Madame Dewaere?«

»Recht gut.« Sie stellt das Glas auf ihren Knien ab. »Ich werde von der Riviera fortziehen. Sie haben die Küste irgendwann einen sonnigen Platz für zwielichtige Menschen genannt, und damit haben Sie recht gehabt.«

»Und wo ziehen Sie hin?«

»Nach Montpellier. Ich werde meine Hunde mitnehmen, sonst nichts.«

»Werden Sie wieder als Privatdetektivin arbeiten?«

»Ich habe eine Abmachung mit meinem Mann. Wir werden weiter zusammen arbeiten, aber wahrscheinlich weniger als früher. Es ist ein recht anstrengender Beruf, und ich möchte in den nächsten Jahren etwas leiser treten.«

Beide nippen wir an unseren Gläsern. Wird sie mir mehr verraten? Sie trennt sich von ihrem Mann, lässt sich aber nicht scheiden. Einsam wirkt sie immer noch, aber gelöster und glücklicher.

»Unsere Berufe ähneln sich im Grunde«, sage ich leise, als spräche ich unabsichtlich einen Gedanken aus. »Wir beobachten die Menschen ununterbrochen und halten uns dabei bedeckt. Eine elegante Art, sein eigenes Ich zu vergessen, sein eigenes Leben, mit dem wir oft unzufrieden sind.«

»Ja ...« Sie lächelt, ihre Hand mit dem Glas verharrt bewegungslos in der Luft, als würde sie erstaunt meinen Worten nachhorchen. »Sie haben recht. Zumindest habe ich im Nachhinein den Eindruck, dass ich meinen Beruf benutzt habe, um nicht über mich selbst nachdenken zu müssen.«

»Sind Sie als Waise aufgewachsen, Madame Dewaere?«

Sie atmet auf, als hätte sie auf diese Frage lange gewartet.

»Ja, ich habe meine Eltern im Alter von elf Jahren verloren, bei einem Schiffsunglück. Mein Mann war der beste Freund meines Vaters. Ich lebte bei meiner Großmutter, aber er besuchte mich jahrelang fast täglich, bis ich ihn eines Tages geheiratet habe.«

Madame Dewaere zuckt mit den Schultern und leert ihr Glas. Den Rest wird sie mir nicht mehr erzählen, weil sie ihre Geschichte banal findet und weiß, dass ich sie erahne. Dankbarkeit kann sich nie in Liebe verwandeln, und vielleicht kann sie auch nicht lieben.

»Ihre Gemälde sind alle fort«, sagt sie plötzlich.

»Alle versteigert«, antworte ich kurz.

Die Wände meines Hauses müssen ihr ohne Bilder nackt und traurig vorkommen, wie all den – wenigen – Besuchern, die seit der Versteigerung gekommen sind, aber mir fehlen sie nicht. All die Möbel und Gegenstände, die ich im Laufe meines Lebens angehäuft habe, sind mir gleichgültig geworden.

In den letzten Tagen ertappe ich mich sogar häufig dabei, dass ich mir vorstelle, wie die Villa Mauresque – während sie menschenleer ist – von einer Riesenwelle ins Meer gespült wird. Das Gefühl, das diese äußerst lebhafte Vorstellung begleitet, ist jedes Mal eine große Erleichterung, keine Spur von Bedauern.

Madame Dewaere hat mir eine Frage gestellt, aber die Stimme in meinem Kopf hat sie übertönt.

»E-entschuldigung«, stottere ich, »ich h-habe Sie nicht verstanden.«

»Ich habe gefragt, ob Sie wieder an einem neuen Werk schreiben.«

»Nein, ich bin d-definitiv kein Schriftsteller mehr. Ich habe nichts mehr zu sagen und n-nichts zu erzählen.«

Es sind nicht nur mein Hirn und meine Fantasie, die mir den Dienst versagen. Mein Handgelenk schmerzt selbst nach dem Schreiben eines kurzen Dankbriefes, und mein Augenlicht lässt rapide nach; sogar das Lesen wird immer schwieriger.

Was werde ich mit der Zeit anfangen, wenn ich nicht mehr lesen kann? Mein Gott, was wird dann mit mir geschehen? Lesen war mein Trost, meine Zuflucht und meine Sucht seit achtzig Jahren, seitdem ich zur Waise wurde. Das Fernsehen betäubt und verblödet mich, reisen kann ich nicht mehr, und meine Freunde sind fast alle tot. Wohin werde ich fliehen können, wenn nicht in Bücher? Ich schüttele leicht den Kopf, ich möchte aufhören zu grübeln und mich zu fürchten, wenigsten für ein paar Minuten.

»Noch einen M-martini, Madame Dewaere?«

»Ich wusste nicht, dass du Besuch hast.«

Trotz seiner Korpulenz bewegt sich Alan geschmeidig und rasch. Er stellt sich zwischen Madame Dewaere und mich und sieht uns abwechselnd an, mit dieser misstrauischen und zugleich genervten Miene, die er in letzter Zeit nie ablegt.

»Du erinnerst dich b-bestimmt an Madame Deware von der Privatdetektei Dewaere, Alan.«

»Ja, doch.« Sein nachlässiger Ton ist unhöflich; er dreht ihr den Rücken zu und runzelt die Brauen. »Wir werden bald zu Tisch gehen.«

Bevor ich protestieren kann, erhebt sich Madame Dewaere, macht einen Bogen um Alan, der wie ein Hindernis immer noch zwischen uns steht, und streckt mir die Hand hin.

»Ich wollte mich gerade verabschieden.«

Ich ergreife ihre Hand und erhebe mich.

»Bleiben Sie zum Abendessen, Madame Dewaere. Wie Sie wissen, haben wir eine vorzügliche Köchin.«

»Es wäre mir ein Vergnügen, Monsieur, aber morgen ziehe ich um. Ich habe vorher noch vieles zu erledigen.«

»Ich verstehe. Ich begleite Sie zu Ihrem Wagen.«

Ohne einen Blick zurück auf Alan gehen wir hinaus. Still und müden Schrittes durchqueren wir die Halle, gleich zwei Verschwörern, die den Augenblick des endgültigen Abschieds hinauszögern.

Draußen vor ihrem blauen Citroën reiche ich ihr noch einmal die Hand.

»Ich wünsche Ihnen viel Glück in Montpellier, Madame Dewaere.«

Sie bedankt sich, steigt ein und winkt mir noch einmal zu, bevor sie verschwindet. Ich lasse die Hand sinken, mit der ich zurückgewinkt habe, und fühle mich plötzlich sehr allein. Es ist, als hätte sie Harry in ihrem Wagen mitgenommen, als säße er auf dem Rücksitz dieses modernen Autos, mein armer Bruder, der hohe Geschwindigkeiten nicht vertrug, dem übel wurde, sobald jemands aufs Gaspedal drückte.

Den zweiten Martini trinke ich im Salon zusammen mit Alan, der plötzlich gut gelaunt und gesprächig ist, wie meist nach seinen Kurzausflügen in den Hafen. Seine Vorliebe für Matrosen ist wesentlich harmloser und weniger kostspielig als die Neigung Geralds für schräge Burschen und Diebe, nur sind seine Abenteuer, die er mir umständlich erzählt, auch wesentlich langweiliger.

Ich muss kurz eingenickt sein, denn Alan ist plötzlich weg, sein leeres Glas steht neben meinem, alle Lampen sind angezündet, und ich höre ihn in der Halle mit dem Butler sprechen.

Aus dem Augenwinkel nehme ich eine Gestalt wahr und drehe mich um: Harry hat sich neben mich auf das Sofa gesetzt. Im ersten Moment bin ich überrascht und erfreut, denn seitdem ich nicht mehr über ihn schreibe, ist er mich nicht besuchen gekommen, aber dann merke ich, dass er mit seinem hängenden, ungepflegten Schnurrbart und den nachdenklich gesenkten Lidern traurig wirkt.

»Entschuldige, Harry. Es tut mir wirklich leid. Ich wollte dich rehabilitieren und bekannt machen, aber es ist mir misslungen. Wie du siehst, bin ich ein Versager.«

»Nein, das bist du nicht.« Harry nimmt meine Hand. Eine ungewöhnliche Geste, denn in unserer Familie berührt man sich nicht.

»Doch, ich habe sogar meinen eigenen Ruf ruiniert. Alle sagen, meine Autobiografie wäre das Werk eines senilen Hirns. Sie sagen, es sei obszön und schäbig.«

»Mache dir keine Sorgen, Willie. Bald wird dir die Meinung anderer nicht mehr so wichtig sein.«

Ich sehe ihn zweifelnd an. Wie kann er so sprechen, er, der so kompromisslos nur für die Schriftstellerei gelebt hat? Er müsste doch am ehesten wissen, dass es nicht der alte, halb blinde und bald taube Mann ist, der W. Somerset Maugham heißt, der beleidigt und geschmäht wurde, sondern der Geist der Kunst, der durch ihn all diese Erzählungen, Essays, Romane und Dramen geschrieben und das umfangreiche Werk geschaffen hat.

Ich habe bereits in meinem Roman Theater das Genie der Kunst erwähnt, das den menschlichen Körper als Werkzeug benutzt, um sich auszudrücken, und so mittelmäßig und unwichtig diese Menschen sonst auch sind, verdienen sie doch mehr Achtung als andere, denn sie dienen dieser höheren Kraft, ohne die es auf der Welt weder die Schönheit noch das Gute gäbe.

»Aber Harry, wie könnte mir das, was mich bisher aufrecht erhalten hat, gleichgültig werden? Das Schreiben hat meinem Leben einen Sinn gegeben, ich habe ihm alles geopfert, sogar Gerald.«

»Du wirst sehen, Willie, von hier aus gesehen verlieren alle Dinge an Wichtigkeit. Es ist alles richtig, was du getan hast. Du wirst nichts bereuen und betrauern und wirst nie mehr bitter sein.«

Ich begreife und drücke dankbar seine Hand. Ich werde also nicht völlig erblinden und von Alan abhängig werden; ich werde in Würde sterben.

»Es gibt nur eine Bedingung, Willie: Du musst bereit sein. Du darfst dich nicht ans Leben klammern.«

»Willie? Willie?«

Eine Hand legt sich schwer auf meiner Schulter, und ich schlage die Augen auf. Alans Stimme ist hoch wie immer, wenn er erschrocken ist. Er ist ein wesentlich komplizierterer Mensch, als die meisten ahnen; einerseits wiederholt er vor jedem, der es hören möchte, dass er es nicht abwarten könne, frei zu sein von der Last, mich umsorgen und pflegen zu müssen, andererseits fürchtet er meinen Tod mehr als seinen eigenen.

Trotz des jähen Aufwachens fühle ich mich wohl und entspannt und ich lächele.

»Ich bin nur eingenickt, Alan.«

»Ich weiß.« Sein Gesicht ist sanft und bekümmert. »Komm, Willie, gehen wir zu Tisch.«

Ich hake mich bei ihm unter, und wir gehen langsam ins Esszimmer, Alan passt sich meinen Schritten an, die in letzter Zeit unsicher und schleppend geworden sind. Er ist immer noch ein großer, stämmiger Mann, und ich fühle mich beschützt und umsorgt, wenn ich mich an ihn lehnen kann, aber nach den ersten Schritten löst sich das Wohlbehagen, das ich seit dem Aufwachen empfunden habe, allmählich auf.

Während Alan meinen Stuhl zurechtrückt, sehe ich mich im Esszimmer suchend um. Manchmal genügt eine Kleinigkeit, ein winziges Detail, um dem Gedächtnis auf die Sprünge zu helfen.

Bevor mich Alan aufgeweckt hat, habe ich geträumt und etwas Wichtiges erfahren, etwas ganz Wesentliches. Es war nicht mein alter Traum von der Stadt, der ich zusammen mit vielen anderen Menschen auf einer breiten Straße zustrebe, aber ich bin mir sicher, dass etwas geschehen ist, dass dem Erreichen des Stadttors gleichkommt, denn ich bin von einem unbeschreiblichen Glücksgefühl durchdrungen gewesen.

Mein Essen wird serviert, ich nehme das Besteck in die Hände und fange mechanisch an zu essen.

An den Traum kann ich mich beim besten Willen nicht erinnern.

BIOGRAPHISCHES

HENY RUTTKAY

© Foto: Marie-Hélène Goix

Heny Ruttkay
ist 1961 in Bratislava geboren und im Alter von elf Jahren nach Deutschland gezogen. Nach dem Abitur in Böblingen hat sie in Erlangen, Tübingen, München und Paris Biologie studiert. Heute lebt sie in Paris und ist als Autorin und Übersetzerin tätig.

Sie hat mehrere Veröffentlichungen, unter anderem:
»Die Traurigkeit des letzten Sonntags«, historischer Roman, Hans Boldt Vlg. (1994);
»Gestohlene Tage«, historischer Roman, Querverlag (2013);
»Fatale Treue«, Kriminalroman, Querverlag (2014).

Aus dem Verlagsprogramm

Mohamed Leftah
Der letzte Kampf des Kapitän Ni'mat
Roman
Aus dem Französischem
von Laura Viktoria Skipis
ISBN: 978-3-95771-188-5
eISBN: 978-3-95771-189-2

Ni'mat hatte schon immer fortschrittliche Ansichten: Er studierte Literatur, befürwortete marxistische Ideen und kämpfte für die Gleichstellung der Frau in der arabischen Welt. In der Nasser-Ära kämpfte er sogar als Pilot. Zuerst gegen religiöse Kräfte, dann gegen Israel. Er schied früh aus dem Militärdienst, heiratete und erlebte eine scheinbar glückliche Ehe im Kairos Nobelviertel Maadi. Dreißig Jahre danach wird Ni'mat immer noch von einem Gefühl der Machtlosigkeit und des Versagens übermannt. Gemeinsam mit seinen ehemaligen Mitstreitern aus Armee-Zeiten, besucht er täglich den exklusiven Schwimmclub für reiche, aber gelangweilte Rentner. Und dann passiert das Unmögliche: Er verliebt sich in seinen Diener. Ein innerer Kampf beginnt, der Ni'mats letzter Kampf werden soll.

Der populäre französisch-marokkanische Schriftsteller **Mohamet Leftah**, der 2008 in Kairo verstarb, liefert einen Roman ab, der bis heute in Marokko nicht erscheinen darf. Denn der Inhalt ist ein Plädoyer für das Recht auf Freiheit, für das Recht auf Meinungsfreiheit, für das Recht auf Liebe. Rechte, die auch von radikal-islamischen Kräften eines patriarchalischen Systems beansprucht werden: moralische Werte festlegen und jegliche Form von Individualität brutal unterdrücken.

Mohamet Leftah hat auf Französisch geschrieben und in Frankreich veröffentlicht. Dies ist die erste Übersetzung eines seiner Werke in die deutsche Sprache. Ein aktuelles Thema über Toleranz und gesellschaftliche Moral.

Maria Skiadaresi
Venezia
Roman
Aus dem Griechischen von Brigitte Münch
ISBN: 978-3-95771-128-1
eISBN: 978-3-95771-129-8

Am Morgen des 7. September 1943 wurde Franco Solerti tot am Strand von Péra Meriá zwischen den Tamarisken aufgefunden. In seinem nackten Rücken steckte die lange Klinge eines Messers – eins von denen, die zum Häuten von Schweinen benutzt werden. Je weiter die Ermittlungen fortschritten, desto undurchsichtiger wurde die Sache. Ein Fetzen Frauenunterwäsche sowie Spuren von Pumps im Sand wiesen darauf hin, dass Franco kurz vor seinem Tod mit einer Frau zusammen gewesen war. In den offenen, gläsernen Augen schimmerte noch so etwas wie Ekstase. Doch wer war im Stande, das Leben eines Menschen im Augenblick der Liebe zu vernichten? Und warum?

Maria Skiadaresi erzählt das außergewöhnliche Schicksal der aristokratischen Familie Daponte. Ihre bewegte Geschichte ist auch gleichzeitig die der Frauen zu Beginn des 20. Jahrhunderts, die nicht nur ihre Rechte, sondern auch ihre Freiheit gegen Besatzer, Verrat und Krieg erkämpfen mussten.

Yiannis Xanthoulis
Der Weihnachtstango
Roman
Eine Liebe in die Zeiten der Junta
Aus dem Griechischen von Brigitte Münch
ISBN: 978-3-95771-190-8
eISBN: 978-3-95771-191-5

Im Jahr 1970, in der finsteren Zeit der Junta in Griechenland, verliebt sich Oberleutnant Stefanos Karamanidis in die Ehefrau des Oberst. Die einzige Möglichkeit, sich ihr zu nähern, besteht auf einer Weihnachtsfeier in der Kaserne, zu der auch die Gattinnen der Offiziere geladen sind. Karamanidis will die Chance nutzen und sie zum Tanz auffordern, doch er hat nie tanzen gelernt. In seiner Verzweiflung befiehlt er dem ihn untergebenen Soldaten Lazaros, es ihm in geheimen Nachtstunden beizubringen. Lazaros, der wegen seiner linksorientieren Gedanken in gefährlichen Zeiten lebt, nimmt ungern das Angebot an. Mit verheerenden Folgen. Er verliebt sich, ausgerechnet in den Oberleutnant.

Yiannis Xanthoulis ist der bedeutendste zeitgenössische Schriftsteller Griechenlands und ist hiermit zum ersten Mal in die deutsche Sprache übersetzt. Der Roman sorgte schon bei seiner Veröffentlichung für heftige Diskussion, denn er thematisiert den mächtigen Militärapparat Griechenlands und hinterfragt dessen Bedeutung. Die Verbindung der Geschichte mit Homoerotik in einer Machismos Welt warf gesellschaftliche Tabufragen auf.
»Der Weihnachtstango« wurde erfolgreich verfilmt.

Viktor Funk
Mein Leben in Deutschland begann
mit einem Stück Bienenstich
Roman
ISBN: 978-3-95771-184-7
eISBN: 978-3-95771-185-4

Lange hat er geglaubt, zur deutschen Gesellschaft dazu zu gehören – bis er Marie traf. Sie stammt aus Rumänien und betont das gern. Er hatte dagegen seine Vergangenheit versteckt. Die Beziehung mit ihr weckt Erinnerungen an seine Kindheit: endlose Tage in der sowjetischen Provinz in Kasachstan, mit Großvater und Vater beim Angeln am See und dann die ersten, schwierigen Jahre in Deutschland. Hier verstand er lange nicht, warum er nicht mehr von Lenin erzählen konnte, warum das, woran er als Kind geglaubt hatte, nun falsch sein sollte. Und nun spitzt sich diese Krise mit Marie zu. Sie wirft ihm vor, sich selbst zu verraten, um ein »Deutscher« zu sein. Doch in seinem Pass steht die Staatsangehörigkeit, die er immer haben wollte: »Deutsch«.

Viktor Funk behandelt in deinem Debütroman Identitätskrisen junger Menschen mit Migrationshintergrund. Mit den großen Fragen »Wo gehöre ich hin?«, »Wo ist meine Heimat?« und »Was darf ich aus meiner Vergangenheit mitbringen?«, trifft der Autor das Gefühl einer ganzen Generation. Fragen, die sich wie Fegefeuer ausbreiten und sich weder von Landesgrenzen noch von politischen Ideologien aufhalten lassen. Fragen, die der Gegenwartsgesellschaft Veränderungen vor Augen führen. Alles fließt.

Ingrid Walter
Eine ungeplante Reise nach Wien
Roman
ISBN: 978-3-95771-110-6
eISBN: 978-3-95771-111-3

Judiths Großmutter, die der wichtigste Bezugspunkt in ihrem Leben war, stirbt. Eine Geschäftsreise, ein Familienring und eine alte Schallplattenaufnahme der Lehár-Operette Giuditta führen die Enkelin nach Wien, wo die Großmutter während der Nazizeit eine gefeierte Operettensängerin war. Eine ungewöhnliche Spurensuche beginnt: Cafés, Hotelkulissen, Opernhäuser und das Wiener Flair versetzen Judith in vergangene Epochen zurück. Als sie auch noch den faszinierenden Heurigenlokal-Betreiber Leo kennenlernt, beginnt die junge Frau über Lebensläufe und das eigene Glück nachzudenken. Erst jetzt wird sie sich bewusst, wie eingefahren ihre Ehe ist, wie sehr sie und ihr Mann sich auseinandergelebt haben und wie unglücklich sie in ihrem Job ist. Und je tiefer Judith nach den Geheimnissen ihrer Großmutter gräbt, je mehr sie dem Wiener Charme verfällt, desto mehr stellt sie auch ihr eigenes Leben auf den Prüfstand. Eine Entscheidung über ihre Zukunft rückt immer näher, eine Entscheidung, die alles zu verändern verheißt.

Ingrid Walter inszeniert ein farben-prächtiges Wiener Dekor und bettet darin die Geschichten zweier strahlender Frauen. Ein einfühlsamer und gleichzeitig kraftvoller Roman über Liebende, Musik und die Frage nach dem Preis, den jeder bezahlen muss, um sich glücklich zu fühlen.

Peter Nathschläger
Der Sturmgondoliere
Roman
ISBN: 978-3-95771-085-7
eISBN: 978-3-95771-086-4

An einem heißen Sommertag verliebte sich Julia in Paolo Meduccini, genau an dem Tag, an dem auch der fremde Lucian in Paolos Leben trat. Eine Begegnung mit verheerenden Folgen. Der Sommer 1979 in der Toskana sollte der heißeste seit Beginn der Wetteraufzeichnungen werden. Ein Sommer, angefüllt mit Träumen, Ölbildern, Geheimnissen, Lügen und der Legende vom Sturmgondoliere, der mit Blitz und Donner gesegelt kommt und die Menschen das Fürchten lehrt.
Zehn Jahre später, unter einem ähnlichen Gewitterhimmel, wird Paolo Meduccini in eine Katastrophe und ein Wunder gleichermaßen verwickelt: Als Einziger überlebt er den Absturz eines Flugzeugs beim Landeanflug auf Wien. Aber ist er es wirklich? Oder versucht ein Hochstapler seine Fäden zu ziehen?

Peter Nathschläger webt ein Flächenbild um eine zutiefst menschliche Geschichte über die Sünden der Eltern. Das Ergebnis ist dieser höchst stoffliche Roman mit toskanischen Bildern, gewitterhaltigem Himmel und hoffnungsstrahlenden Gedanken. Ein Abbild des Lebens selbst. Das Erträumte, das Versäumte, das Erduldete.

»Eine anspruchsvolle, spannend erzählte Geschichte, die in jeder größeren Bibliothek ihre Leser finden und somit gerne empfohlen wird.«
David Cappel
Lektoratsdienst - EKZ Bibliotheksservice

Thomas Pregel
Kaltsommer
Roman
ISBN: 978-3-95771-083-3
eISBN: 978-3-95771-084-0

An einem nasskalten Sommermorgen kommen unerwartet viele Fremde ins Dorf Kaltsommer. Es sind Beamte der Mordkommission Neumünster, denn Annelie Faller, die Matriarchin des Faller-Clans, der die ortsansässige Schlachterei betreibt, ist brutal ermordet worden. Für Hauptkommissar Hans-Peter Arnstedt und seinen neuen Partner und Kollegen, Oberkommissar Daniel Freiwald, der aus Kaltsommer stammt, steht schnell die Familie der Toten im Fokus der Ermittlungen. Die sippeninternen Spannungen und der desolate wirtschaftliche Zustand des Betriebs bieten reichlich Motive für den Mord. Die ersten Verhöre schaffen es aber nicht, die Wahrheit ans Tageslicht zu bringen, bis unerwartet Tobias Faller, der älteste Enkelsohn des Opfers, auftaucht.
Doch kann er, der vor Jahren in Schimpf und Schande wegen seiner Homosexualität vom Hof gejagt worden und in Amerika mit dem Dreh von Schwulenpornos reich geworden ist, Licht in die Finsternis der zerrütteten Familiengeschichte bringen?

Thomas Pregel dokumentiert durch die Kriminalgeschichte den Zerfall einer Familie, in der Loyalität und Liebe mit Gehorsam und Unterwerfung verwechselt und Geheimnisse, Intrigen und Verrat zur obersten Familienmaxime werden.

Astrid Keim
Der Koch, der dreimal lebte
Historischer Roman

ISBN: 978-3-95771-126-7
eISBN: 978-3-95771-127-4

Sternekoch Jonas Goldberg erwacht schweißgebadet. Seit Wochen plagen ihn mysteriöse Träume. So etwas kann er in seinem karriereorientierten Leben nicht gebrauchen. Verzweifelt, lässt er sich vom berühmten Psychotherapeuten Dr. ... überzeugen an einer Hypnosesitzung teilzunehmen – mit überraschendem Resultat. Seine Träume sind verdrängte Erinnerungen aus alten Zeiten, fremden Orten ... und anderen Leben. Aber was haben diese Träume mit seinem jetzigen Leben gemeinsam? Und welche Auswirkung werden sie auf seine hohe Kochkunst haben?

Astrid Keim, selbst erfahrene Gastronomin, ermöglicht einen neuen Blick auf die Geschichte des Kochens. Sie nimmt den Leser mit auf eine kulinarische Reise durch die europäischen Epochen. Ein Festmahl übertrumpft das andere und erzählt von den Essgewohnheiten der Herrscher und Bediensteten. Zwischen faszinierenden Zutaten und außergewöhnlichen Gerichten, muss ein Koch sein Leben und seine Küche neu erfinden. Die dazu gelieferten »alten« Rezepte schmecken den Roman ab und erlauben jedem Hobbykoch sich an märchenhaften Gerichten zu wagen.

GRÖSSEN
WAHN
VERLAG
www.groessenwahn-verlag.de